# ウラミズモ奴隷選挙

笙野頼子

河出書房新社

# ウラミズモ奴隷選挙　目次

# ウラミズモ奴隷選挙

## 前書き　初読み？　大丈夫、ようこそウラミズモへ

笙野頼子です。さて、というか、まあ、御覧のように、ここにこの『ウラミズモ奴隷選挙』を刊行いたしました。要するに、これ、ＴＰＰ警告小説、『ひょうすべの国』の続篇（一応）という事です。そして同時にまた、だいにっほんシリーズの最新版でもあるとまあ「知る人ぞ知る」。さらに、「通」ならば、もとより、『水晶内制度』のスピンオフとも判る。ただ、でも、だけれども、ね。

ここで私、声を大にして言っておきますよ。これ、別に初読みでオッケーです。シリーズ、無問題。

大丈夫、つまりこのフィクションを読めばＴＰＰとは何か、ざっくりと判ります。専門家や政治家にはとても説明できないようなその、恐怖の本質だけを「見てきたように」フィクションではあるが、ここで物語っています。むろん、空想全開でね。ただしその恐怖は、マジものです。え？「でもシリーズならばやはり最初っから全部読まないと判らないのでは」ですって？ふーん、そりゃお時間あったら後からでもぜひどうぞ。そしてすでに読んでくださった方、私の数少ない読者の方々、友の中の友よ、有り難うございます。ていうか一生感謝し続けます。ただ、

私の本って、どの順序で読んだって、判る人にはすぐに、判るのです。しかもとりあえず、今はとんでもない時代が来つつあるので、そこで一般の方にもこの私の「難儀な」、文章を読んで貰うしかなく、するとその場合は現状に近いものからのほうが読みやすいでしょう、と。つまり、新しいものから、お読みください、と。その方が今の現実と引き比べながら、我が身に則して、そのまま読めるから。それこそ危機感のある人にならば。

だってほら、そもそも「最初から読まないと」ってそれ、誰が決めた？　ルールですか？　そんな事していたら時間かかりすぎます。それはあなたたちが世界企業に喰われて負けるように決めたルールですよ？　読ませないために邪魔している理屈ですよ？

他、「このように政治的な」内容が嫌いだから読めないとおっしゃる自称「文学好きの方」、……おおおお、上等じゃん！　だったらもう一生表象づらすんなよ！　その「素敵な」闇の中で一生を終われ！

ていうか、昔、私の恐れていた、書いていた事、当時は幻想で済んだ。でも今、現実になりつつある。

大昔の私は井伊直行さんから、タフな炭鉱のカナリアと言われていた。そしてちょっと昔の私は、小谷真理さんから、笙野をカサンドラにしてはならない、と言われていた。しかし震災以後は北原みのりさんがその予言性を評価してくださり、さらに今では、とうとう現代のカサンドラ（引用伊東麻紀さんツイート）と言われています。要するにこれはこの国にとって不幸な事態です。その上私めは少くともここ四半世紀ただただ目の前の恐怖を書いていただけ。でもその結果、なんだか、日本の不幸ばっかり予測する羽目になってしまいました。

で？　現在の私はこの危険性をなんとかしてお伝えしたいというだけであって……。

普段は私の本などに興味のないお方にも、この最新作を、お勧めしなくてはと。

そこでTPPというかあの、恐怖のメガ自由貿易についてならば、という事なのですが、まず本作のこの前書きからか、あるいは、『ひょうすべの国』の前書きだけでも、今から言うふたつの注意事項とともにお読みくだされば良いのではと思います。無論、できれば最後まで、しかし途中までででも、ご縁がありますれば少しは、お役に立つはずで。

それではその他の注意事項。これ、大変簡単です。

まず、このTPPというものを単独の、ひとつだけの恐怖とは取らないでお読みください。いわゆるメガ自由貿易全体の問題として捉えてください。このTPPには沢山の仲間があり、その名をRCEPと言ったり日米FTAと言ったり、日欧EPAと言ったりTiSAと言ったりします。この全部がほぼ、結果的には同じ、メガ自由貿易の災難なのだと、思ってください。例えばもし私が「TPP怖い」と言っていたら、ここに書いた他の変な横文字、これも全部怖いものであることをどうか理解してください。というのもこのどれもが、結局国民には何も知らされぬまま（そう多くは、秘密条約だからね、だけど秘密にしているのは結局うちら人民を殺す側だからね）、……。

民を奴隷にし、国土を植民地にする。国益を叩き売り、日本を汚染物質と病気にまみれさせていく。弱いものから死なせて「邪魔な人間」をがんがん殺していく。そして全ての金を外国に持ち去ってしまう。田畑も海も林も、山も森も、国民から強奪する、そうです！　これこそがメガ自由貿易というもの。悪魔の最終兵器、しかもそこからさらにアジア全土のエイズ患者の薬を取り上げて見殺しにしたり、最後は人類を滅亡させたりする（無論その時には投資ガー、経済ガー、の日本国小金持ちも、完全に、骨になっています）。

　というわけで私はこの横文字連中をすべて、分かり易く人喰い条約と呼んでいます。だって、殆ど、要するにそういうものですから。で、改善の余地は？　ふん！

　あと数十年かけて、情報をがんがん公開して、ヨーロッパとかでゆーっくり議論したら出来るのかもね、だけど今？　はは、無理無理無理無理無理。というか千年かけても、多分無理無理無理。

　つまり今ヨーロッパでこのようなものについて、せめて一番ひどいとこだけでも（そう、これが作中のＩＳＤＳというもの、極端な話、世界中の会社様が日本政府の上にたってしまうという恐ろしい制度です）なんとかしようとやっと動いているようですが、しかし、ね、未だその議論は偏向し企業中心、民は滅亡寸前。その上に、日本の？　現政府ですよ？　改善なんてねえ、まず、しませんとも。ほら、だってそもそもこんなものを仕掛けて来る側を見てください。これ、世界企業が人間を殺して喰うための道具として出現しています。そして、日本において、これのハンコを押す（ていうか署名式をする）側を見てください。ほら！

　今までどれだけ民を愚弄《ぐろう》し、被災者を殺し、過労死の家族を笑い物にしてきたか。そういう政府です。災害の中でその被災地の日本酒を飲み、腰を上げなかった「冷静な方々」です。そんな「リーダー」様の推進するＴＰＰとは、娘を騙《だま》してどんどんハンコをつかせ、遊廓に売ってしまい、その上で「自己責任の自由」をうたう人身売買野郎共の、お仕事に似てないか？

で？　さあ、あともうひとつの、ご注意です。それは、……。

今申し上げたように、この人喰い条約というものは、全部同じもの、まったく同じような輪姦野郎ですが、しかしその中でも役割というものはある。連動するのです、組になって悪いことをしてくるものなのだ。それは数が増えるほどに、残忍な連動が起こってくるものです。だって経済協定というのは、相互作用です。単独に動くものと誤認し、油断してはいけません。

例えば、ひとつの条約で何か国益をそこなう行為を約束するとします。すると、連動して他の条約が全部、同じだけ、「俺らにも人間を喰わせろ」と言ってくる場合がある、というか最初からそういう約束になっている事がある。そればかりか、ひとつより、ふたつ、ふたつよりみっつ、繋がれば繋がる程関連事項により、地獄が深くなり、なんというか、関係、連動する事によって被害が深刻に広大になっていくものです。

これ最終的には地球全体で繋がるかもしれない。すると？　太陽系の生命、ほぼ終わります。しかもその仕組みはとっても複雑。判りやすい事は、内田聖子さんのツイッター等にしか書いてありません。しかも特に最近は御本人だけで翻訳しておられたり、リークや取材のたびにぽつぽつと判るだけ、むろん判ったとしてもマスコミはほぼ、報道しません。少なくともこの、日本ではね。

え？　なんか陰謀論ぽいですか？　しかし、外国では反対運動はちゃんと起きています。どの外国でもせっせと反対をしていますとも。どんなに「言論の自由」のなさそうなところでも、例えば「ヘイトスピーチと少女強姦ツール的シミュレーションゲーム」などを禁止しているような「表現の自由のない」ところだって、このような民を虐殺し強姦するひどい制度については、めいっぱいきちんと報道されている。ところが、日本、つまり性暴力ビデオさえもアート無罪でいける程に「表現の自由」が保証されている日本国においては、なぜか、ぴったりと蓋をされている。けっ、だったら？　いったい何のための表現の自由だよ。

例えば日本で批准されたＴＰＰとそっくりのＴＴＩＰ、ドイツでは警官発表でさえ十五万人という抗議デモがあった程です。が、日本ではたいして誰も反対しない、なぜか？

ＮＨＫや朝日新聞、時には東京新聞でさえ、まともに報道して来なかったからです。この自由貿易の恐ろしさというもの、例え記者本人が知っていても黙っているところは黙っています。私はある新聞記者に文化部でいいから報道してくれと頼みました。

けして、別に、私の本の宣伝でなくてもいいのです。ただＴＰＰの危険性さえ書いてくれればそれで良いのです。

とはいえ前作『ひょうすべの国』は赤旗と東京新聞がインタビューしてくれました。無論、時評、書評等なら毎日や日経、中國新聞も載せてくれました。特に赤旗、図書新聞は常に正面から取り上げてくれます。しかしこれはその殆どが個人の方々の志あっての事、その上、大新聞において時評者、書評家がこのようにして自由貿易を告発すれば、今度は彼らまで干されるかもしれない。

要するに他国と日本文学の違うところは、他国で普通に報道出来る経済問題をこの、私、日本文学のひとかけらにすぎない存在が、大本営下において、ごく一部の方に助けていただいて、それでやっとなんとか報道しているという、文学が報道の最先端である（結局、フィクション有利？）、という事なのです。

で？　その一方、ふんっ、まだ何も干されていないリベラル作家の方が「作家は○○の問題について書かない」とか得意になって新聞紙上で言っている事はありますよな。へえ、だったら、わざわざそれを書かせている新聞の担当者め、一度この私に頼んでみろよ、私に。それはけして笙野が売れないからというか、そういう問題ではないはずだよな？　ていうか別に私でなくても、お前らが干したり口輪をはめたりしているその状態を止めろよ。私？

まず、ＴＰＰ止めろ、とずーっと本気で言いたい、無論、五輪もリニアモーターカーも止めろと言いたいけど、その他、このＴＰＰを担当している官僚が私に直接言ったことと政府のした事が違っています（録音してある）、だのも、いちいち言いたい。

は？　その他に、私の言いたい事？　ええと、そうそう、ネットで見かけた拙作への御質問や疑問点についていくつかお答えしておきます。例えば？

「ひょうすべが最後まで何か判らない」、ひえええええ、だって？　書いてあるじゃないですか？『ひょうすべの国』の前書きに既に、世界銀行の金庫で生まれたお金の精なのだと。他には？

ああ、「ひょうすべの国にしろこの奴隷選挙にしろ、なんか、フェミ臭くて判らん、女の問題でしかない」ほっほー（気に入らんのー、でもそれでも冷静に答えようっと）。

要は、私がここで描いているのは、性暴力の後ろにある差別暴力と経済暴力ですよ。つまり、性暴力、差別暴力、経済暴力は三位一体、ていうか最終的には経済暴力になって世界を覆うのでは？　という未来予測であって。要するにほらこれ、男性問題でしょう？

その上ここで現れる女性の不幸はすべてひとつの比喩として読むことができるよね。だって、ＴＰＰは国家主権の売り渡し、しかしこの主権とは民のもの、民の尊厳とすべての権利をそうです、与党は勝手に売り飛ばしてしまいます。なのに自己責任だけは残っているんですよ？　これいわゆるひとつの女衒《ぜげん》行為ですがな。

は？　「そんな弱者ごときの、つまり『女性の不幸』なんか判らん、どうでもいい」だけどそんな事言ってるから皆様方、こんな識字率の高いまだそこそこ豊かな国が、こうやっていきなり騙されるんですぞ。要するにすべて他人事で痴漢も見ぬふり弱いものいじめに鈍感な世界、それこそが、破滅への道。

ああ、しかし、そう言えばこのフェミ問題に関し、私最近少し認識変わっています。というのも、例えばごく一部とはいえけんかの強いらしい男性方が、「痴漢許さぬ漢の会」なんてタグを急にツイッターで作ってくださったり、また、女性専用車反対運動に怒って、圧倒的な数の男性カウンターが駆けつけてくださったり、もう今は日本でさえ古いままの男尊左翼は、やっていられないのかも、という少し希望のある状況が見えてきています。但し、その一方警察も電鉄会社も、そして裁判官も、絶望傾向ですが。だってなんか今日本はジェンダーギャップ百十四位だそうで。

そうですね、やはりまだまだこの世界は塞がっています、下降し続けてしかも、……。

ひとことで言うとそれこそが民主主義の闇なのですな。それは？　「男女平等なら殴らせろ」というこの史上最低の一言につきます。これが連中の「自由、平等、博愛」なわけで。あと？　何？　ほほー、私の言ってる事に？　細かい間違いがある、それは小説だからデフォルメしてあります。怖いものをひとつに纏めたり、そもそも、妖怪とか出ているのだからね。

しかしこういうので「シリーズ全部」とか言いはじめる人を見ていると、昨年の選挙の時の事を妙に思い出します。希望の党だの野党が分裂して、フェイク野党が増えて、それで誰に投票したらいいか判らないって言い始めた人々や、中でも不毛だから棄権すると言う「運動」だって、そんなのどこに投票するかなんてきまってるじゃん、つまりそんな紛らわしい事するおかしな政権の、一番いやがるところに投票してやれよって（それはぶれないところ）。そうしていつの日か批判票もつもれば、……、つまり、完璧でなくとも、先々どうなろうとも、その時その時未来に向けて民草は票を張ってみるしかないのだから。まあ無駄かもしれないがでも、やるしかない。

あとなに？　ああ、そもそもフェミもへちまも、ウラミズモという国自体がよく判らない、ふーん、イタリアに行こうとしたら、イタリアのパプリカ生産高が判らない？　だから？　いかない？　まあ幻の女尊国ですよ、そりゃあけして理想国家とは言えない、しかしあんまり弱いもの苛めして放置しておくと、そのうちひどいことになりますぜという「お話」でもあって。

というわけで、……。

全部は理解しなくてもほぼ理解出来ますので悪魔の完全主義は捨てて、どうか今これを途中まででも読んでください。私はそのために難病の体で、両目の血管から出血するまでの速度で、これを書きました。一カ月で四百二十枚、刊行も目一杯はやくしています。「しかしそれでは芸術としていかがなものか」だって？　だけど一読して世界中の、危険を感じる事の出来る人は感じますとも。

さあ、芸術とは何だろう、「そこに危険の予告や仲間への愛、生命を感じて、それを生きるための磁石や或いは、糧にするもの」か、それとも「よーく研究して、公平中立に、すみからすみまで理解する」ものか？

だって、今、あなたは、生き延びねばならないよ？　ずっとずっと選挙に行かないでいて？　あんなものに政権を渡したまま？　小選挙区制とかでつくりこまれて、それで今から医者もご飯もない地獄に導かれていく？　無論文学とかこっぱみじんにされてね。

そんな中で、この国の民そして世間が、判らないと言っている、あのＴＰＰについて、円高ドル安とかのしくみも判って無いような、私のようなアホがやっと、私にも判る少しの参考文献、そして赤旗経済部記者の方に時には質問させていただいたりして（三回も、しかしそれでもし本書が間違っていればそれは私が学び損ったからです）、さらには内田聖子さんにも一度教えていただいて（むろん文責は私です何かあれば、私が悪いのだ）必死で、想像力を武器に、こんなの書くしかなかった。だから、これ読んだら、そして想像力と共感能力があれば、せめてそれがどんなに恐ろしい事態かそれだけでも判るよ。

故に、今、だまされたと思って、フィクションでちょっと「体験」してみてください。それともむしろ今から十年かけて「完璧に」勉強しますか。しかしお勉強は想像のあとでもできますよね。

だってああいうひどいものを批准しちまったこの国の未来の事、はっきりいって生々しく判るという点ではどの専門書よりも、私の小説にまさるものはございませんのでね。

自由貿易とは何か、戦争への道である、地獄の釜である、原発増設である、大量虐殺である、強姦強盗恐喝暴力である、強奪略奪恐喝皆殺しである。さあTPP反対、日米FTA反対、なんでもかんでも？　そうです、自由貿易の利点というものは確かに、理論的にはある、少しはしなくちゃならん。でも一気にやったら、全員殺される。つまり現実のTPPとは、世界でもっとも優秀な人喰い法律家が日本語の翻訳文もないままにこの、三流鈍感国家に押しつけた世界的暴力団への、白紙委任状であるからして。

というような本文を日欧EPA署名式抗議集会に行こうとしていて、具合悪いばかりかこれを書いていていけなくって、でも、でも要するに私はこれを書いてたんだよ（ごめん）。

一昨年秋、ひょうすべの国の帯を書店デモのプラカードに見立てて、読者と「行進」していたのと同じように。

猛暑、参議院の紙智子さんが官邸前にかけつけていたのを動画でみて、感謝しつつ、家でワープロ頑張っていた二〇一八年、七月十七日に

# 1

# S倉城址公園

それは大寒波の年の桃の節句、お城の坂下の大道でバスを降りて、七分咲きの梅の見える舗装道路を上ってゆく。バス道より幅広の上り口から徒歩で五分、道幅が次第に狭くなってゆく。坂上までは数百メートルの距離、勾配も急という程ではなく、両側は城址の林である。ふと、横道に入りたくもなる。で、入る……。

坂の途中の梅の木は雑木に混じってはいるが、この季節ならば一本一本、目に入ってくる。つい分け入ると、数本の紅梅だけが満開になっていて、他はまだ向こうが透けるような硬さのある花。その、一輪一輪の芯から光が放たれている。光は枝から天へと、清冽に流れている。仰げば、早春の色薄い空。

私の目にはただ、明るさが降りてくる。場所は元S倉市、S倉城址。

当地には珍しく風の弱い日である。この田町門跡の坂を上り切って大きく、視界が開ける。かつてここには国内有数の歴史民俗博物館があった。その南方にはまだ、梅の名所が残る。私がいつしか花の空に目を奪われていると……。

「動かない！」

木と光の間にふいに現れたのは、色の濃い上着、黒髪、銃口。見たところは高等学院生、春の色彩にまだ冬の装備である。後で知ったのだが、これは級長が兼任するという保安委員だった。銃は、すでに構えていて、距離はむろん近い。腕？　どうやら、自信はあるらしい。そして三十八口径、重いはずだ。

級長が銃を許可されている学校というとナンバースクールだそうで、このあたりにはただひとつ。機種は、携帯時の負担よりも、発射時の反動が楽なものを選んでいると聞いた。で、メーカーは？

先代国家元首の母親というのが、にっほんの元警察官だったそうで、その結果、欠点も美点も使い心地も、親しみ深い品をと、普通にニューナンブを正規輸入した。ここは簡単にものが決まる「小国」である。新興も新興、というか国際法の網を潜って泳ぐ、この世にはない国。さて、私はというと、……。

既に、両手は頭に載せている。国境地帯である。観光スポットである。どんな異変についても警戒厳重である。でもこれは平均的な国境と呼ぶべきものなのか？　だって隣国のにっほん側ではまだ、未だに単なる観光政策だと思っているのもいる程で、故に。

ばかものはやすやすと入って来て、軽々と射殺される。つまりにっほん側からさえ誰も助けない。前もっての、警告等もしない。元々からお隣はそういう国だった。だから私だって、「そのまま、こちらへ」と言われて、銃口と向かい合うしかない。

「敵」はボックス型の膝丈スカート、季節がら黒に白ドットのニットスパッツ、おとなびてはいるけれどまだ、十代の子供。細襟背広型の上着は圧縮ウールのモスグリーン、スカートはライトグレー、胸ポケ一杯の白い刺繍、それは六連の星梅の図柄。今？　けして戦争中ではない。子供兵でもない。軍事国家でもない。ただしこの国は警察国家である。しかも「民主主義が死んだ後の世界」である。その上隣国があの痴漢大国、男尊にっほんときては、……。

つまり「我が国において」、「弱いものは自衛するしかない」、ただし「自衛はやむをえないが義務ではない」、けれど「国民に対する、自衛への援助は、惜しみません」。結論、隣国からの（その多くは性器露出を伴う）侵入者を撃ち殺すことを「我が国は特には推奨しませんが止むを得ない場合もある」。は？　私の「心臓」？　丈夫なので長生きしてはいる。が、今はどきどき。

ここは、林の向こうの車道に観光バスが動いている場所、なのに男物カーキ色中綿コートの胸を、私は突き出してみせ、化粧なしの顔で歯を全部見せて、必死で笑っている。「失礼、立ち入り禁止でしたか、でもご安心ください、私は女性です、女性を襲うことなどけしてない女、つまり女の中の女、真の仲間です」等の言葉を、言いたくてたまらない。でもただ、それは頭のなかで躍っているだけ。しかしほどなく、少女は警戒を解いてくれた。

「あら、おばあさまでしたの、これは失礼」、そこから銃は懐剣の位置へ。「とっさに、後ろ姿が国民に見えなかったのです、まあ、あたくしったら、ごめんあそばせ」、武器を収めても上着は乱れない。これは特別仕立ての、つまり級長用のものか。

（この新しい国ではおとなしそうなお婆さんという存在は一番信用される。けして軽視されない。

ただ、昔の姑のような感じで偉そうにしていると「にっほん時代の亡霊」とか思われて嫌われてしまう。「この国の高齢者は本当に辛い」、だってカッコいい婆さんでなければ、若い国民から許されないのだから。

なのに私は、なんと爺さんに、つまり他国からの侵入者に見えたのである。でもともかく、助かった！　だって後ろ姿がズボンの、おっさん歩きであっても、顔を見れば見事に、人畜無害の、「おばあさま」と判るのだから。そして「おばあさま」というこの語はかつて日本で「おとうさん」と初老の男性等に善意で呼びかけたものと、近いニュアンスがあるということだ。

かねてから、この、銃を持った少女の学校についてだけは噂を聞いていた。それは城址のかつて中学校があった場所に、ごく近くと言っても本国から、八年前移転してきた白梅高等学院である。要するに国一番のエリート高校だ。ここからは、そのままウラミズモ国立白梅大学に入れるという。でも「大切」なのは高等学院での段階であって、そこで派閥を作らなければ、出世は出来ないそうだ。つまり高校の人間関係が大学のさらには院の、とどめは社会での序列にまで影響する。しかも学生の殆どが小学校からというエスカレーター式だ。

これらナンバースクールはすべて植物に因んだ命名であるが、白梅がつまり、一高である。引っ越しの理由は元の地が手狭だったという事もあるが、それよりもS倉市占領によって国境が遠くなったというので、むしろ率先してやってきているとのこと。このようにして緊張感を養う事も、ノブレスオブリージュとやら。で？　目の前の保安委員は、はきはきとした大声と戦闘的態度で、あそばせ言葉を使う。それは本来は男性に対する悪意を表現するもの。しかし今は男と間違えられたこの私への、そのままの距離、疑惑を表す。

（要するに、ここの学校では最近、昔の女言葉を、女性に対する侮辱を跳ね返すためにだけ、敢えて使ってみているのである。しかもそれらはどんどんエスカレートし、流行りつつある。学生の中には、日本の時代劇に凝って、頭に自分で拵えた和紙製の文金高島田の鬘を被り、古いデータを見ながら「さて、わらわは弱き女の身」などと悪ノリして、それでクラス中の爆笑を誘おうと練習するのまでいる。つまり、そういう、ギャグなのである。ウラミズモギャグというのだそうだが）

たとえこの城址の敷地内にいても、なかなか会えないはずのエリート高の、「国一番の美少女」に、私はいきなり、出くわしたことになる。その名は猫沼きぬ。運がいいのか？　いや怖かっただけだ。まあ私は銃などではけっして死なないが。それでも驚きはする。一方、この賢いばかりか、すこやかそうな子は新しい自分達の国の領土に、すっくと立っていて、国境にびびらない。

少女の背丈は一七〇そこそこ、この国の二世としたら小柄な方だ。しかし腰も肩幅もがっしりして、殊に印象に残るのは関節から継ぎ足したような大きい手と足。肩までの黒髪、そんなに色白過ぎない面長の顔、高い頬骨へ、自分で描いた雀斑《そばかす》、睫毛化粧を目の下にわざとはっきりして、きつすぎる程きれいな顔へきちんと愛嬌を加えている。アジア系の完璧な眉に鼻はしっかり高く、眼光は鋭い。

声は少し嗄れた低音で、ただ無意識になのか、常に微かにきらりと、笑いを帯びて話す。薄く形良くアルカイックな口の端も、猫っぽくわざと吊り上げている、その「愛されて育った」可愛げある様子で、時に繊細な配慮を見せ、時には冷酷さを表現する。この若さで全てに客観視点を持っている娘。やはり後で知ったのだが、元、少女服のモデルだそうで。

このウラミズモにおいて、女性の低い声は愛されている。例えばこの国におけるアニメ声とは、明らかに悪ふざけでないかぎりは、必ずその意図を求められるものだ（むろん猫への接触や診療に際し、高い女性の声が向いている事は事実なのだが）。

なお、猫沼の手足はリーダーシップを表現するため、現代舞踊のカンダアキコと同じ方法で骨を伸ばし、手入れはエステで行ったものとすぐに知らされた。というのも彼女は、銃をおさめてすぐ「坂の上まで親切にも同行してくれた」から。無論彼女らの流行や好きなことについても、その短い間に教えられたから、今語れるのである。

ほんの少しの距離だがそれはあまりにも印象的な、しかも、ホラーな時間だった。

坂道を前になり後になり、笑いかけ、さりげなく観光案内までしてくれる少女の、それこそ舞踏のようなはっきりした美しい歩き、いちいちかざされる両手の大きい動き。

スパッツに合わせた足首ぴったりな黒のショートブーツは、柔らかくて、なのに歩く時不思議な、良い音をたてた。

優雅な黒髪を揺らせて跳ねるように動き、しかしそれで自衛力を誇示している少女。その上で絶え間なく、話しかけてくる。私の姿は観察し終えたようだ。

「ねえ、おばあさま、おばあさまはこの坂の上のあんな施設が、お好きなんですか、それとも初めてなの？　でもご覧になっても多分つまんないのばかりですわ、だって」、常設の女性史ジオラマ展だって、一度見たら飽きるし、展示館だから生体の中に嫌なものがいるんですもの、ふん、国境「散策」していればもっと嫌なの来るけど……。

国が変わってから初めて行く、と私は「言い訳」した。視線に耐えながら。すると「まあ、前の国をご存じなのですね、それは恐ろしいこと」と、そして「でも今だって生体展示なんてトラブル続きですのよ、そこに例によって、だいにっほんの自惚《うぬぼ》れたお上りさんばっかりが得意になって抗議しに来るのですもの」だって？　それはまた、どんな、抗議を？

「ええと、なんでしたっけか、ええと、それは例えば、全ての男性の性的満足がない限り、我が国の男性保護は未完成であるだの、また、痴漢をする自由は性の多様性なので、性的弱者を保護する牧場なら、男女平等の見地から、痴漢に少女を襲わせなくてはならないだの、そしてそういう馬鹿げた言いぐさにさえ、我が国の修学旅行のいなか学生達が感心してノートを取っているんです、まったくあの人達が私達と同じ学年っていうのも、なにか、もう、宇宙人みたいで……」。

それはひとかけらの「悪意」もない白梅の「率直さ」であって……。

コメントしようもなく、私は、ただへえへえ言っていた。というのも私は、本当に新しい国に慣れていないのだ。それで、「昔、歴史博物館だった頃によく来ただけだ、生体展示が何かも、判ってない」と。すると猫沼きぬは私の立場を察したようで。

「まあ、でもそれはあたくしだって、普段非公開の生体なんかはまだまったく存じませんわ。でもにっほん国から買い取られてきた痴漢のいる展示室、あれを小学校で一度見ているんです、なんというか汚いだけではなく、本当に醜いです。あんなもの二度と見たくありませんわ、しかもあの時見た痴漢は今もっと老けていて、あたくしが高等の卒業手前になっていても、まだ生きているそうで、しかもなぜだか露出を見たがる観光客がいるんだそうですよ、でも見えなくしてあるはずです。ねえ、おばあさま、気持ち悪いでしょう」

そう言えば、「オストラ」をご存じですか、おばあさま、とも。しかしこれもただひたすら返事に困るだけだ。私は昔の物なので何も知らない。オスのリストラなのか、と当てずっぽうで言うと少女はもう、笑いもしない。

「あら、いいえ、いいえ、ギリシャ史の通りです、非展示生体に投票して、それで数が溜まったらオストラシズムです、ね。つまり、ベーっ、どこにでも行っちまえって」

おや、言葉が少し「女性らしくなくなった」。警戒が解けたのか？　私は正直に。

「私、実は今時の事何も知らないんですよ、ただ久しぶりに外へ出ただけで、歩く事も、滅多にないですので」、と。そもそも、前の博物館に好きなものがあったので、それがまだあるのかふと気になったせいだと。もしそれが今なければもう永遠に来ない、だけではない。ぐっすりと眠るだけ、と。世相は地面をつたってでもなんとなく知っていた。ただ博物館に残っていたあるものがどこに行ったのかを、誰も教えてくれないから、と（あれは私のものだ、夫からの贈り物）。

「まあ、何でしょう、それは、……ふうん、石の？　矢尻、ですの？　でもそれは多分、何もなくなったと思いますわ。残念ですね」

と言っているうちに短い坂は終わる。すると猫沼は思いがけず、ふいにしっかりとした大きく美しい両手を、私の方向に、実に良い音で二拍手した。と、それもまた奇妙に美しい。で？　私は反射的に胸を反らしその拍手をついつい自分に対するものとして受け止めてしまった。つまり、それは長い歳月ずっとこの私が石神として人間からされていた事であるので。

むろん相手は別に私を拝むためにしたのではない、とすぐに気がついた。だって私だって人間の「おばあさま」に化けて出てきたのだ、ばれるはずはない。化けてこそ、銃を向けられたのであって。

ならばこの相手は？……要は思い出すことがあって彼女は手を叩いただけなのかも。

「ああ、そうそう、そう言えばあそこには私が子供の頃作ったジオラマがまだあります、はずですのよ、当時のあたくしはまだ本国の白梅小学校にいて、それでもS倉がウラミズモになったというので、移転したばかりのこの展示施設の準備を、子供なりに手伝うようになっていたのです。そして、八年前、ここが領土になってからすぐ白梅高等学院もここに、一緒に、やって来ました。ねえ、もしよければ、ご覧になってくださいい、作った子供の名前が出ていますもの。あたくしは猫沼きぬ、お友達の双尾銀鈴と一緒に作った、お人形が」。この国の女の子はまったく、なんでも言い尽くす、私に対してでも何度も何度も、間接的に住所を尋ねるような質問も投げてきたし、要するに、ものおじしない？

「あ、そうだ、ねえ、おばあさま、念のため申し上げますけど、「交流館」はここS倉からのバスも出ていますが、今からだと五時間以上かかりますわ、着くのは夜、場所はウラミズモ本国の海際で、だけどけして楽しくはないそうですので……」

何も、まったくそんなものに興味はないとつい強く答えた。私は今も出ていった夫を好きなのである。他の男はいらない。ましてや買うなんて。お金が勿体ない。

「でも、一度ご覧になるのもいいかもしれませんよ、まあお金の無駄ではあるけれど、そもそも、あんなもの外貨獲得になっているのか怪しいものですわ。でも外国の女性から見ると不思議とインパクトはあるようですよ、だってあそこの男の子たちときたら」何も知らされずにただラカンだけライプニッツだけを学ばされて、一切外と接触のない箱入り息子達で、人間の権利とかは当然ないですし、……。

それはクラスで興味を持つ人もいないわけでなし、おとなになってお金持ちだったら行くという人もいますけれど、なんだか遺伝子の段階で非道なまでに選別されているから、私達よりはるかに美しい個体がいると聞きました、うふふふ、あらでも、そうですわねえ、おばあさまが、まさかそんな、にっほんの観光客じゃあるまいに、まさか？

うん、うん、あさましい人達だね、あのにっほんの連中は、といいながら男性に向かう悪意がまた、彼女の女言葉を復活させたのかと思って、……そして館の前で別れる瞬間？

やっぱり怖い、ウラミズモ第一、そう、「白梅は一高、尊い、侮れない」、と自分の社《やしろ》で眠っていた時も虫や草の囁《ささや》く、噂を聞いていた。そうそう、そう言えばずっと、……。

お城の林に隠れて、あるいは後ろから歩道に出て離れて、ずーっと付いてきていた？　他の学生たち、気配を消して動く練習が体育にある学校？　ならばあの二拍手は？　私にではないとしたら連中への合図なのか。

「まあ、おばあさまったら、びっくりなさって？　あたくしたち、散策部の休暇中訓練で、たまたま、集まっていただけですのよ」、要するに……。

「送ってくれたお礼を」言おうとすると、たちまち物陰から走り出てきて、あっという間に猫沼の後ろに四十人程が、整列していた、……。

国境だからなのか訓練中だからなのか、白へルに紺色の綿入りらしいツナギの、なんともスタイルのいい、肩のがっしりした脚の長い女の子達が、集まってすぐに二列縦隊を作り、坂道の車道を、走りおりてゆく。それも背中に何やら装備を背負い、腰にはどう見ても金属バットとしか思えないものも下がっている、なのにその速さたるや、しかもしんがりに六人、長い鉄パイプを掲げている子達の身長がまた、ひときわ高くって。

危険な国境散策、しかし噂の男性装置（男を投げ飛ばす程の筋力を与えるスーツ）を着用している子はない。やはり未成年には付けないのか。

## 2

## 旧S倉歴史民俗博物館跡

早春の空の光が、館とその周辺にまっすぐ降り立っている。白いつやつやのレンガタイルで覆われた全体、厚く大きいガラスがふんだんに使われても、引っ込んだ窓。

妙に要塞のような印象がある。でもエントランスの屋根は透明だし、外は茶系の通路、照明は壁から突き出し、銀色に尖っている。高級素材、堅固、施工は前世紀八〇年代、それは前の国であるにっほんが世界一、金持ちだった時代。歴史民俗博物館といっても瀟洒《しょうしゃ》で現代的で面積は広い。周囲も余裕で、生け垣や、木に囲まれ。しかしもしここが「前の国のままなら」こういう博物館の形態は新世紀とともに駆逐されていって、既に許されていない。ことに都会では、狭苦しいビルの何階かを間借りして使っているはずだ。それらの多くは独立した建物からそういうところへと押し込められたものだ。そうなると学芸員は、減らすばかりか全員臨時契約、無論面倒な資料は次々と破棄、出来る勤務は全て奴隷が行う。そう、前の国にっほんにおいてならば。

しかし今は元のようにきれいになっている。公園も手入れされ雀も肥えている。

いや、むろん私などそんなに詳しくは事情を知らないのだが、でもさすがににっほんの没落ぶりはものすごくて、ことに地方ではひどい事になっていた。その惨状は沼際で眠ってばかりいた小さい石神の耳にさえ入る程で。

要するにウラミズモ「占領」前、私のいるような片隅の世界程、人間も、自然さえも、搾り尽くされてずたずたになっていた。

当時から、にっほんでは奴隷の数が次第に増加し、いつしか人口の四分の三を占めるようになった。その始まりは？　確か、二〇一六年のＴＰＰとかいう自由貿易を基本にした国際条約で、その国会批准により、国は世界企業の奴隷となり植民地になった。すると戦争、原発、すべて受け入れねば、ＩＳＤＳという悪法で巨額の賠償を取られ、さらにひどい目に遭う世界が出現した。要するににっほんはいきなり、第三世界になった。

郵便貯金、農協の貯金、国民の年金まで猿芝居の投資に強制的に使われ、金は全て海外に持ち去られた。今では子供の靴も、教科書もない。一方グローバル化とかで、連れてこられた外国人も奴隷同然。賃金は世界最低。

しかしそうなるまで誰も、何が起こっているかも気がつかなかった。

そんな中、かつて、働き方法案として企画されていた悪法がさらに地獄化して、奴隷法案となり、奴隷法になった。するとその後は、それまで内々に行われていた奴隷制が一気に表面化し、外国人にもにっほん人にも「平等」にまかりとおっていった。

つまり、ここはどこか、どういう世界かという話である。

一言で言えば、二〇一六年という早期に、最初の予定通りに、ＴＰＰが批准されて出来たパラレルワールドである。しかし今現在。

結局まだ日本という国名である現代日本こそ、次第にこの仮想国に似てきているのだった。というのも現実世界で一瞬ＴＰＰを逃れられたものの、結局このような政権は厚かましく、選挙民は何も気づかず、いや、気づくどころかただひたすらに持ち前の奴隷根性と奴隷的無能を発動し続け、その結果、ご存じのようにＴＰＰはゾンビ化し、もっと悪いものになって蘇生してしまったのだ。すると、その一方で、悪のマスコミは警告どころか情報を遮断する、まあ、大本営である。そしてどっちにしろ、国民が喰われるように、殺されるように、潰されるように、この国の閉じた世界は、じわじわと作り込まれ、狭まっていった。出口には当然、巨大絞首台しかない。というかそれ以前の平和憲法下でさえ、他国にやられた戦争犠牲者が実は出ていたという（報道はなかった）。

要するにこの日本もにっほんも似たようなインチキ国家であって、どっちにしろ、こんな、女人国という、まさに夢の中にしか出現しないものによってしか救いようがない、そういう状態である。双方がただそっくりの地獄に向かって、一歩はやや速く、そして一方はやや遅れてひたすら接近していて、しかし、……。

ならば選挙に行ったらどうなんだ助かるのではないか、……。

なるほど勝ってもごく小さい地域の場合は取り囲まれ、負けも同然に叩かれるケースはある。が、しかし大勢、全部が選挙に行って、自分達が生き延びられるような選択をすれば喰われずにすむ。でも、連中はなぜかそうしないのだ。しかし、なぜ、なぜ、そうしないのか？　ここが実は、私のような石の心の石神には判らないところである。

で？　現実の日本も、パラレルのにっほんも、いつしか気がつけば公文書は全て偽造、議会は多数決だけ。公約は破られるだけ。民を世界企業に売り渡す人喰い条約のＴＰＰ、それを使って一家を根こそぎにする事しか（両方の）政府は考えていない。故に民を煮るため鍋釜、下で燃やす薪、何もかも揃えて、政権は殺戮《さつりく》以外ではもう、興奮しなくなっていた。

だって上は既に、ただ搾り取るのにも飽きてしまったのだ。既に民を絶滅させなければ、寿司もうまくないし、風俗でも射精も出来なくなっているし、ただもう国民を苦しめて喰う事だけを楽しみにして、それで射精をしたいとだけ思っているのである。

そんな中、人喰い条約は止まらず連動して動き、増え続けていた、ＴＰＰの他にＲＣＥＰだのＥＰＡだのＴｉＳＡ、それらは繋がり、最後には世界中を覆う予定だとか……。

総理は、その場その場を騙して勝手に国民を奴隷にする判子を押し続けた。そしてその結果は一番弱いところに押しつければよいから、とモラルの低いにっほん国民に教え込んでいった。というような、それは、グローバルネズミ講だった。ばかりではなく……。

民を苦しめて、人口さえ減らせば、国中の空き地を、海外から請け負った汚染物質の捨て場にする事が出来る、と政府は思っていた。その上で子供にも過激農薬入りの食物しか食わせず、さらに病気にする。するとその病気の治療費を無保険にしてむしり取ることができる。さらにまた元々の国民が減れば外国人をだまして連れて来て人件費節約、そう、この華麗なサイクルを回し続ければ。何から何までが連中の「国益」になるのである。こうして、「無駄のない利益が繋がって回り、勝ちはすべて自分達のところにだけ永遠に集まる」と、いうわけであって、……。

そんな中人喰い条約下の奴隷法というものが猖獗《しょうけつ》を極めていた。

その奴隷の数は丁度にっほんの人口の七十五パーセント、奴隷になった理由は、女に生まれたから正社員になれず、家事奴隷、メイ奴隷、その他はいわゆる住宅や奨学金だのの債務奴隷、また、時には脅迫で判子を突かされているだけでお金は借りていない真性奴隷、……というか、人喰い条約下、普通にしていても、国民の九十九パーセントは最終的に奴隷になる運命であった。で？　そんな奴隷たちはというと、まず選挙に行かない。

要するに、奴隷の分際で選挙権があるのは恥ずかしいから、というので国民の殆どはもう誰も選挙に行かなくなっていた。要するに、そもそも権力者だけは責めない体質があるから、悪政があればある程、たちまち「精神の貴族」や「アナキスト」を気取り「選挙なんか行くの馬鹿らしい」となってしまっていた。その上で「だってくだらねいですお」とか言いながらも、自分の子供や、通りすがりの女や、孫を喰っていた。それこそが実はこの国の奴隷同士「穏やかで争わない」秘訣らしかった。にっほんの国民は「超人的我慢でご近所に迷惑をかけない、おかみのお世話にならない」、しかしそこも実は奴隷化の原因であった。例えば政情が悪い時、国民は誰も政府を責めない。そんなこの国では一体、「誰が悪いのか?」。

それは、「いついかなる時でも、女が悪い」のである。

元々、この奴隷国の悪事の責任は全て妊婦と母親が取らされることになっていた。例えば犯罪者が悪いのは母親が悪い、妊娠する原因は女だけが悪い、選挙権がなかった時代の戦争責任も女にくるし、さて、それらが嫌なので子供を産まないでいると、それはそれで責められる。また全ての借金は、娘を売り飛ばす事で決着をつける、だけではない。娘を見ると、これを売らないと変だ損だ無駄だ、という感じになってしまっていた。

女が資材に見え、これを虐待することは経済行為だと思えてくる。すると一銭にもならない虐待のはずがどこかしらが金を払うようになってしまうし、また、たとえ金にならなくとも、虐待そのもので男性はご主人様気分となり、「儲かった」とついつい思うようになってしまうのだった。こうなると中には日常の困難のすべてを痴漢強姦とセクハラで乗り越えようとする男性も出てくる。地獄の国にっほん、そこでなんとかして自分だけが助かろうと思うものはどんな苦境にいても、無意識にいつでも、いつまでも少女を虐待したりなんとかして少女を搾取しようとするようになっていく。こき使えないなら性虐待を、他人がやっているのならせめてお零《こぼ》れで二次加害をと、……。

やがて、……刷り込まれた人間の脳において、女児を虐待する事と儲けを出す事の一体化が起こる。すると性の自由と称するもののすべてが卑怯な暴力の快楽を貪る行為に乗っ取られてしまう。他者を苦しめれば自己満足と自己確立が得られると感じ、それは一種の妄信となってゆく。結果、一番手に少女を侮辱したものこそ最高権力を得ると、人々は思い込む。その上で金が欲しければ妊婦を殴ろう、それで手にはいると夢想してしまうのだ。当然セックスにおいても、何よりも女性を苦しめる事がお得だと感じてしまうようになってもいる。ついには、なんとかして無料で罰せられずに、強姦したい、そして公的に痴漢させろ、という国になった。まあでも、そんなのも昔からかもしれない。

むろん他国だって、世界全体だって、そろそろそんな構造から逃れられなくなり始めているのかもしれなかった。ただ世界企業は少女だけではなく、おとなの労働者からもすべて搾り取り、性暴力的快楽も全て、経済暴力に吸収させようとしているので……。

もともと、世界全体が狂ってしまう前から、にっほんは助け合わない国、弱者に全てを押しつける国、実態と表現が離して置かれる国、そういう国であった。

歴史的に他国と相当に違うところがあった、それは国民全体が奴隷であり、奴隷が普通と思い込んでいるこの奴隷根性である。丁稚《でっち》も、研修生も、ほとんどの女も、結局は、奴隷ではないか？

そしてその結果、とうとう、ぶち切れた一部の国民それも女性だけが独立してしまった。不謹慎だからあまり言えないが〇イルランドとかそういう感じで、やってしまったらしい。

その結果があの「ごめんあそばせ」である。女人国である。しかし、……。

実を言うと私はこの辺りをよく知らない。神として二千年以上を生きてきたものの、ずっと沼際の社に引きこもり、その上最近では生まれついての自分の石の形を「女性差別（陰石なので、女性が見ると嫌がる場合がある、超シンプルな自然石ではあるが）」と言われて暮らしている。そのため非常に困惑していてあまり外に出ていない。私は神なのに、一応絶対的意識、なのにその一方で世間知らずなのだ。それで子供に「おほほほほ」と言われても言い返せない。まあだから余程用がなければここだって来ない。人間に化けてたっていつ何を言われるか。それに元S倉の末期はそこら中が最悪の景色だったから外出したって楽しいはずもなかった。ただ、今はウラミズモ占領下になったのでいろいろ様変わり、それも良い方に変っている。ここだって建物も綺麗になり芝も刈ってある。館の煙出しからもお料理の良い匂い。

とはいえ今の館は観光用にくだけていて学術感が薄れてしまったという傾向はあるかもしれない。でもそれは今まで学問だったものとは違う、新しい学問ばかりしているという事だ。

昔、前世紀末、この広大な地下展示室と講演会場をも擁した研究施設では、常に学会や専門家の講演が行われていた。展示に即してプロの落語家が招かれることもあった。歴博の頃である。そこは国内外に評価高く良い資料も揃い、現代を射程に入れた展示を行っていた。周辺に植えられた植物までが資料の一部をなし、さらに館のテーマに沿った植物園まであった。園は今も大切にお世話されている。しかし建物は今、別の目的に使われている。

とはいえ、昔も国立、今も国立、それ故館の前に立つ二メートルの国旗掲揚ポールは元のままらしい。が、今そこには、新しい旗が重く垂れている。ピンクゴールドのフリンジ、瑠璃色に白いワニ。風の弱い日なので、ワニはまるまっている。そういえばにっほんの末期にはこの国旗までも紙の旗にしてしまっていた。トイレ紙風ので経費節減、合理化のためなのだと。

元S倉と先程表現した、ここは今S倉区と呼ばれている。区となったのは実はにっほん時代で、市全体がややこしい名になったからである。確か国家的戦略特区とか呼ばれていた。今は新しい国の占領下だが、この区という言い方はなぜか残っている。理由は知らない。

ともかくここは今ウラミズモ女人国である。既にさんざん、ほのめかしたけれど、国民は移民。ほぼ全員女、そして女こそが人間。その建国は二十一世紀初頭、旧茨城。

但し、当時は規模もコロニー程度で知られていなかった。そこはいきなり原発を受け入れると宣言して、一県を占領し独立を可能にしてしまったという、酷い建国であった。しかし実際はそんなもの受け入れてなかったのだ。なので実は文字が違う。原発の原の字が変わっているのである。日ではなく、目の形という……。

そんなのでも国が国の形を成し独立出来たのは、建築してもいない原発により、金の流れだけを作っていたからだ。隣国にっほんの民の税金を搾り取り、それらを海外のタックスヘイブンに送り届ける、中間地点に立っていたからである。なにそれ？「実に甘い馬鹿げた話」のはずなのであるが、たまには、こんな事もある。だって原発なしでも家電が動く事や、北の国が南の国との戦争を終結させることなど、全て甘い話として笑われてきただろう？　で？「現実を見ろ」

と言われていちいち冷笑されてきた結果、取り残されたのはどこの国民であろうか。

にっほんは、ＧＥ社が勘定に合わないと撤退した原発、そこに利権を見て新設したがり、外国にも売りつけ、事故が起これば賠償金は民の膏血《こうけつ》を搾り取った。むろんその膏血は最終的には世界企業の金庫へと吸い込まれた。弱い者から搾り取る以外の経済を知らない国にっほん。自国を根こそぎにして世界企業を潤すその国民性。殴る相手を間違いつづけた、それが今、ここ。

しかし、その一方、ならば？　この女人国は理想国家なのか？　そんなはずはない。移民申請を受諾されて入管を出てすぐ、国を冷笑すれば射殺される国。それでも経済特区で選挙がある度に、というか奴隷が投票に行きさえすれば、領土が増えていった。しかし、最大の黒歴史は建国後数年間に、当時の幼い国民が一年に十人、異常な身体データを取られたり、中のひとりは直に性虐待をされたという記録（口承が主）である。この少女達はにっほんの要人か世界企業のトップの生贄にされたそうだ。なんというか、こういうのは怖すぎる。私など古代神だが食べる動物の生贄しか貰ってないし。またこのような新しい形の性虐待というのは、私のいた地域の歴史にはない。

とはいえウラミズモはほどなく国力を付けてそこから脱し、選挙で領土も増え、今ではにっほんの債権国になっているという。でも過去の犠牲者や犠牲者の苦しみは変わらない。なお、その中のひとりは国家元首となった。まあ、それはともかく、……。

国家戦略特区で野党が選挙に勝てば、そこは国を抜けられる、すると地獄のＴＰＰがチャラになってくる。そういう展開が起きてしまっていた。で、前の国は滅び、新しい国へ、でも他国から行けるのは女だけである。しかしなんでそうなったのかは私は聞いていない。

まあなんにしても、それでも、梅は咲いている。桜が植えられることはもうないと思うが。自然に囲まれて古い建物はそのまま。気温も元のまま。新しい国は言う「余計な改変はしない、民は忙しいから、民には介護もあり家事もあるから」と。経済振興で工事をする時も工務店の正社員には何も食わせない、民がまず食べる。

この城址の公園には他にもいくつもの広場と施設があるけれども、どこにもあまり手を加えられていない。体制が変わっても雑木林を散策し、広場でスポーツを楽しむ民草が絶えない。ただ、「細かい点」だけ「最小限の変化を」と国は心掛ける。故にこの博物館にしても。

エントランスの奥にそこだけ新しい表示。けして目立たない「男性保護牧場歴史資料館」、と。プレートも小さい。そしてどういう館なのか？　これでは、判らない。

しかしともかく、猫沼きぬの説明によれば、現在のそこは生体資料の殆どが非公開であり、学者の資料研究と観光客や学生のための歴史学習に使われている。なお、非公開生体の詳細等は、一般人がメールで尋ねた程度では絶対に判らない。

最初の博物館がなくなった事は無論、当時の真面目な歴史研究者にとっても学問全体にとっても、災難ではあった。でもそれ以前から文化滅亡への指針を元の国では、徹底させていた。

二〇一六年のＴＰＰ発効後たちまち国は、全大学に関し、つまりこの博物館のように大学の研究機関とみなされている施設をも含め、その学問予算を、徹底して削ると決めてしまったのである。で？　残ったのはただ、軍事研究と「女性史研究」。それは生活保護を削り国保を崩壊させ、種子や水道を外資に売り渡すことと同時に行われた。当然学術文化などは根こそぎであった。

展示、研究対象に現代をも含むこの博物館では、まず戦争に関して批判的と見なされる資料が展示禁止となり、廃棄された。その後は経済暴力側が専門家達に放つ、いつものきまり文句、「それは一体何の役に立つの、いくらになるの、アニメ化は出来るの、出来たら売れるわけ、じゃあぼくがちょっと計算してみましょう」という、例の質問が、くりかえされた。既に、いつものパターンであった。捨てられる貴重な資料を貰うだけでも貰いたいと、或いは必死で引き取ろうとする研究者もいた。ところがこの館の場合それは「手続き上の問題」でお断りされた。或いはまったく告知しないでただ、すーっと捨てられた。残す審議も会議もなくただもう、ただただもう、燃えるゴミになった。苦労してデータ化したものも省エネと称してわざわざ消された。専門家の努力の跡を一気にリセット、それが彼らの考える「既得権益をぶっ潰した平等」である。

こうして国内有数の歴史と民俗の資料館は「ぼくたちのれきしひろば」にされ、そこにある歴史も「ぼくたちのほんとうのれきし」に平仮名化された。民俗学は廃止され「女性史」が展示された。という事は、もう既にお馴染みのパターンであるが……。

それは「時代順の冷静で客観的な歴史展示」だった。まず、古代の少女が謳歌した「セックスの自由」、そして中世の女性が享受した「おおらかな性」、さらに近世の女性が「いきいきと性の主体となり描かれた強姦の春画」、最後は現代の女性が主張した「子供売春の性的自己決定権」、である。つまり、人柱にされても、売り飛ばされても、お店の所有権や土地の相続権がなくても、強制連行で強姦されても、とどめ選挙権がなくても、「そんなことよりもまず、セックスセックス、女たちはむしろそれだけを楽しみ自発的に人間らしく性の主体となっていったのです」という、例のやつである……。

ジオラマも資料も、出てくるのは少女、その上で「現実モデルによる再現」が続出する。さらに「やりたくてやった、二次創作する女性たち」というコーナーなどは歴代の有名少女アニメ全部にリョナや暴力的セックスを強制した動画のオンパレード。で？

「元始、女性は太陽であった。十三で結婚し、はたちで婆になった。早期出産で死に、飯を食えないので弱り、外に出られず漢字を使えず、多産で死産で短命、ね、でもそんなのね、それ昔からだから平気なんですよ、セックスはしてました、だから無問題、じゃあ今も、ね、それでひとつ」と、いう「輝く女性史」展示。

生活苦を大義名分に子供の売春を正当化する展示。セックスの「多様性を求める子供」、その「虐待されたい自由」の展示、子供が犠牲になった犯罪を性の闘争と称している展示。そして、にっほんのフィクションの中から、おとなと子供のセックスばかり拾い出してきて絶賛する企画。また「昭和の民俗」などと称し、チェンマイで少女のハレムを作っていた〇マモトの発言や写真を英雄扱いしたもの。

こうして歴史は「よくわかるおもしろいもの」になり、資料はオリジナリティに問題のある俗流本だけ、というか単なる児童虐待正当化史観だけが資料室に置かれた。そんな中、異端民俗系の、なんとなく立場の弱い学者達はがんがんパクられた。ばかりか少女虐待の理論的支柱にするための捏造歴史の「引用文献」にされた。

優秀な学芸員のひとりひとりが、辞めたり、馘《くび》になったりした。その後へは正規の教員として政府下部組織から新自由主義の、自由貿易世界の頂点を占める、世界企業の手下が送り込まれてきた。それは既ににっほんを支配下に置いた外資の手先だった。その名を「NPOひょうげんがすべて」という。略称、ひょうすべ。

むろんこの「ひょうげんがすべて」、略称ひょうすべ、、、、達、が表現、全てなどと言ったところで、……それはけして芸術至上主義とかそういうものではない。芸術はむしろ売り上げだけで計って廃止しにくる、輩である。

連中の求める表現とは、要するに少女虐待の表現ばかり。しかも表現などではなく実行犯罪であっても、そのすべてを三次元アートなどと言って表現に含めてくる。どんな理由であれ少女に加害したものは必ずひょうすべに擁護されて、「真の被害者」と呼ばれ同情される。また女をひとり襲えば二人目を襲えるように匿《かくま》われる。「どんな恵まれない性的弱者でもいつも平等に少女を襲えるように」やりやすい便利な方法を大メディアに出すひょうすべ。そのための努力を連中は怠らない。

ひとりの人間が過去の功績によりひょうすべから庇《かば》われ、またその「人間性のよさ」によりひょうすべから庇われる時、その本人は必ず、なんらかの形で、女に、特に少女に暴力と性の罪を犯していた。

ひょうすべにとっては、少女を襲う事だけが歴史であり正当である。それに異をとなえるものは「横暴な権力」と呼ばれるしかなかった。そこにはいつも「弱い男を支える本当の欧米型フェミニズム」が幅を利かせていた。まあどこにそんな欧米があるのか知らないのだが、そこで一応さきのカギカッコを取ってみると、それはにっほんの少女地獄を固める悪の女衒《ぜげん》と鬼畜のヤリテ、となるわけであって……。

かつて七〇年代の「闘争的な」或いは「保守で辛口な」男達は「男女平等なら触らせろ」と言って大学の図書館でも廊下でもぶつかってきた。そして「女性解放されているのならセックスをさせろ」と命令してきた。ところが「時代は進歩し」、二十一世紀初頭、「触らせろ」と言っていた男どもはついに「男女平等なら殴らせろ、殺させろ」と言うようになった。とどめ「拷問させろ、被害者になるな」、「虐殺させろ、泣き言をいうな」とまで。

かつて、前世紀の女叩きも七〇年代あたりは女性労働者や女性大学生の受難が主体だった。しかし、世紀末にはもう、女性高校生までがこの不幸に巻き込まれた。それはかりか新世紀、とうとう妊婦と幼女までが「この男女平等」の対象になってしまったのだ。つまり妊婦殴らせろが「男女平等」、幼女との暴力的セックスが、「男女平等」、そんな中「男だけがコンドームを着けさせられるから男性差別」、痴漢よけの女性専用車に入れない痴漢も「男性差別の犠牲者」、とどめ「女子トイレに入って強姦が出来ないのは男性差別である」となって、……。

「さあ俺は痴漢じゃないから女性更衣室に入れて貰うぜ、差別するんじゃないよ」。例えば世間の家にはほぼ鍵が掛かっているが、この鍵を壊せと迫り「一般の善良な通行人を疑うのか」と怒ってくる強盗こそが、TPP地獄における「男女平等主義者」なのだ。で？

そのような「男女平等」を助けて「男性差別と闘い」、趣味と実益を手にするヤリテと女衒が

「真のフェミニスト」と呼ばれていた。連中は朝から晩まで遊廓の前で「ひとりの被害者も出してはならぬ」と、言い続けて、本当に誰ひとり被害者を「出さない」つまり黙らせていた。あるいは、奴隷売買の歴史がある古い遊廓の中で、たちまちその「古き良き情緒」に感激して「男のようにさらりと」一句詠んでみせた。ていうか？

女性の解放を、と一言言ったらば、「男性も解放されねばならぬ」と女の口からいきなり言うのである。で？「女性が解放されれば男性も解放される、だから痴漢強姦の権利をそこなわせてはならぬ」というひょうすべセオリーが来る。さらに女が火を点けられて窒息させられているビデオでもあれば、「これは性の自由、男性の解放」と主張するひょうすべクオリティ、さらに「すべての男性の性が完全に解放されるまで女性は絶対に解放されない」と言いつのるひょうすべデフォルト、とどめ「女の死体と殺されたというその表現は別ものである」とこれこそまさにひょうすべイデオロギー。ひょうすべ、それは表現と実態の悪しき分離なのである。ひょうすべ、ひょうすべ、……。

まあ要するににっほん時代の末期、ここは児童虐待秘宝館にされていたのだった。

で、今？　まあ全部のカギカッコを外した女性歴史館になってはいる。

なおかつ現在、その前には、丁度五台のバスが停まっている。どれにも同じ高等学院の三年生が乗っている。それらは、先程私が両手を頭に載せている間に到着していたものだ。で？　ちょっと面白いのはね、なんとこのバスのガイドは高齢者ばかり、全員が教員の退職組だそうだ。

そしてそういう彼女らは毎年奥地までバスに乗って学生を迎えに行き一緒に何日も過ごして話合い、昼は啓蒙、夜は議論。というのも修学旅行は教育の仕上げということだからだそうで、こんな仕事むろん年寄りにはきついはずなのだが全員やる気まんまん、ひとり残らず声を張ってわざわざ大きい荷物を持ち、敢えてすたすたと顔を天に向けて（実はしんどいのかも）歩いている。そしてバスを下りるとすぐ、ガイド同士打ち合わせ、この会話が元気の素なのかもしれない？　さらにお互いを褒《ほ》めあいつつ、しっかり愚痴の交換等もして。なお私などはこのガイダンスを後ろから聞いていて、解説、ただである。

彼女らは全体にボキャブラリーも表情もとても知的、でもその一方どこか庶民的で親しみ深い。中には移民二世と違い、いかにも短い脚大きい頭の方も、それで嬉しそうに、車のステップをちょこちょこと下りる。仲間のガイドの肩あたりをちょっと軽く触れ、持っているポーチなどを褒めたりもしながら。「あら、頑張るの、あなた満期まで勤めるの」。「別にー、だって家にいると、孫の世話がきつくって嫌なんだもの」とか話している。

しかしそう言っているうちに、微妙に立場の違いが出てきたりもするようで。

「いいわよね、おたくは。この旅行から帰ったら奥さんと交代でお世話するのよね（は？　女人国で奥さんって？）」

「まあ、人を頼んだらいいじゃないの、どうせひとり身でなんでも好きなように出来るんだから、確かにうちは女手あるからいいけど、でも彼女優しいけど頑固なところがあって」などと、……。

要するに……この女人国において家庭を持つという事は二択になっている。ひとつの道は人形愛の選択。これは男性の人形と結婚して仮の夫にし、実質上は独身母と言える形態。もうひとつは、形式上のレズビアンマザー、しかしこれも形式上であって二人で協力して相続も看病もする友情婚だけ。

　ちなみに、この建前上性愛のない国を「支える性的機関」は、一応男性保護牧場の中の一部門のみである。そこは「交流館」と呼ばれていて、普通の男性の収監とは違う。牧場は本来、男性本能として性欲を抑えられない、と主張し痴漢強姦を止められない人間（これをにっほんでは性的弱者男性と呼んでいるのである）を「保護」する場所である。ところが間違えてここに生まれてしまった、というか女人国の母親から厭《いと》われて捨てられたため、牧場で生きていくしかないという男性がいる。或いは、ごく一部だが債務奴隷になってにっほんから買い取られたけれど、犯罪性のない若く美しい男性も稀に出る。但し、……。

　これをどう使っているかは、「公的にはまったく不明」である。はたして風俗なのか？　それとも、社交だけなのか？　いや、それどころかもっと、ひどい事をしているのではないかという疑いもある、もしそれが売春強要なら、さて、収監された連中とどちらがきついのか……。

　ただまあこのガイド連中は展示館や娯楽館の案内はしても交流館には絶対行っていない。そこは観光客中心の場所であって、リピート客の中には借金をつくって破滅する人間もいる、つまり悪所なのだ。国民は政治家でも交流館以外の場所にならがんがん行くが、交流館だけは立ち寄るとスキャンダルになって票が減る程だ。その一方、娯楽館は行っても平気らしくテレビ中継したり、つまり善良な市民はそこまでということらしい。ましてや展示館のガイドは国是の啓蒙が義務なのである。子供の教育を仕事にしている。というか「先生でおばあさま」きびしい目で見られている。

ガイド達は目もとまでしっかりと化粧をしていても皺《しわ》を恐れず、大笑いしている。またこの国では女性の心身を大切にするので、公的な場所ではハイヒール禁止。彼女らは年齢もあり、冬の足回りはボアのブーツが普通、その制服もまた着心地重視で、ニットスパッツの上はデザインだけが揃いの、ルパシカである。それは腰が温いように、スカート程丈が長い。

バスガイドに限らず警察も議事堂も女の国。冬は好きなだけ厚着が出来、夏は好きなだけ脚が出せる。肌は同性同士で「お、出しているね」という挨拶が時にあるが、言われている相手は真夏に腹巻ステテコ、とか汗取りタオルに短パン。そして結局そんな挨拶の翌日にはそう言った本人が安心して同じだけ「出して」くる国。

夏暑く冬寒く春秋には一日の温度差が激しいこのS倉において、性的侮辱の視線はほぼ皆無でも（あれば国外退去）、礼儀上の気兼ねだけは職場にも公園にも、一応ある。むろん「え？　あいつらのどれが女だよ？　どこに女がいる？　婆ばかりじゃないか」などと言う男性は「どこにもいない」。

例のひときわ小柄なガイドがひときわ大声を上げ、真っ先に館に、学生を招き入れた。つい比較するとやはり移民一世の身長は明らかに低く、二世になるといきなり一七〇超。こうなると一世ガイドはせいいっぱい背伸びして案内の小旗をかざすしかない。各々の紙の旗にはウラミズモ「第十百合香高等学院〇〇グループ」、とある。「皆様、それではどうか行く手をごらんくださいませ」

　大道のバスから下りて坂道を上ってきた、修学旅行の高等学院生、略称高等女達は、むろん全員が百合香。これが校風か、と思えるものがあった。それは先の、第一白梅、猫沼きぬ達と比べると一層顕著になった。一見おとなっぽく品が良いのである。しかしよく見ると妙に無表情で、なんというか、変にすかしている。一方さっき少し見ただけの白梅の女の子達はどれもきかん気そうで、しかも周到そうで、整列していただけで気迫に満ちていた。ところが、まるでそれと対抗しているかのように、この一団は物静かというより、鈍感そう、不満そう。不機嫌そう、でもおとなしそう。褒められようとして、むしろつんけんしてるのかも。まあ何が来ようがガイドは慣れているのであろう。

「さあ、学女さんたち、こっちに来て、こっちこっち、ここが、資料と生体展示のある、そうです、無料です。見たことをけして忘れないように、一度で十分、この国がどんなに恵まれているか理解してから、卒業してくださぃ、ね。え？　誰ですかその年でさっき交流館行きたいとか言っていた人は。昨日はよく眠れましたか、議論の後もお喋りしていた人、ちゃんと起きているように。女性の歴史をね、全体のイメージを」、……ここでいう学女とは学生の意。医者は医女、公務員は官女、学生は学女、元は同じ言語を話していたにっほん国と既に微妙に違う表現である。というか、建国時、その背後にあるコードが前の国と完全に変わってしまったためお互いの言葉も次第に通じなくなり始めている。

　次のバスからも学女達が出る。これも当然第十の学生達。白梅は近所だし運動中だったけど、彼女らは旅行でそんなに汗もかかない。ふんわりした黒のケープを纏《まと》い、スカートもスパッツも黒、靴だけ銀色。

ガイドの中には時にたどたどしい人も混じっていて、……。

「さて、これがかの有名な、世界一の規模を誇る、かの、皆様ご期待の保護施設です。さて、本日は、もう遠足も最終日です、さて、ふうう、とうとう、ここにお待ちかねの、ふうう」

ふわーっ、と百合香連中が欠伸をする。全員寝不足そう。しかし昨晩楽しんだ結果というふうには見えない。お待ちかね、というのは「野菜れすとらん」だそうだ。国で何番目かに評判の店。しかしそれすらも待ちかねていないような。というのも横を向いたままで二人ほどが、ふん、と言っていたり。で？　この下手なガイドの名は？　奥梅子というのか、(覚えた)。ただ口調がどうであれこの百合香とやらは失礼すぎないか？　カッコいい婆さんでないとひどい目に遭う、という国ではあるが、しかしそれ以前のレベルで拒否っている。私がもやもやしていると、そこに最初の元気なガイドの大声がまた流れて。

「はいはい、残念ながら交流館はここではありません、毎年聞かれるので今言っておきますね。娯楽館もウラミズモ本国です。皆さんどうか、娯楽館はテレビで親の許可を得たものを通して楽しんでください、そして参加型にしろ見物型にしろ参戦するのは、二十を過ぎてから。え、せめて番地を？　あーら、残念！　これグーグルの地図で見ようったってその一帯は番地もないんですよ。それにどの館にしてもみなさんはもっとおとなになって、もっと貯金もしてからでないと、行く資格がありません、但し、れすとらんは本日、お国の奢《おご》りです、未成年だけで入る事も許可されていませんので」
学生はすーっと顔を背けてなんだかけらけらと笑い始める。するとガイドは、ここにやって来る外国の観光客にも、国是と理念を教える事は徹底させると宣言。しかしその後に続くのは臆面もないような国是自慢である。さらに我が国の国情と政策の絶賛（すでにお腹いっぱい）、……。で、まとめると？　女人国の観光政策はまず箱物に金をかけない事。古い建築でも内装と色彩と空調で勝負して、快適さを提供、後は独自の世界観で「異国を演出」する。それは女による女のための女への配慮、サービス。学芸員の服装一つでも絶対に女性から好かれるようにする。女性の心地よさと安心が第一。故に建て替えよりもまず、観光客の足首を痛めないふっくらした絨毯や、「ポインシアナ」を演奏する生バンドの正社員雇い入れ等優先。そして国是、国是、国是。それはマジ、女の幸福。

この女人だけの国へ、コックも仕立屋も実力あるものこそが、入国資格さえあればいくらでも逃げてくるそうだ。だってどんなに素晴らしい技術があったって元の国にいるかぎり奴隷にすぎないのだから。

奴隷はただ実勤三倍の暮らしから逃げたくて「我が国へ」来る。ウラミズモ国民の多くは前の国において、社会的労働の他に家事と介護とをさせられていたり。その上で監視され揶揄《やゆ》され罵《ののし》られ疑われ、気がつくと腹を殴られて流産していたり、というかそのような「不幸にしてすぐれた人材」を優先で移民させていた。つまり、「女手は必要だ女手は尊い」と。

むろん政府は建設の経済効果も判っているのである。しかし環境問題もあるし、リフォームは盛んでも雇用は別の方法で創出するしかない。家事の社会化により、子供は増えていた。理由？産みたくて産む子が増えたからである。子育ては苦労だが一致派の場合母親が二人いる。また高齢者が元気ならとことんこき使うし、育児も国を挙げて社会化させている。さらに軽くて丈夫な美しいベビーカーを開発し、それで外貨を獲得出来てもいる。

にっほんで今まで主流男性が女性にさせていた余計な用事、性的虐待、非道な足の引っ張り、無駄な服従儀礼、そういうものがここにはまったくない。それがどれだけ全土の経済と「人間の幸福」を踏みにじってきたか。経済の勢いを削いできたか。

ここの経済を上向ける方法はただひとつ、この、内需拡大の国で欲望を支えるものはランク感ではない。安心感と自信と時間の余裕である。どれだけお金があっても殺伐とした前の国で、脅され侮辱されて使わねばならないのなら、金は死んでしまう。そしてウラミズモの輸出商品はその安心を具現し、ひとりの女性の幸福、快適さを普通に追求する。

ウラミズモ製品は今では海外に鳴り響くものがあるけれど、所詮、小銭が動くだけ、本来地場産業とか言えばそれで終わりである。しかしこの小国がどこにあるかを知らなくとも、海外の女性達はブランド名を知っている。或いは知らなくても使っている。

自由貿易は本来の意味でなら、二国間最小限の条約で済ませ、ＩＳＤＳラチェット条項等の悪いものを付けずに行えばいいはずだ。しかし今の世界情勢では世界企業につけこまれぬようにするのは無理で、故に、自由貿易よりはむしろ保護貿易気味になった。そして内需拡大、地産地消、予防医学、選挙教育、家事の社会化、環境保護に予算、農業には国防費、と……、そう、つまりここの「数字は悪い」。ＧＤＰなどもただ最下位ではないというだけの「三等国」である。しかし国民は満足だ、「それで我慢しますよ」と。

なんとなく危い、いろいろ変な国、そもそも国際社会から捨てられている、しかもにっほんの観光客からは「男女平等がなってない」という見地より常に、突き上げられている。しかしいくら改善せよと言ってもそれは無理だ。この国にはにっほんのような「男女平等」は現存せず、ただ奴隷解放と人間尊重と人間虐待禁止、人間拷問禁止そして不利な立場にいる人間への支援があるだけだ。で？　これを旧日本語に訳すと、女性解放、女性主権、女性尊重、女性保護、女性差別の禁止、ポルノ・女奴隷の禁止、となるけれど女人国の言葉に翻訳すると「女だけが人間だ」になってしまうのだ。

そういうわけでこの国において「男女平等」は、三百年後の遠い目標としてしか認識されていない。というか、それさえも建前、少なくともここには今、隣国が強制して来るような「男女平等」はない。で？　結果この新しい国において、確保されたものは？

長年の平和、生活の安定、最低賃金の上昇、暴力の鎮静、……安全な電車、楽しい夜道（まあ国境地帯は危険でも報復が可能だから楽しいとも言える）、無痛無料の出産、ついつい産みたくなる楽しい可愛らしい子育てグッズ、ふかふかの美しいタオル、三千種を超える野菜の菓子。全国土の禁煙、公的祝宴での禁酒。そこは国歌において「歴史浅くふいに生まれた国」と謳《うた》われている。

ウラミズモ歴史浅く
ふいに生まれた国
それはかつてない空
真昼の輝く月　女権、女主、女尊
女権、女主、女尊
我が産みし我が祖国
ウラミズモ、我が子

S倉市がS倉区に変わったのはたった八年前の話、二〇六〇年後半である。革命にしては静かなものだった。かつ、法的には何ら「問題無く平和的」に、なおかつ「議会制民主主義の多数決」だけに則って体制は「激変」した。しかもその状況は「惜しくも十分な論議を尽くす事なく」もたらされた。ひとつの市に関しその市民の投票で帰属する国を決める。で？　ここはウラミズモになった。

かつて、「戦争に敗けたお蔭様で、とうとう、女も人間にして頂きまして」と、二十世紀、一九八〇年代のある西陣、織元の家の主婦は、淡々と、かつしみじみと語っていた。しかし今回は、実に、それどころではなかったのだ。男性のいない国に、或いは男性全体が「無視していいほどの軽い存在」とされる国になってしまったのである。

なのに、それで混乱を極めるという事はなかった。「立ち去りたい方は少しですが旅費もあげましょう」（感謝状もくれるらしい）。そして留まりたい男性はその「望みのまま」、「欲望の殆どを叶えられて完全に保護されるでしょう」と。男性達さえ、けして主流派ではない男達ならばいっそ女になって留まりたいと思う国であった。しかしなんとか平伏して新権力に従おうとした男たちも、その国法を知るや否や諦めるしかなかった。

貴金属以外のものは全て捨ておかれて、土地は原野のように叩き売られた。

しかしその十年以上も前から、そもそも、この市の土地などまったく売れず、その他の売り払うものも何もなかったのだ。そこにいれば殺されるという運命の者さえ本当はなんとかして残りたかった程に、前の国は民から何もかも奪った後であった。ただ、その時点でこのS倉の地の、取り柄というものを敢えて言えば、海外から欧米の廃炉会社が、ＩＳＤＳを盾にして運んでくる、核廃棄物の置き場にまだ、されていなかった。でも結局その長所を大いに利用するのは、今では新支配者とその民だけなのだ。

どんな立派な家でも新しい家でも売れなくなっていた。ごく最近でも、騙されてローンを組むものはたまにいたが、その結果は……。

妻と娘を残してこの新しい国を後にするもの達が殆どであった。というのも、連れていけば、妻はリョナ遊廓、娘は少女遊廓に売り飛ばされてしまうからだ。しかし一方、男性がここに留まれば、その人権はなくなってしまうのである。むろんそんな中、「女だけになるのか」と大喜びで残ったアホの、ちかんごうかんもいた。ウラミズモはその半分を射殺し半分を「保護」した。

核廃棄物から逃げるための選挙だった。心ある男性は妻と娘を助けるため、自分は別れるしかない女人国に投票した。そう、何もかも捨てて？　でも捨てるものさえなかった。

四半世紀前から、個人商店のシャッターは全部降りていた。また、そこに住む人々はもう現金を使わず、債務込みのカードで、外国から来た汚染まみれの食物を買い、児童虐待労働で作られたすぐ破れる服を買い、買うたびに買い物税ばかりか利子までも加算されていた。S倉にただひとつ残った、巨大商店に通うには車が必要だった。しかも店にたどり着けば、いつも売る側が売ろうと思う商品のみ、少女侮辱のディスプレイを背景に山積みにされていた。買うのではなく、選びようもなく、外国で決めた価格のを買わされるだけ。

車イスはたとえ自費で買ったものでも、血税で買ったろうと言われ、むろん、車イスというのは血税で或いはその補助で買うのが本来はまことにふさわしいものであるのに、ともかく因縁を付けられて蹴られるのだった。

また、立って歩ける人々はただその話を聞いても、善人でさえも、ひどいですね、と言っているだけであった。地獄とは情報も判断力も仲間もない世界なのだ。

にっほん中で痴漢が横行していた。が、それさえも誰も「気づけなかった」。もし、気づいても周囲の人は「言葉が出ず対応も出来なかった」。自分の子供が痴漢にあってショックで痩《や》せつづけていても、それでも「気づかな」いでいた。そしてテレビでも見れば、痴漢に遭うのは女にすきがあるからなどと、タレ流している、そこで初めて人々は痴漢の存在にやっと「気づく」。そして「女にすきがある」と繰り返すのだった。多くの痴漢はただ、卑怯も暴力も最大限にして、ひとりで、半世紀もあるいは七十年も痴漢をやっていた。彼らは何世代にも亘って小学生を狙い、気が向くと年寄りも追いかけるのだった。

電鉄会社は男性が快く女性に痴漢出来るようにと、痴漢し易い環境を男性客に提供し続け、それを一種のサービスと考え、痴漢を煽《あお》るような広告を駅に貼り続けた。女性専用車は今では痴漢に遭った恐怖でそこにしか乗れない女性を集めておいて、そこに集団でもっとも嫌ったらしく汚い卑怯者の痴漢に侵入させて嫌がらせをするという、そういう攻略プレイを無料でさせる、場所になっていた。

女しか買わない商品の広告は一種類になっていた。出来るだけ多くの女性差別を盛り付けた挙げ句に、侮辱口調で買うように命令するものだった。しかもそうされたにっほんの女性は、買わないと殴ると脅されたも同然の状態なので、恐怖のあまりに買ってしまうのであった。

商売は強奪で価格は強制、選択は不可能、それが自由貿易である。

かつてはにっほんの人口の半数を占めていた女性、その体力も労働力も破壊されていった。さらにはそこから、消費という消費が冷えていった。一方、男の経済効果は買春あるのみ。カジノはもう民を奪い尽くした後で、金持ちのギャンブルは国外でやっていた。

少しずつ届けて貰えて、長い愛用者がいる老舗の品物。それらはことごとく「急に」消えた。つまりいきなり、巨大商店の売り場から撤去されてしまうのだ。後にはパッケージが派手になり女性差別的な絵が入り、世界のどこかから収奪して来た材料で大量生産した類似品が山積みされている。キャンペーン期間中はそれだけが売れるように。オリジナルを隠すのだ。結果、新商品が、「勝ち残る」。むろん最初のキャンペーン期間が終わってしまえば、その価格は上がる。

一方、巨大通信販売を使用すれば、いつも予定より嵩《かさ》んでしまう運賃と手数料が加算された。しかし、金さえあればそれでどんな珍しい品物でも、早く快適なサービスで家のドアまで、届けられるのだ。ところがこれは世界企業なのでにっほんにはまったく税金を払わない。にっほん人の払った金が全て外国に持ち去られる原因のひとつである。これもTPPという悪魔の契約の故で……。

かつて生産者の名前入りトマトや新種の人参を売り出していた農地は、にっほんがどこかも知らないような外国の会社の管理となり、長い電気線が張り渡されていた。そこには移民と称する海外奴隷達が騙されて連れてこられていた。電気線の内部では見えない虐待労働が続いていた。撒かれる農薬で人々が死んでいた。そんな中、残った「強い、輸出に耐える」はずだった農業経営者も破産しかけていた。無論そこでも、小規模とはいえ移民を騙して使っていたのだった。そうなれば、……。

仕事を失った外国からの移民はそのまま首都まで歩いていくしかない。しかし行っても本国にはもう戻れない。そしてどこかの国家戦略特区を横切ろうとすれば、そこで捕まって今度は本格的に売り飛ばされてしまう。

これがつまり議会制民主主義の国における、自由貿易条約、その結果なのだ。ではこうした地獄から抜けるためにさて、にっほん国民はどうしたらよいのだろうか、……。

結局は性愛も自由もない、警察国家を選ぶしかないのだろうか。つまりいくら国民は幸福でも外から見れば、「経済にも外交にも無知蒙昧で哀れむべき」三等国。そこの国民になってもいいのか。しかも、なれるのは女だけ。

二〇四〇年頃からその選挙は始まった。経済特区はにっほんをほぼ覆っていた。なお、ウラミズモが勝った場合、元のにっほんでは「女選挙になった」とそれを称する。しかし新しい国では「奴隷選挙になった」と称するのである。でも、さて、女の一票、奴隷の一票で。はたして、民はグローバル人喰いをみじん切りに出来るのか？

## 3

## 男性保護牧場歴史資料館、入場ゲート前

ガラスの大きい自動ドアを入ると、両側が窓だ。白タイルの外壁からひっこんで大きい、一枚ガラスの窓、片側は中庭。もう片側の窓は、来月からならば満開の桜になる。館内が昼も暗いせいで、外の眺めもふと映像に見えたりする。

私は運良く自動ドアのセンサーに認識されて、中に入れた。

国境のどこにでもやたらいる国境警備隊員がここにも立ち寄っていた。一見すると普通に館内の見回りをしているようにしか見えないのだが。思えば、異様な眺め、……それで私について？　どうやら、ここではノーチェックらしい。が、それこそさっき白梅の高等学女達に挨拶されていたのまでも、連中が見ていたからかもしれないのだ。まあでも、どう見ても正面からならば、立派に私は「おばあさま」であるからして。

そして館の前には、特に修学旅行貸し切りとかそういう表示はなかった。まあもしそうならば出直せばいいだけなのだが、私はヒマだけど、でも二度手間ではあるので。

で？　ゲート前にて、私は例のガイドのひとり、奥梅子を見つけてすぐ声を掛けた。というか、実は、ずっと後をついて来たのである。名前を聞き取ったのが彼女含め三人。

梅子は、腰を曲げ膝に両肘を載せ、手を垂らしてぽつんと座っていた。ガイドの中に喋りなれていないのがいる、と私はあの時に思っていた。しかしそれは別に下手なのでもなく、初心だからでもないようであった。そして今の彼女は気を張っていても、年相応に疲れてしまっている状態、と見た。

人間は老いて疲れるのだ、そこは私達、神とは違う。

彼女が座っているのは入館料金を徴収する手前にずらりと並んでいる、床に固定された合皮張りの椅子のひとつだった。

その椅子は背もたれがあってひとつひとつ大きく、何十席もある。少人数の講義なら出来そうなスペースだ。でも、ただ休憩や待ち合わせに使われるところだし、今は、他に誰もいない。先程の百合香学院連中も野菜れすとらんで食事中なのだ。でも一緒に食べないのか？　この椅子の目と鼻の先に通路があるのも見えたし、そこは貸し切りの札が立っているが、でもそれは自分たち、の貸し切りだろ？　なぜ入ろうとしないの？　いや、或いはその通路から、何かが耐えがたくてここに逃れ出てきてしまったのか、というのも最初に来た時、彼女はいなかったから。私がはずしてた間に戻ってきたのではないか。

というのも、私はお金の調達をつい忘れていて、一度館外に出て戻ったのである。入場料金が絶対に必要とは判っていたのに。ついつい、というかケチだから持ち歩かない。でも、ふん、金はある。

私は案外に貯蓄癖があり、元の国の通貨単位、キモータで受けたお賽銭までも一応あちこちに隠してあった。しかし今回は新国の金が必要だ。「一ウラは一〇〇〇ミズモです、一〇〇〇ミズモは五〇〇〇キモータです」、と聞いて覚えた新札、その一枚だけあった一ウラを取り出し、それでバスのところからここに戻るまでに案外と時間がかかってしまったのだ。札は城址の石の下、でも場所を間違えて覚えていた。それで随分、手間取ったのである（坂の途中の磨崖仏《まがいぶつ》のところだった）。

国が変わる以前、既に半世紀も前から私はお金を貯め始めていた。いくつもの社を統率している地元の宮司が浚《さら》っていく前に、私は自分の社の賽銭箱から、小銭を少しずつ隠すようになっていた。けして賽銭泥棒などであるはずはない。だって基本、私の収入だ。私が貰ったのだ。ところが、八年前新しい国になり、当然ここの通貨単位は、キモータでなくなった。すると人間と違い、レートがどうであれ、それはまったく使えない金になってしまった。だって人間と違いどんなに化けても交換出来ない。身分証明書とか用意できない。新札になった時、最初は心配だった。だがむしろ自分の収入は増える事になった。というのも私の金を取り上げていって、変な極右団体等に献金してしまう、横暴な男の宮司が来なくなったからだ。今ここは女の国、私は、女神は、丸儲けになった。

そもそも国が変わってからというもの、私の社を拝むものが増えた。この八年間で札を、ウラをくれたのはたったひとりだが、ミズモの方はジャラジャラと降るようになった。新しい国は本国において、神話の再発見などをやっているらしく、特に宗教を禁じたりはしない。私は特に露骨に姫神なので、しかもあまりにも姫と分かりやすい造形の石物なので、弾圧どころか繁盛しているのである。ただまあ、こんなに歴史がひっくり返ってしまえばもう、自分を神様と呼んでいいかどうかも判らなくなっている。

でもまあともかく、せんせい、奥先生、と私は呼びかけた。

今はガイドだが、彼女らは先生と呼ばれる事に慣れているはずなので、ところが……。

「ああ、今はもう先生ではないんですよ」と奥は、冷静に、力なく笑う。で？

そこで私は笑いの余韻を残した様子を作り「思わず」話しかけた。

「先生、奥先生、館の入り口から、私はお話が面白いのでついて来てしまいました。初めまして、当地の残留組で姫宮と申します」と、要するに選挙でウラミズモ統治下に入った新米の国民、何も知らないし、すべて珍しいと嘘をついたのだ。

むろん、どうしたって国民のはずはないのである。その上、国なんてしろものではまるでなかった土地の、貝塚もまだないあたりで私は生まれたのだ。でもそれでも相手の目に映る私の姿は「おばあさま」である。私は話を続けた。

「しかしそれにしても、……大変な激務ですねえ、でもこれとても勉強になりました」と。すると相手は警戒するでもなく淡々と素直に。「いえ、ダメなところばかりでまったく私なんか」、と、しかし、素直なりに暗い、実に暗い。で？

「いえ、いえ、私まで、面白く聞かせてもらいました、館の歴史から構成まで実に判りやすく頭に入りました」と。ただ内容が良くても口調がもちゃもちゃしていたから、最初に反感を持たれている場合は、何を言っても、無駄だろうね、などと付け加えたりせずに。

れすとらんの収容スペースが百人、バス五台で五クラス二百人、食事は二回に分け、展示はもっと少ない人数で細分させ、時間差で見せている。そんな決まった時間の中で学校の仕上げになる分量、女性史を総括で学ばせる「定年後のバイト」。

「……本当におっしゃる通りだと思いましたね、前の歴史博物館がねじまげられた時、入ってきたのがカギカッコ付きの女性史なんだと、そしてここに、ついにカギカッコのない女性史のジオラマ室が出来たという事ですね、それを今から見せると、すごい、本当に国が変わったっていうところを」

と言いながら神なのに、普通のことしか言ってないな、と私は自分で呆れていた。

「男女平等だから犯させろ殴らせろ」の国、そんな「平等の国」の後にできた女人国の女性史、それは女が中心、全てが引っ繰り返ったものを正史と呼ぶことになる。そんな当たり前のことをわざわざ口にする相手にどう絶賛されても、というか何を言われても多分、誰も喜ばない（はず）。

「だって、前説だけじゃないですか、そんなの」、梅子は目の下の隈が口の端のくすみにつながったままの黒表情で固まっている。ばかりか褒められたら喜ばなくては悪い、という気配りまでが、ひくひくと喘《あえ》いでいるようにも見えた。先程本人が言っていたが、これが彼女の最後のガイドになる。三年で次の退職教員が入ってくる。三年というのは精神の限界の年限かもしれないと私は思った。というのも梅子はいきなり、そこでぶち切れたから。つまり結論からぶちかましたから。そこからは、ふいに、地声であった。

もたもたした艶のある声は作り声だった。艶がなくなるとそれは暗く太いだけの声であった。速く理路整然と喋ると立て板に水。ならば、これが本性？

「判っていますとも！　たかが選挙教育でさえ三十年かかるんです、そもそも、そもそも、そもそも、……」

最後のガイドで使った館内限定使用という通信タブレットを見せつつ彼女は語り抜いた。要するに私は彼女の最後の「生徒」になった、のである。つまりガイドの三年間に、抱えていた疑問と不満を、彼女は私にぶちまけたのだ。するとそこから私が受け取れたものはなんというか人間の抱えているもっとも大きな問題であった。それは世代間の、あるいは集団そのものの……。

ガイド奥梅子の隠している自我の基本リズム、それはひとつの信念に満ちているが故に「中立な人間」から敬遠される、そういうまっすぐすぎる情熱で出来ていたのだった。彼女はただこれを隠そう抑えようとするが故に、結果的に語りを、もたっていただけだった。

熱心そうに、善良そうに、明るい老年をやって見せていて、案外にガイド達はその仕事の立ち位置に疲れ果て、時に絶望しているのだという事を私は受け止めた。だってそもそも……。

ここのガイド達は相手の一番嫌がる正しい事を教えているのである。つまり「この体制下がどんなに恵まれているか」、だの「自己責任で自分が達成した事なんてたいしたことない」だの、さらに「保護される事は大切、国民は国家に保護を求めなさい」とか、「もし偉くなってもそれはけして自分の力だけではない」とか、しかもそれを、怖いものなしの、夢想しほうだいの、自分だけは特別だと思っている「誰に頼る気もない、可能性に満ちた」若い人に繰り返しているのだから。

とどめ教育の仕上げ、卒業と同時に選挙権を持つ彼女達に選挙の大切さを教えねばならない。すると必然的に、投票によって女人国に参入されたS倉における、選挙のありがたさとかの余談をやってしまうし、「でもね、選挙なんてね、どうせ、ふん！　暴力よ！　でもだからって他に何か方法ある」、と、結局梅子は、吐き捨てるしかない……。

二〇一六年にTPPが発効してからほんの半世紀で、にっほんの殆どの国内の土地は国家戦略特区というものになった。そこでは基本的人権は制限され、無論最低賃金なども決めなくなっていた。言論の自由も、人間の自由もなく、ただ多国籍世界企業の、自由だけがあった。企業は人間の生き血を吸って、それをそのまま会社の金庫に貯めていった。

理由は単純だった。特区を作るべきでない場所に作ってしまったのだ。特区とは本来は貧乏な国に、覚悟して泣き泣き作るものだった。そうすると暫定的には民も国も潤う場合がある。しかしところが、いくらなんでもどんなに馬鹿ばかりでも、にっほんは経済発展を終えた後の国である。その結果、この下り坂の「大国」から、残っていた金は海外へ持ち去られた。その後は自己責任、自主決定、弱肉強食を本性とする「平等」がまかり通り、結果、子供は煙草を吸い、幼女は売春させられ、「自由」の名の下に性暴力と児童虐待が横行した。無論、それはにっほんの支配下でそうなっているという事であった。要するにTPPにこじつけて特区は作られた。自由貿易条約というのがそもそも（理論はともかく、現状ではまさに）、そういうものだった。

## 4
## 男性保護牧場歴史資料館、待合スペースにて

ゲート前のちょっとした授業なら出来そうな椅子に腰掛け、結局私はこのガイドの最後の案内、というかにっほん現代史の講義をうける事になった。まったく退屈もせず、眠らないで聞いた。だって、……。

古代からこのあたりに私は住んではいた。古い話ならむしろ、人間よりもよく、知っている。ことに大昔、電波沼が海だったり、あるいは化石達がまだ生きていた頃ならば、むろん当時の私はまだ神にはなっていなかったし、夫とも知り合う前だったけれど、それでも結構記憶には残っている。しかし、歴史が出来て、いつしかマイナーな土俗神として定着してからは、ただもう一カ所に座って祀《まつ》られているだけ、しかもそんなの地元の地味祀りだから近世あたりでもやっと、年に二回位お神楽をやって貰うだけで、他にはまるでなんの刺激もなかったのだ。とどめ近年、神社庁レベルの統括下に入れられてしまい、社にずっと常駐していなければならなくなっていた。しかもそれで賽銭の殆どを持っていかれてしまう。そうなるともう、殆ど引きこもりで何も出来

ず、何の刺激をも得られなくなっていたのだった。

人間に化けて動けるようになったのもつい最近、でも図書カードも作れないから本も借りられないし。まったくそこらへんのだれの愚痴でも説教でも、何を聞いても喜ぶほど、情報に飢えていた。

「私の専門は実は、農業経済史なんです」、と奥先生は言った。しかしウラミズモに移民してからは専門ぴったりというのは難しくて、それでも花桃第三（高等学院）で総合的なにっほん史の教師を務める事が出来た。

ウラミズモはまだそれ自体の歴史が数十年しかない。なので学女達には、女性差別史という見地から再編成した、にっほんとはまったく異なる解釈での、にっほんの歴史を勉強させていた。梅子はそれを教えていたのである。

なので私は古代神の立場で、ずっと知らなかったにっほん近年の歴史の、最新のものを教えて貰えたのだ、するとやはり姫神として、つまり女としての自分の感想が出た……。

ひとことで言うとそれは、「うわーっ」というものであった。

おぞましい事だった。にっほんという国は近年どう歴史的にみても、①無意識的奴隷制国家であるというばかりではなく、②天然性少女虐待国家だった。要はどっちにしろ奴隷国家なのだ。普通にしていても結局は奴隷。というか奴隷根性の国。

私自身歴史の長い身なので、姫神として批判されるべき暗い過去はある。しかしそれでも知っていて責任を感じるのはせいぜい中世まで、ところが、……。

既にアマテラスが政権を取って積年、まったく何が行われていたというのであろうか。ことにここ数世紀、……。

近世は生かさぬよう殺さぬよう農民を搾り、近代はいくらどう殺してもよいとばかりに戦争を続け、現代は企業への滅私奉公を掲げて、家族諸共に奴隷化させ、……。

ばかりか、問題は民、そのものであった。というのもにっほんはいつしか自分で自分を奴隷化し奴隷的でいることを美徳とする国となっていった。それもけして勤勉が好きなのではなく、弱者に押しつける不要の苦しみが好き。女に向かって嫌な我慢をさせる事が生き甲斐。が、私の記憶によれば、中世ならば、そこは感情幸《さきわ》う喜怒哀楽沸き上がる国であった。自己肯定の表現や風化させせぬ怒り等も、アジアの近隣諸国に、絶対負けることはなかったのだ。ところが今では遊びも喜びも思考も何もなくなっていて、あるのはただ、偉い他人の命令を聞くことだけ。ゲームでさえ「勤勉に」やっているのがほとんどである。スポーツなどはしごきで人を殺しヘイトの種にし、TPPを批准する時の隠れミノにし、ルールも奴隷根性を身に付けるために役立てている。で、その結果、……。

「さあ平日の夜は残業、そして絶対に寝るんじゃないぞ、さらに休日は必ず何かしら用を作り、出勤しろ」、だの「常にしなくてよい無理を工夫でつくり出せ、我が身を苦しめろ意味なくそうしろ、それを寿命縮むまで続けていろ」という具合になっていった。そして、「おいご主人様が休日出勤ならば女も早起き薄化粧でお見送り当然、料亭並につくりこんだ弁当も渡せ、清楚でもパンチラで膝をついて、歯を隠して首を傾げ、にっこりにっこりしろ、そして夜寝るときはセーラー服か、ベビードールだな」、……こうして、男は職場奴隷、女はハウス奴隷、双方選挙権のある奴隷のカップル。またその一方で少女虐待国家というのも連綿と続いてきた流れである、つまり国家奴隷のそのまた下に、女奴隷家事奴隷メイ奴隷で性奴隷。

実際は奴隷状態で使われていても「あれは奴隷じゃない○○婦だ」などと、言い口、表現を変えてすべてごまかす、つまり実態と表現を切り離した態度で通す。そもそもそれ以前に、奴隷というものがあまりにも全土にすべてに浸透しすぎていて、特に「強制」されなくてもいつも、誰かの所有物になっていて魂を売っている。

にっほん人とは何か？　それは奴隷とは何かについてまともに考えたことが一度もない国民。というよりかそれ以前に、自分とは何で今どんな状態かさえ、思考して言語化した記憶のない奴隷集団。それで外国との折衝がうまくいくはずがない。だってにっほんにおいては、全部の交渉設定が、必ず、奴隷対主人なので。つまり人間同士の関係というものが訓練できていない。

例えばあるにっほん人がひとりの少女を騙して閉じ込め、外に出さず、財布を取り上げていたとする。すると件《くだん》の犯人は己が、「幼い相手を支配して奴隷化している」ということにまったく気づかない。そしてもしその事がばれて、誰かから「女子を奴隷にした」と言われるやいなやびっくり仰天する。そして「何が奴隷だ笞で叩いてないし鎖で繋いでないぞ、焼き印も押してないぞ、それならば完全に自由だろう」などとぶち切れるのである。さらには「昔は十五で嫁に行ったものだ、私はただ子供に説教して少し躾けようとここにいさせ、家事（労働）やセックスを

(子供に)教えていただけだ、何が悪いのか」などと世間(国際社会)を舐めた上でかきくどくのである。つまりはにっほん国内の権力こそ己の味方だと信じて言うのである。さてこのようにして、親が子といる場合でも、結構奴隷化が起こるのであった。

そもそも、第二次大戦まで、女は選挙権すらなかったのであり、結婚年齢が早いのも最初から人間と思われていないから。子供も十代即攻で産まされるので、死産ばかりか母体まで破壊された。しかも嫁入り前にさえ「無駄なく」女性を「使い回す」。結果、子守に女工、からゆき、半玉、結局どの職種でも少女奴隷となり、その上で坊っちゃまにも通行人にも狙われる難儀。むしろんたとえ、お嬢様達だって、家にいればその多くは男家族の小間使い奴隷であり、その他にも母親がこき使う場合は家事奴隷、しかも家運が傾けば遊廓は免れても強制結婚、相手は家柄好きでけちの年寄り、しかもハレム持ちばっか、というような奴隷待遇。とどめ、……。

敗戦で女が選挙権を貰った時、たちまち男連中がし始めたのは、戦前の戦争責任を女にも取らせようという「男女平等」であった。そのため歴史マンガからそこらのレトリックまで、悪いやつと言えば「愛国婦人会」一色になった。それこそが男の身代わりの人柱奴隷だった。

要するにこのにっほんにおいて、戦後の「男女平等」それは、男がした事の責任を全部女が取るという意味でしかなかったのだ。ちなみに戦前でも女性看護師には赤紙は来たし、危険な戦地にも送られていた。というか空襲から自決まで女は殺されている、しかしそもそも、男であったって特攻の指令をだしたやつなどはちゃんと生きていた。まあ、どっちにしろ、……。

「親孝行させる」のか「債務の責任を強い女に取らせる」のか、理由は違えど、その表現系は結局、娘を売る、という行為に流れがちだった。

そんな中、時間はただもう無反省に流れ、二十一世紀において、世界全体が新自由主義になり、同時進行でバックラッシュも始まる。想定内、そこでにっほん人の多くが、先祖返りをキメた。

政権は女子供を資材と見做す第三世界的かつ自国の伝統的な人間観に基づき、殊に女に全てを要求し奴隷としての完璧さを求め、なおかつ国家凋落の全責任を背負わせ、その上で成人するまでに使い捨てる方針をたちまち選んだ。政策は当然民間に反映され、産みたい子供がそのまま生まれてくることさえ稀になって、女性は妊婦故に優先席に座っただけで腹を殴られ、時には無理に判子を突かされてマジものの妊婦を殴るアダルトビデオに使われ、その上摂取すると一生病気になる悪徳ワクチンや、する必要のない介護をも強要され滅んでいった。

そんな中、全ての広告に、資材として女子高生が使われるようになった。まだ子供の彼女らは性的蔑視をされ、射精時の妄想に使用された。その上でどんな政策もすべて失敗すれば女子高生の責任、出産率が減るのも犯罪が起こるのも、痴漢が湧いているのも女子高生の責任という事になった。

そしてにっほんの男達は気が向くと女子高生に殴りかかり、殴りおえると「母親の膝にすがるように」甘え、顔の腫れた被害者と記念写真を撮って、フェイスブックで和解と称して晒すのであった。

要するに少女だけをセックス強要の対象にする少女強姦者は、けして珍奇な変態というわけではなく、この国の経済暴力に興奮した、ごく「普通に勤勉な」人々であった。要するに彼らは収奪淫乱と化していたのである。というのも彼らは労働者、経営者であろうとするのを止《や》め、ひたすら投資家になろうとしていたから。

どんな小銭でもその金を投資し、投資家気取りになり、ご主人様気分を獲得するために何の関係もない女子高生を襲う。つまりそれらは「うちひしがれた弱い男たち」の唯一にして「最後の希望」だったのだ。

あまりに拙速、というか最低であった社会主義国家の凋落、……そこからひとり勝ちしてしまった経済暴力の流れに、この国は見事に身を寄せていた。当然の帰結、そこで国内の格差は開き「上」は得をした。一方、ならば「下」はどうなのか。すべて奪われた。なのに、そう、「下」といえどもけして慣れ親しんだ奴隷制を捨てることができなかった。で？　それはどのような心境か？

「俺は奴隷じゃない！　ご主人様だ！　なぜなら家にも会社にも電車の中にだって、俺様が使うように女奴隷がいるし、どんな広告にも雑誌においても、俺の奴隷である女子高生共が、俺の足下にひれ伏している、つまり人間には奴隷制が必要という事だな」……。

身の程を知らず権力に媚びていけば、ずーっと齧《かじ》られて最後は捨てられる。強いものに身を寄せて自己満足した途端に、その流れに喰われ、吸い取られる事は必然だったのである。しかしそれにしてもなぜわざわざ女子高生なのか？　それは、……。

そもそも既におとなの女性から政府は多くを奪い終えていたから。例えば政府は母親からは子供を取り上げて奴隷に売ってしまい、老女からはタンスの中の貴金属を押し買いして、オレオレ詐欺で貯金も取り上げていたから。あと、年金を配給しなかったり保険を潰したりで、老女の泣き顔や死に顔はもうあきる程見たから。また妊婦も絶滅するほどに虐待して堪能してしまったから。だって、出産費用から灯油代にまで悪税を掛け、生活から何から、奪い取ったではないか。子供は生活水準の低下で追い詰め、利子付きの奨学金で債務奴隷にしてやったのだし。

ようするにおとなの女から何かを取り上げる事はもうやり尽くした。しかもその上で老けていれば、年齢や容貌も侮辱しやすかった。そこで、取り敢えず物質も精神も何もかも奪い尽くしたものと「一応満足」していた。

ところが少女はというと、実際大変襲いやすいというのに奪えるものが少ない。夫の遺産だの自分の子供だのを持っていないのだ。つまり未熟な心身以外何も持っていない。すると、鬼畜の、人喰いの視点から言えばそれこそ、「ああ、煮て喰おうが焼いて喰おうがどうでも出来る狩りやすい相手なのに、なのに、こいつらは幼いので重労働には弱すぎる、そして目一杯膏血を搾るには手応えがない、まだ家畜としての餌代がかかるだけで、妊娠させると国際世論が非難してくるし、ひえこれでは損だ無駄だ、俺は被害者だ、ああ少女それは生きている余剰、いらいらする、戦うべき、悪の権力」となってしまう。むろん伝統産業で子供の小さい手に細かい作業をさせたり、そういう事があるがそれはさすがに機械化された国にっほんではやり難い。そこで「なんかいらいらするから襲ってやる」の世界にはまる。あるいは無理に家事とかセックスの異様に面倒な用事を「発明」してそれを強要してみる。たとえて言うのなら、……。

たまたま鍵が開いていたからといって楽に侵入した家の中に取るものがない、そういう怒りにかられた泥棒は、やつあたりで放火する、そのような見地から「じゃあお前、金なければ体で払うんだな」と、無論払う根拠など何もないのであるが体を狙うわけで。

取り敢えず少女と見たら因縁を付けて性的虐待、しかもそれだけでは欲ボケの身にはもの足りぬので、泣いている親や被害者に二次加害する、しかもこいつらときたらそれでもまだ足りないというので、どうやったら口汚く被害者を貶められるか、こうやってデマを流したら向こうはショックで自殺するか、それを朝から晩まで考えていて二十四時間、少しでも多く他人様から、何の理由もなく毟《むし》り取ろうとする。しかし、実はそれはけして、ただの極悪汚いどすけべ、というそれだけではなく、大変に深い意味のある行為だった。

そう、これこそ、地球を滅ぼす不毛な「ネオリベ経済行為」と同じものなのだ。こうして少女虐待の「うま酒に酔いながら」国はまず女性から滅びつつあった。その逃げ道はただウラミズモだけ。

無論生き残って繁栄する女性もいたのだが、それこそにっほんの中でも一パーセントだけ。彼女らは男の味方をして少女虐待の専門家になり、その時には本気で、「女性の特質を活かして」いるつもりだった。

で？　政府はそのように国が滅びつつあることをも、当然、少女の責任としたのだった。要するに何もかも短期決戦で人材を育てず、人間主体の幸福追求をさせず、数字の発展と、個々からの収奪が、経済の達成であるかのような、見せ掛けを作り込んだ。その上で格差を広げていった。なおかつ国全体の赤字と災難は少女がもたらすのだ、その分の責任を少女が被れとまで宣伝し続けた。こうなると数字を信じて疑わず、その収奪ぶりを我が利益と思い込んで喜ぶ人間は、全員が弱いものいじめを徹底させる事で、権力からなんとか褒められようとした。

昭和四十年代、内職でひとつ五円の造花を拵《こさ》えていた人々は何の罪もない善人であった。彼らはただそれでコロッケや子供のパンツを買おうとしていただけの事であった。しかし二十一世紀初頭、ワンリツイート十円で権力の擁護を請け負い、虐殺煽動をやってのける連中の心情吐露からは、「いつかは自分は招かれて総理の側に立つ、しかも正装してえへっ、えへっ、えへっ、えっえっえっえっえっえっ」という笑いが透けて見えた。ばかりか、その時空想の中で笑う彼ら達は、こっそり各々の片手の中に盗んできた子供のパンツを握りこんでいた。そしてもしある、元復興大臣が側を通ったら、「こっそりプレゼントしてお友達になろう」などという「ささやかな冒険を夢見て」貧乏に耐えていた。

民主主義、先進国家のふりをしてみても、その本質はひたすら、共喰いする蛆《うじ》のような世界だった。心ある人は一握りであった。

梅子の家は本国の海岸にあって、このあたりの事情は知らないと言いながら。「火星人少女遊廓というのがあったんだそうですよ、そこの沼際に」と私に教えつつ、しかし、そう言うだけで、たちまち青ざめた。ただそれは実は私の社の直ぐ側なのである。とはいうものの名前や建物は知っていても中は判らない。

近年神社庁のしばりが解けて私はやっと好きなだけ出歩けるようになったわけなのだが、当然その時には、遊廓はもう、撤去されていた。少女たちがどうなったのかも、故に知らない。「殆どは我が国がひきとったようです、ここではもう営業出来なくなるし、土地もただ同然なので捨てていったのでしょう。ただ、……」

おそらくは目ぼしい少女達であろう、一方、病気や死にかけているような子はウラミズモに引取らせたのだろう。しかしまだまだ商品価値のある女の子達は、「残るとにっほんの大学院に推薦で行けるから」だとか、「代わりに妹が連れていかれるから」とか「セックスのない女人国などに行くとまったく何をしていいか判らないだろう」、とか或いは、「虐待でさえ、無料でさせないとフェアではないだろう、なのに金を貰っていては女性特権だろう、じゃあその借りだけでも返したらどうだ」と言われて「説得されてしまった」らしいのである。

まあ「自由意志」と言ったってすかし恫喝、洗脳もあるだろう。無論梅子は浮かない顔をするしかない。

「しかしなにも、お金貰ったからフェアではないって???　ウラミズモだったらお茶碗洗っても卵焼き焼いても、日銭時給ですよ」

ちなみにこの「フェアではない」という言い方は本当ににっほん国においては男性だけが使える、「お得」なものであった。例えばリウマチで歩けない老女が杖に縋っている、するとその杖を「フェアではない」と言って若い男が叩き折ってくれる。また例えば路上などで、妊婦が上の子供（推定三歳）に「抱っこ」と泣きわめかれて（これが男の子）やむなく妊婦の身であるのに長子をよろよろと抱き上げ、つまりは母親本人も泣き顔で歩き始める、と、「その泣き顔があてつけがましい、笑え、迷惑な」、「そのよろよろがわざとらしいフェアネスに欠ける、もっと周囲に気を遣え、女は鈍感だから嫌いなんだ、周囲を傷付けて」とかもうすべての通行人の男という男が、「親身になって真摯に受け止めたアドバイス」を言ってくるのだった。というわけで、……。

「痴漢は無料なのに遊廓でかせごうとは、なんて厚かましい」という「弱者側被害男性」の言い分は罷《まか》り通り、にっほん近未来において、風俗でお金を踏み倒すことを「フェアネス」と表現するようになっていった。

そして近未来なのにその風俗は、火星人少女遊廓という昭和の新作落語テイストな名前で呼ぶしかない程に、無避妊低年齢、年季奉公、ハイリスク貸座敷、重労働であった。

まったく国中挙げて若い女を殺す、それも二十代より、十代、十代より童女、ついには幼女を狙い、それどころか、外からでは性別も判らない胎児を、妊娠しているのが女だという理由で最弱な性的虐待の対象と認定して、腹を殴りにくる。しかしにっほん人にとっては、むしろそれこそが「ストイックな生産的モラル」なのであった。でもね、……。

個々の人間に合わせて労働時間や道具を加減すれば労働力は確保出来るし効率も良くなる。というかみんなで幸福にならねば、いかんのではないか。ところがこの弱肉強食というものを美学にし、それを「男女平等」と称している国では、労働はえげつなさをアート化する舞台。そこでの経済とはアートである。つまり弱い者をど詰めしたい。少女の生き血を搾ってジュースにしたい。肉を開きにして焼いて盛り付けたい。その上で「アーティスト」は被害者面をして頽廃芸術とか呼んでもらいたい。そのようにして「劣ったもの」を切り捨てていくその「爽快感」、それを「経済の発展」と呼ばずにいられないのであって、それが、にっほんのお国柄なのだ。そもそも昔から、……。

地主も山持ちも武家も商家も、女性の「無駄をなくして」蓄財する事しかしたくなかったという「伝統」がある。

当然生存戦略として女が女を搾る事もあったから、それで。

「絶対に女性は信用できない、怖い嫌いだ、だからウラミズモなど行かない、むしろ住み替えると。また、そういう女性の中には実は自分は本当は男だ、という理由で残った少女さんもいたようです」

「なんというか、その、そこには、ヤリテというのが、いるそうですね」と私が尋ねると、梅子は涙目になった。

「子供にセックスしかさせないそうです、セックス以外の事は腐敗した家父長制への奉仕だと教え込んで」、たとえば遊廓ではパンチラを忘れたままの姿勢で髪を梳かしていた少女などは強制丸坊主にされるし、コンドームを自費ででも使っていたら「子供は妊娠しないのに無駄な事だ」とくる、さらには「避妊は遮断によって男を差別するから性的アパルトヘイトだ」、「性病の男性という性の多様性を尊重しないのはそのような病気の性的弱者に対する弾圧だセクハラだ」などと叱られて罰金を取られる。しかもそういう事はヤリテと呼ばれる女性たちがする事も多い。とどめヤリテらはなんと「正統派のフェミニスト」を自称していて、性的弱者と称する少女買春男性とともに「男性差別」と闘う「闘争」をしているのだと。

「最近我が国では、フェイクフェミニスト、と呼ぶようになりました、その他にもポルノフェミニストとか、女奴隷用のフェミニズムだとか、昔はヤリフェミ、イカフェミ、ロリフェミ、いろいろ呼んだものです。しかし内容はひとつです、要は買春男のためにセックスの自由貿易を求めてくる弱肉強食派です。ヤリテは火星人少女遊廓でも男並みに豪遊しますし、少女をリョナにかけるフェイクフェミニスト、少女虐待アートをやるリョナイカフェミニストもいるくらいで」

遊廓は少女の生き血で経営されているがそこにも巨額の男性差別対策費が計上されていた。そんな中、少女達だけは厳しいスケジュールの中で「男性差別をくい止めるための自主学習講座」を受講したり、その他の世界中の差別をふせぐための対策費を払わされていた。

全員が投資家気取り国にっほん、そこにはもう少女虐待以外の「国内産業」はない。また国外向き産業も絶滅しつつあった。昔一流だった自動車も家電も今は外国で作り、自国の労働者まで切り続けていた。そもそもTPPはただ巨大外資をうるおすだけのもので、何ら自動車の輸出にさえ有利には働かなかった（当時の政府がそう作り込んでしまった）。金は一度動けば全て国外の金庫に流れ、二度と出てこない。そんな中、なおかつその結果として。

他国に債権を作りそれを国民に返させる。今ではそれがにっほんという国の主要な「産業」になった。わざと海外に売った原発や科学工場を爆発させ、国民の税金から返させておいて、その流れで政府やにっほん人金持ちが上前をはねる。そんな連中は人間を止めてしまい人喰いになっている。

　そしてどこの国籍の娘でも娘を見れば、他国のでも自国のでも、なんのかんの言って売り飛ばそうとする、そういう女衒の心で国は動かされていた。


　荒れ果ててもう虫一匹生きていない経済特区、火星人遊廓は昔ならばそういう辺鄙なところで隠れ営業をするしかなかった。しかし既に地獄は極まっていた。つまりもっと便利なところに移転すれば客が増える。

　無論最後の使い道として、この荒れ地と化したS倉を海外から来る核廃棄物の捨て場にすれば莫大な金が入るのだが。ただそれは東京から出来るだけ離れたところにしたい。その上当地にはまだ、……。

　たとえ奴隷とはいえ選挙権があった。ただそれならどうしてもっと早く活用しなかったのか。期日前投票ならジャスコの三階で出来たはずなのに。

　然し全国のどこの県部においても誰も、けして選挙に行かなくなって久しかった。

　理由？　それはにっほん人の七十五パーセント、成人の四分の三が既に奴隷だからである。そして未成年は、奴隷の子供ならば奴隷である。今違っていてもやがては債務を負い、或いは親に売られ奴隷になっていく。というかそもそも国全体が半世紀前のＴＰＰで世界企業の奴隷になっていた。

　奴隷は選挙に行かない。行っても行かなくても奴隷根性に変わりはないし、奴隷でなくなった自分というものを想像出来ないから。ただ、危険施設が出来るというと奴隷の身であっても投票に動くことはある。しかしそれとて誰かが「あれは大丈夫」と根拠なく言えば信じてしまうのだ。そして人々は少女を虐待し、虐待されるのは少女だけと信じ、その危険施設に少女を投げ込み、戦争も少女を戦わせればすむことだとゲーム同然に心得、選挙に行かなくなる。しかしS倉は最後に逃げる事が出来た。だって、県民であっても、東京の繁栄が通勤圏内、なおかつ県民自身の没落は目の前にある。しかもテレビは東京の繁栄しか報道しないという偏向も判る。で？　大本営の報道と肉眼で見る滅亡、中央の実態、すべて比較出来た。

とはいえ、その時にはもう、ぎりぎりの二択しかなくなっていたのである。

心ある一握りの男性は妻と娘、姉妹や祖母、女の身内を助けたい一身でウラミズモに投票した。女はもう言うまでもない。むろん様々な投票妨害はあった。しかし核廃棄物の捨て場にするための土地を、政府はもっと遠くにしたかったので。なおかつ、ウラミズモにこの地をくれてやれば、有利な取引もできると思っていたから。それにもう彼らにとってはここはすべて、どうでもよかったから。

半数以上の金持ちが海外のリゾートとかそんなところに住み、偏平な顔で、すでに横文字の国籍を名乗っていた。こうして選挙は勝ち、S倉はウラミズモの領土になったのだ。但し今のままなら租借地と同じである。というのも、……。

三十年後にまた国家の帰属を決める選挙があるのだという。その期間に選挙教育をして、棄権させぬ事が必要なのだそうだ。

というような話を聞けたばかりか……。

ガイド用の、梅子のその日の食事券を私は貰えた。「私はもういいの、いくら美味しくても、さすがに飽きたから」と、本音は学生といることに疲れ果てたのだろう。「でも人数が多いからビュッフェ形式なのよ、お薦めは金美人参のアイスクリーム。香りも甘味も強くて、すぐになくなるわ」。最後、入場券の心配までしてくれるのだった。一ウラ持っているとお答えした。あるいは可哀相な人と思われたのかも、しかし、この国の移民は、新米に親切だ。

## 5
## ウラミズモ野菜れすとらん「ベッチナシスターズ・S倉店」前にて

平和、店に入った時、感じたのはまずそれだ。段取りを考えてから来たつもりなのに、その平和にまごついた。広い店は明るく、片側はガラス壁で天井も開いていた。暗い通路から入って、一瞬目が眩んだ。

昼間の自然光が上からも横からも入る空間。白石の床にいくつも並んだ大きな木のテーブル。赤の他人から貰った食事券で知らないところに来て、女にしてはごつい骨格と大きい手をして、れすとらんの入り口でしばらく立っていた。そんな券捨てればいい？　誰が？　食べるものを捨てるものか。券には食べ物の魂が宿っている。私は昔農耕も司っていたから食料は大切にする。

それに、……。

奥梅子はとても親切で尋ねればなんでも教えてくれたから。それで私はここに来てみればよいと思ったのだ。要するに彼女はよい先生だった。まあその一方私だって熱心な生徒であって。

たったの一時間程で教える側のツボをがんがん突いて、私は彼女から現代の情報をずらりと得た。というより何より「この館内に探しものをしに来た」と伝える事が出来た。

「探し物？」。梅子は、急に違う話になったので一瞬、驚いた。が、ふっ、と答えをくれた。けして確実な事ではなくても、咄嗟の勢いで。要するに私を教えているうち、少しは元気が出てきたということなのだろう。で？

「うーん、多分それはここには飾ってないと思う、でもおそらく所蔵はしているね、私は三年案内してきたけれど、その時代の展示に、古い館のものの使いまわしがあるし」と。だったら所蔵しているかどうかをまず調べる事である。つまり、要するに、……。

坂のところではだらだらしていた私の方も、何か元気が出てきたようなのだ。これも長いお喋りの効果なのか。まあ梅子の示唆だってあくまで推定なのだが。で？　私の、見たいものとは……。

猫沼にも言ったけどそれは前の博物館の常設展示に出ていたという、黒曜石の矢尻、たくさんあるうちのひとつにすぎない。ただ、ごく普通のものだけどまったく欠けていないしまだ使える。というか「加工」が独特で実際に使うとしたら非常に重宝な物だ。人間の感覚では博物館所蔵と思い込むだろうが、本来は私の夫の所有である。でも、ここに飾っていたという事さえ、妻は長い間知らなかったし、彼もその事を私に言わなかった。忘れていたのか、或いは隠し財産とか、そんな感じなのか。

八年前、出ていってしまう前の彼がふと思い出したように、でも怒ったように……。「そうだ、矢尻、……あれ返してもらって、交換して、翡翠《ひすい》にすればいい」と、言っていた品。つまり館に行けばそこに、河童の代筆か何かで一筆あるから(夫は熊は捕るが字が書けない)請求すれば返して貰えるのだと。それで私の欲しいものを手に入れるようにと。

「よい矢尻だよ？　翡翠は？　糸魚川産がいいか？　一番大きいのだな？　換えられるとも、何にでも、違うか？　小さくても管玉《くだたま》がいいのか？」と。別れる間際なのに淡々として……、でもそんなの、今の時代に物物交換なんて無理であろう。私の方はもう数百年前からお金の意味と存在を理解していたが。

夫は数千年を生きていても、まったく時代の変化に付いて行けなかった。賽銭だって神主に持っていかれるまま、ただぼーっとしていて、というか「これ何？　楽器？　尻拭きなのか？　最近食べられない供え物が増えてきたな、不作なのか？」というレベルだった。私は情報弱者でも、必死で、時代に付いていっていった。

でも、どっちにしろ、神なんて世間を知らない。石の神だと依《よ》り代《しろ》が丈夫なのでずーっと死なないけど。私の場合ただ何千年も生きているだけで、要するに神としての成長をあまりしていない。だって石は、移動が大変だからそんなに動かないし、故に見聞も狭いし流行にも弱い。手に入るのはただ、風の噂や虫の音。故にたまの外出で出会った相手にも、必死で縋《すが》り付いて生徒になるしかない。

といったってどうせ土俗の陰石神だから、人前に出る時も優雅な姿になど化けられない。着ているものは八年前、S倉から撤退していった男性達の、捨てていった服を拾い集めたものばかり。新品を買わなくても次々と手に入った。でも午前中はそんな身形《みなり》を咎められて、国一番の美少女から銃口を向けられた。そう、男、イコール不審者。

国を決定する選挙のあと、私たち夫婦は、ここが女の国の領土になったとだけ、聞いたのである。

はやまらないようにと私は言ったけど、でも夫は例によって、何かとても頑固そうにして、そして、ふいに居なくなった。多分、水辺からどこかに消えたのではないか。なんとなく自信も、失っていた、……。

「俺が？　このまま女の国で？　願い事、受けて？　お産？　血の道？　俺、猟しかできないよ？」と。彼は私に、「ずーっと」雉《きじ》も鹿もウサギもツグミも「食べさせてやってない」と言った、管玉だって二千年欲しがっていたのに「贈ってやらなかった」、と。「なんか、そういう時代かね」とも、しかし僻《ひが》んでいるようにも思えなかった。むしろ、……。

「俺、ここの男に拝まれるのはもういやだよ、はははは、あの、にっほんのあれ」

だって、男かねえあれ、男なんですかねえ、と彼は繰り返して。むろん、夫が指しているのはけしてなよなよした男とか、女に従う男という意味ではなかった。つまりもともと、夫は私に従うのが基本だったから。それに、夫は暴力全体が嫌いなのだった。

いつも、彼が嫌がっていたのは例えば、沼際に女性をつれてきて殴り殺したり埋めたりする男、それをずっと撮影していて動画にしていた男。

車でセックスをしにきて行為が終わった女性を足で蹴る男。その時に例えば「おい、片づけろ」と怒鳴っているのは「用の済んだ女」に自分でどこかへ行けという意味なのである。

その他、時流にうとい夫が、最近ショックだった事件、それは近くの川の水を汲んで風呂を沸かそうとした人間が警察に逮捕されたという話だった。しかもひとりや二人ではない。何度も何度もだ。最近ではまた、飲料に使おうとした人間までいた。それは近所の川の水を濾過《ろか》煮沸してから、偽ラベルのビンに詰め安く売ろうとしたものであった。水道料金の払えない人が増えていて、彼らは飲み水だけ買う。むろんペリエとかではなく、その安い川の水を。しかしそこには農薬ばかりか寄生虫も化学物質も入っている。その一方で、使える井戸などはお役所に見つかれば水源自主管理規制法等で埋められるそうだ。つまり、水源は世界企業が買い占めているのである。

そんな中S倉には空っ風で、古新聞が飛んでくる。すると紙面ではまだ大都会の人間が「にっほんの水と自由は無料、いい気な国家批判」などと冷笑している。しかし県部では既に、庭に生えた七草も零《こぼ》れた種も、勝手に使っているとお縄になる。

最近のにっほんでは、自分の取った種でも自分で汲んだ井戸水でも、勝手に使うことが禁じられていた。その原因は、世界的な大会社がお金を取りたいから。基本、全部の生存行為から手数料を取る。しかも、その値段を遠い外国で、勝手に決めてくる。というか、……。

つまりそういう約束になっている判子を、半世紀前のにっほんの政府は、世界に向かって突いて、約束した。みやこでは、それをＴＰＰ批准、ひじゅん、と呼んでいたそうだ。するとその批准、ひじゅんは、にっほんの民が自分ひとりでする生産や工夫を全部犯罪という事にしてしまったのである。

息をするにも糞をするにも外国企業に許可を求め、いいなりに金を払う世界。とどめ、特に最近では夫に来るお祈りやお供えが、ひどい事になっていた。

夫はいわゆる陽石だけれども、私と同じタイプの自然石で、ただ形が似ているだけの存在なのだ。なのにそんな朴訥《ぼくとつ》な夫に向かい、「幼女をください、避妊が面倒なのでおとなは邪魔です、三カ月に一度、新しいのをください」とにっほんの政府関係者が、身勝手など変態の、汚れに汚れた祈りを祈っていくのである。しかもそういう悪逆非道なお願いを叶えてもらえないと、被害者になって社を汚していく。落書きだって酷い。そう、つまりその落書きというのが、……昔の、バイ菌いっぱいで、差別普通だった古い時代よりも、ある意味、ひどいものなのだ。しかも今では、この落書き行為はアートとか呼ばれていた。

また、ただ落書きだけではなく自分達で汚らしく作り込んだ意味不明の、おかしげな物質を置いていくのもいる、その他、ゴミを捨てたり性器を見せたりする、そういう行為自体がアートになっていた……たとえば駄菓子を食ってその、色付きのゲロを吐いていくもの、それは「女の子っぽいピンクのゲロなので」イカフェミニズムアートと呼ばれ絶賛されていた。その他婦人科から盗んできた胎児をプラスチックに入れて固め、ペンキで花模様を描いてから捨てるイカフェミニズムアート、さらには幼女の服をはだけて死体メークをさせ、沼の水に漬けて「寝たふり」をさせる、これもイカフェミアート。子供は起きて泣きわめくのが普通なのだが平気で睡眠薬をかまさせている。要するに女が女に対してエロ虐待をし、それを女に対する嫌がらせとして、とんでもない場所で見せ物さらし物にしていれば、それは、「フェミニズム芸術」ということになってしまうのである。ところが私は女の中の女なのでこういう偽物が一番嫌である。

そもそも私のところは、たとえば江戸時代、堕胎祈願の気の毒な絵馬が上がっていても、性病が治った女達などは、むしろ可愛い布とか目の保養にもなる食べ物を供えてくれた。それに夫もエロ神楽を奉納される程メジャーではなかったので、夫婦ともにすれていない。しかしそれが、二十一世紀になってからむしろ子供相手に「アートをしたい」という連中の、異様に悪達者で「切実な」落書きやそのアート本体に住まいを汚されるようになった。なおかつこのイカフェミアーティスト、本人たちだけは、獄門にも差別にもかからないでおいて、その上で弱い子供や火星人だけに酷い事をしたいと思っている。そういう気持ちが連中の「作品」には入っていて、側に置かれるだけでも地獄であった。

しかもそういう手合いが実は家のごく近所の遊廓に来ていて、「遊び」の帰りに、私や夫の社にこのような「アート」をしかけていったのだと判ったのは、あああ、夫の出ていった後の事である。

そんな中で、奈良時代にも江戸時代にも、古代にさえなかった絶望を夫は感じたらしい。一方私は私で遊廓と言ったって、「そんなの昭和三十年頃に終わったでしょ？」としか思っていなかった。だって自分は陰石だが、別に知らぬものは知らぬ、たとえ近隣の闇でも……。

無口な夫と随分久しぶりにいろいろ語った。でもそれは別れるための話し合いでしかなかったという皮肉な運命。私は雉なんかなくても我慢出来た。ただ干し肉を作るのが得意だったから、食べさせてあげたくてつい「雉があれば」と言ってしまっていた。とがめた覚えはない。「石でも？　たまには？　怒るべきなんだ？　いや、あなたは、いいよ！」。最後まで夫はそう言っていた。私に対しての不満はなかったと思う。本当に仲は良かったから。

夫は私がごつくても鈍くてもその全てを愛らしく思っていたはずだ。「あなた、自然石だね？女の中の女だ！」と。だってそれが最初に会ってすぐの殺し文句だったし。

彫ってある御影石なんか媚び媚びで最低だ、偽物であざとい、と言ってくれた。作ってある陰石など人間の装飾や性欲で歪んでいるって。そうだ、今思えばそういうのがきっと、女性差別なのだ、それこそが「アート」の元のやつだ。神仏のいない心で、人間の大切なところを、遊びで作るのが、しかし、……。

そんなふうに私を判ってくれる夫さえも、「俺、もう陽石でいるのが嫌になった」と。でも夫だって自然物なのに。「誰にも描かれたくない、まねしないで欲しい」とまで。

その上私は私で、元々からにっほんがつくづく嫌だったのだ。だってこの姿で、女の姿で、生きられる場所も時代もそんなになかったではないか。世紀が変わっても別の意味で、どんどんひどくなるだけ……。

夫の矢尻はなんとかして取り返したかった。けして翡翠なんかには換えないけど。ただ、とはいえ梅子にその機微、心境を伝える事は殆ど無理と思った。だって「夫が神で昔使っていた」だなんて。そして向こうもまた、だったら別の館で同じようなのを見たら、とあまりにも妥当なアドバイスを言って来るし。

「でも、別のでは駄目なんです、探しているんですよ、他の似たようなものではなく、それは三世紀位の平凡なものだけど、昔住んでいた所と関係あるかもしれないので、出来れば今管理している方にも、お会いしたい程で」

博物館でも何でも撤収するときは大変なはずなのだが、むろん、非常な短期間で混乱も極まっていたという話であり、まあ当時の騒動とかは沼際にもなんとなく聞こえてきていたから、知らなくはないが……。

「ですので、どなたか詳しい学芸員の方を」と、思えば異様に厚かましい私。でも私にお祈りに来ていた人なんて全員がもっと切迫して、ある意味「厚かましかった」。

で？　梅子はさらに困った顔になりながら、それでも教師モードが止まらぬのか、また本来やさしくもあるのか、なんとかして助けてくれようとする。しかし無理すると年齢なりの、辛そうな呼吸が混じってくる。私は少しうしろめたくなってきた。が、欲望に負ける。で、……。

「ええと、ええと、ふうう、ふうう、ここの職員は私、だいたい知っているけど、でも、でもね、あの人だけは、私の、知らない人でね、ええと、ええと、ああ有名なんだけど、ああ名前が今、ええと」、あー、そうそうそう、ええと、ふうう、ふうう。「あの市川さん、ね」、あの「市川」。

というようにして手がかりをくれるからつい、……。

「あの市川さん」ですね、と。市川、市川（覚えた）と。するとなぜか彼女にとってその名前を出すことは苦痛、あるいは意識の外だったようである事もなんとなく判った。が、それでも梅子は一旦思い出すとまたしゃきっとしたようで。

「そうです、そうです！　咄嗟に出てこないのよね、あの名前がね、そう、そう市川房代さん、ヌシみたいな方ですね、この館が移転して来る前からなので、本国のも含めれば資料展示勤務ももう、四半世紀になるはず」、はい、市、川、房、代。

「そう、市川房代、彼女なら絶対、博物館の撤収にも立ち会っているはずよ」と。むろん、こっちは初めての名前に決まっている、ならば、うまく会えるのか話が聞けるのかと、さらに尋ねるしかない。

「ところがね、実は私、あのっ人だけは、本っ当に知らないのよ、うーんと、ええと、ああ、そうそう、誰だっけ？　ああ、市川さんだった、でもメールなら打てるけど。ふうう、館のがあるだろうから。ふうう。彼女、親切で、誰も拒否しないって、誰の話でも、ふうう、聞いてくれるって、でもそれでも、メールだと返事こないかもしれないのね。館自体が結構、迷惑メールに、ふうう、入れてしまったりするし、それは根性の腐った観光客がいるから、後、あの人ストーカー、多いようで、私達ガイドの連絡でも、時々はそれと間違えられて削除されるので」

取り敢えず、凄まじい仕事をずーっとさせられている人物だそうだ。

「他のガイドさんで誰か知っている人がいるかもしれないから、ああ、ああ、聞いてあげましょ

ない。

くうか、ううううう」と梅子は自分の端末をやっとの事で持ち直す。しかしそうするとなんとな
く梅子の手首はぶるぶると震えてくる。むろん全員が仕事中なのだから誰も咄嗟には返事してこ
ない。

で？「だったら連絡だけしておいてあげましょう、それで、れすとらんで聞けばいいのよ」。
「えっ、じゃあお名前出させてもらってもいいんですか？　すごい！　ありがとうございました」
と、感謝しつつ、でも、……。

さて、しかしその市川房代にはどうしたら会えるか、勤務中なのだから外には出ないだろうし。
それに、野菜れすとらんは職員も使うだろうけれど、今は、けして、来るはずはない。その上そ
の市川氏とやらは学芸員として案内に歩いている時間も限られていて、いつもは地下室の、職員
達でさえあまり立ち寄らない場所で「何か恐怖の生体管理をさせられている」らしいし。

どういう人であるか？　梅子は、直接会っていない。ただガイドも三年いればここの組織には
詳しくなるようだ。

「あの、市川さんってね、役職はそこの部長だけど、それも、統括部長だけでね、そもそも専任
の部長は別にいるようなの、学芸員の資格？　これが実は外から見ていたら不明だったり、てい
うかパンフレットとか展示にも名前が、載っていないので、それでも？　市川教授とか？　呼ん
だほうがいいのかな？　でもそう呼ぶと絶対に怒る人はいるはずよね、普段は執務室というか、
監視室みたいなのにきっといるはずで、そこは二十四時間なので交替要員がいて」。「そして痴漢
展示室の担当とかはその交代要員っていうか、彼女の子飼いの人が自分にも痴漢にも注射打ちな

がらずっとやっていて」

梅子は、市川を苦手なのかもしれない、となんとなく思った。でもそれだからこそ、むしろ私に対して伝える様々なエピソードが続くのだろう、とも。

「市川さんってなんかランクの判らない人で、何も知らないで丁寧にする人がいれば、それを見て怒る人もいたり、でも実質結局館長なんじゃないかと私は思っているの。つまりここの館長さんは名誉職でね、それは鏡薫子という、人形愛の方では有名な方です。しかし今時こういうところの実務のハードなのは、全部成人からの移民が受けているという状態なんですね。それでも市川さんは忙しいだけじゃなくて、私達世代の中では、あの人は、移民中の出世頭なので、ただ、私とはなんとなく縁がなくて」。悪口言い切れない部分もある?

「ものすごい仕事量だって、その噂を聞くだけでも関係ない人とつい思ってしまいます。だって私は義母と夫の家庭内暴力から亡命して来ただけ、というのもにっぽんではもう、女性はヤリフエミでない限り専任講師から上へはいけなくなってたし、私は非常勤のままだったたし。だけどあの人は遅れてきても、それで、世に出るためというか、ともかく、とても人には出来ない分野を克服なさったのよ、それでここの看板学芸員として、正確にはそう、学芸員であるかのように振る舞っているの。ただね、私、そう、あの地下室のどこで何が起こっているのかと考えると」

……。

それでも、怖いとか汚い、そういう直にネガティブな言葉を梅子は言わなかった。つまりここへ来る以上、国民は全員、男性にひどい目に遭っているはずと考えるべきなのだ。

「あそこにいる男性はその姿も、している事も既に、鬼畜の域だという話で、既にもう男性とも呼ばれていないようでね、もう、ひょうすべの息子達とか、そういう呼び方になっていて、しかも連中に対する統率方法は例えばオストラという、他国では絶対あり得ない投票、選挙ですよ、しかも投票権はナンバースクールの高等学院在学生だけ、でもそれは我が国には必要な事です」と言いつつそれが何かと聞くと、やはり口には出さない。

「それが、私は成人からの移民一世なので、そもそも参加してないんですよ、まあともかくね、何も見ないほうがいい。百人か五十人か、ともかく凄い数の、一番危険のある生体を、ひょうすべの息子たちを、彼女ずっと「オストラ」で管理しているの」、と。

それはにっほんが向こうから委託してきて、半世紀前のオリンピック頃から、外国の目に触れさせると困るような男性を移送してきたのがそもそもの始まりで……。

一時的なもの？　「いいえ、ずっと押しつけられるのです、その代償として管理費用はすごく貰うけど、やはり、それさえも世界企業と政府がかなりの上前をはねます、あと彼らに対する債務の取り立ても我が国が代行していて、彼らにかかる費用と一緒に最終的にはにっほんに請求しますよ、ええ、にっほんの政府にね」

何千年も神をやっていると、当然政府が誰かなんてどうでもよくなっている。しかしやはり夫と別れる原因になった最低の政権だ。さすがに覚えている。

今のにっほんの政権は二党交代制、どちらも党首は同一人物だそうだ。また、その第一党の名前は「知と感性の野党労働者同盟」で、略して「知感野労」である。さらにその下には、党員ジュニアで構成されている「NPOひょうげんがすべて」という団体がある。で、婦人部というのもあり、これは「野党リベラルフェミニズム手を繋ごう男とだけ」という長い名前の、いわゆるヤリフェミニスト達の集団である。これを、略してヤリテ、ちなみにこのヤリテ連中は結婚していればほぼ全員が、「知感野労」または「ひょうすべ」の嫁、もし、独身ならば、大半が彼らの愛人、または娘、妹、という具合である。さらにこの全部の組織が実は外国資本である「ひょうすべ」の手下になっている。さて、すると？　「ひょうすべ」とは何か？　まず、言っておく。実在のひょうすべという九州の妖怪とは何の関係もない。

　だって「ひょうすべ」とは要するに「ひょうげんがすべて」の略だからだ、略して「ひょうすべ」というわけ。しかもその正体は大きい大きいお金の精。

　このお金の精は世界企業や国際銀行の金庫で生まれ、そこに宿っていて、そこから、各国を襲う。そして世界中の土地を荒らし、食物を奪い、水を汚し、家畜を殺し、人間を奴隷にし、伝染病をまき散らす。というか国をねこそぎにする。その後はタックスヘイブンに固まって眠り、人類を貧乏にし、子供の数を減らし、地球を凍結する。

　で？　なぜこの「大物たち」をひょうすべというか？　それは、その正体がなかなか判らないなりに、ある特徴が、存在するからだ。鑑別する方法があるということ。但し外見では判らない。発音でも分けられない。

　要するに、見たところ彼らはまともなのだ。その姿だけならば金髪や黒髪のきれいな女性もいるし、紳士だと身長が三メートル程になるのもいて、つまりスタイル等はいい場合が殆どである。また、発音なども美しいのが殆どである。だって彼らはどの国の言葉でもきれいに喋れるし、アニメなどもよく見ていてにっほん通である。印象は悪くない事も多い。ではどうやって見分けるか？　それは、他の部分がどうでもその使う言葉、或いは描いた絵やオブジェ、発言、態度などつまり表現、表象が地獄の沙汰であるという特徴、それによって判定出来るのである。

彼らの場合、まず表現と実態が離れている。これが、特徴である。特に自分と外側が切り離されている。例えばひょうすべが「みんなで死のう」と言えばその時ひょうすべは自分を除外している。そして「公平に分けよう」というときひょうすべはいきなりその殆どを隠している。しかしひょうすべは自分自身でさえ、自分がそうしている事をまったく意識できない。というのももし通帳にひょうすべと書いてあっても、ひょうすべにはどうしても、自分というものがないからである。というか本人達は自分の私欲我欲をけして自分のだと思っていないからだ。要するに、……。

「こんなに貧乏でみんなどうするんだよ」とひょうすべが言った時は戦争とかになる。すると戦争の間中、ひょうすべはただささわやかに全てをかき集め、人間の生命も空気もかき集め、「これはみんなのだよ」と言って自分のいる金庫に封印してしまう。さて、戦争が終わると貧乏な人は死体になっている。一方金持ちは「戦争が終わったぞ、どうやって喰っていく？」と泣き言を言い始める。その時、その両方を見て、ひょうすべはこう言う。まず死体に向かい、「死体とはなんだろう、死体などない」、そして金持ちを指さし「ここに被害者がいる、食べていけない、気の毒な、世界中の人々が」と。

で？　ひょうすべはそれでいいと思っているのだろうか、しかしそんなひょうすべをどうやって追及しても、逃げるだけである。というのもひょうすべの話題は、切り替わるから。それはもともと彼らに、主語がないからである。彼らは大きい大きいお金の精に過ぎないから感情もないし数字しか見えない。そこで一旦この妖怪に宿られた人間はまずもっとも基本的に、こういう言い方をするようになる。「戦死とは戦死ではない」、「強姦は強姦ではない」、「奴隷は奴隷ではない」、こういう表現。細かいところだと、日本語のカギカッコの使い方がおかしくなる。その他に「ぼくは加害者なので被害者です」だの、「僕は白人加害者なので黒人被害者です」だの、「ただ子供を殺しただけでどうして非難されなくてはいけないのです」だの、「強姦をしようとしたら、抵抗されて傷つきました、僕は抵抗されてしまった哀れな被害者です」だとか、そしてこういうひょうすべつきがもっとも恐れていて嫌う事は本当の被害者が「私は被害者だ」と言ってくる事なのである。で？　しかしどうしてそんなことが判るのかって？　だって、どんなに世間知らずでも私、一応神だからだ。

しかもその神も国家神とか御神体を作り込んだものではないからである。つまり私は、一個の石だから、石は死なないから。ずっと、見てきたから。

……。

「昔は授業の後でずーっと質問する学生がいたものです、でもあなたはそれよりも熱心ですね」、そう言うとついに、梅子は、黙ってしまっていた。まあガイドの後でとても疲れていたのに、私がまた無理に喋らせたのだから自然な反応だ。だがそれでも聞きたいことは残っていた。その上疲れ果てているというのに聞くと語るのだ。とどめ明日からはもう何も、教える必要がないと本人が言っていた。

だからこそ私は聞いてしまっていた。だって明日からはもうこの先生には習えないのですよ?

「で? それで? その、市川教授のしている、取り立てとは? 例えばその、ひょうすべの息子達の費用、たとえば食事代とか水道代なのでしょうか」

「いえ、むしろ何か、そのう、……射精冷凍保存費用とか、射精証明とか、それと言論の自由対策費だの、反権力活動射精保護年金だの、名目は複数で、でも我が国ではそれを全部纏めてにっほん女性の膏血と呼び、主ににっほん移民の保護と教育に使っています、しかしまあ移民はすごく働くし優秀なので、むしろ、ああ、ああああああ」

もう疲れてきたからと、ついに梅子は自分で立ち上がった、食事券は端末で連絡してくれた時に既に貰っていた。

最後に「市川さん、にっほんではやはり、奴隷だったそうですよ」と梅子はとうとう告げた。本人はお金持ちのお嬢様で育っていたつもりだったけれど、ある日選挙に行かせてもらえないのでやっと気がついたと、にっほんでは奴隷だったのだと。

「しかし、そんな事をよく、ご存じでしたね」、会ってもいないのに。そうかこれ言いたくて長引いたんだ、と私は理解した。言いにくいけれど、つい広めたい事。

「いえ、別に、ね、……皆さん知っている事よ、移民は聞き取りでここに来た理由を記録されるんですから、それは毎年の分から参考になるものだけが、本人の許可を得て公的サイトにアップロードされますので、私は、生徒の中に移民が多いし私自身だってむろん移民なので、専門外ですが、夜も眠らないで拝読していました、ていうか、なんかこう、成人からの移民は、働いてしまうので……」

にっほんは一応一般労働者用の奴隷制度があるし、その他にも自由貿易条約の祟りで出来たグローバル大農場のための奴隷法がある。その他には側室の子供は奴隷と定めた、奴隷婚姻法などがＴＰＰ以後どんどん整備された。しかし国民性がアレなので結局いちいち奴隷制を敷かなくても、忖度や行政措置、何よりも債務による、「自由意志」の奴隷が増えていくのだそうだ。なんというか理屈的な面で言うと、私の知っている古代の奴婢とか家人よりも、ぬけぬけとして醜い奴隷制、と言える気がする。日本の女は労働の定義のないところでもあるところでも働く。働く、寝ない、食べ物は遠慮する。しかしこのウラミズモではその女に全て賃金を渡し、侮辱せず、男の奴隷にせず、遠慮させずに食わせて、暮らさせている。

「ウラミズモの産業、世界に冠たるものは、まず女性の着心地だけを考えた室内着や、痛くなく、各種防御にも向いている靴、女性の体型や筋力でもうまく使える工具、楽器、事務用品、またジェンダーレスで性別関係なく可愛らしいベビー服、動物実験していない快適商品、そして、介護する側もされる側も楽になる介護用品、さらにいまやにっほんでは絶滅した高級野菜、果物、かつて世界に轟いていたあの和牛を復活させたウラミズモ牛、他国から軍事開発されないようにプロテクトをかけた、女性用の装着する部分ロボット、いわゆる介護用スーツ、さらにそれを原型にした各種スーツ、等です。さらに文化的には、……女性を侮辱しない官能作品、セックスが出てこないのでほっとするすべての商品、そういう映画、オブジェ、小説、歌詞、翻訳、広告、エンタテインメントの請け負い、さらに、女性が完全に安心して楽しめる、嫌な視線のまったくない観光ホテル等で」

## 6
## 野菜れすとらん「ベッチナシスターズ・S倉店」その店内花時計型、デザートアソート前にて

光とざわめき、平和、なのにむしろ怖くてなかなか入っていけない、なんというか平和が妬ましい……。

というかこれが平和なら私には相当に怖い。

もう八年も前に私は夫と別れ、そのまま、ここウラミズモの神となった。つまりは、何も知らぬままに、というかまだらには知っていても、この国の実態なんかけして判ってもいないままに、それで平然とお賽銭を貰い、生活し始めた。とはいえ政情が判るまではずっと、引っ込んだままだった。それでも本日はついに、八年ぶりの外出、でもこれでは殆ど移民第一日目も同然ではないか。だって何もかも初めて、お金が、買い物が、食事が、全部不安……。

なんというか本当にちょっとしたことが怖い。例えば一日でチケットを二種類も使っていいの

だろうかと急にびびってしまう。その、チケットというのはまず、ここの入館。一ウラが五〇〇キモータなら残りで何か食べられると見当していた。入館料は前のを知っていたからレートで計算して、それで足りるのだと。ところが意外にも新しい料金の方が高いのである。だってお釣りは二〇〇ミズモつまり一〇〇〇キモータしか戻ってこなかった。たちまち不安にかられ、……。しかし、……思えば、にっほんにはその場ですぐ払う税があったはずだ。ひとつの品物に二割を掛け算して、それは中世の教会の税金の倍額。ならば、そうなるとこっちの方が少しだけ安い、それに……。

にっほんでは食べるものが最近どんどん高くなっていた。だからといって一番安いものを食べると病気になる。まともなお供えも最近は絶えてしまっていたし。

それに撤収した博物館の方も、今どこかのビルに押し込まれている。所蔵品は歴史的価値のあるものから売り飛ばされるはずだ。

ところが一方、この「我が新世界において」本日の食事は無料、有名どころの御馳走。我が国はこんな良い食事券を気軽にくれる。それもちょっと話しかけただけの知らない「おばあさま」に。だったらいい国だ！　でもそれでも、私は竦《すく》んでいた。神なんだから胸張れ！　と自分に言ってみても。鼻先にたまねぎとか肉のようないい匂いがしていても、つまり、……。

おや、さっき何か怖いこと聞いたし見たような、と私は思っていた。それは、梅子のように、疲労で思い出せなくなる内容である。でも、そうすると、というか、なぜか、というか……。

入り口の大きい花時計にふと目が行った。自然でなんとも言えずきれいな色！

だって時計は本物で針は動いているが、周辺の花や数字が和菓子とアイスなのだ。美味しそうな平和と爽やかな時間、なのに私が生きてきた何千年もの半分は？　戦乱であった。で？うむ、……これが私の石としての非情さなのか、私はその「うつろう美」に向かって、一歩を踏み出した。するとアイスの追加に来た大柄な若い人が、私に声を掛け食事券を見てくれ、案内してくれた。そこはすでに二人のガイドさんがいるテーブル、ごく自然に、知っていた人のように、二人共が笑いかけてくれた。若い人はすぐ、背を向けて腰をひねり、立派な両腕を張ってアイスを追加しに戻って行った。ところがこの若いアイス係が私は気になった。

というのも、この人まだ、十代にさえ見えたが、大変綺麗な髪の毛を大きいまげに結って女王のような物腰。なのに同時に、腰の低いもの慣れた応対だ。さらに服装、一見ボーイさんの制服だが首に黒い革紐と鉄の鎖で出来た高価そうなチャームを着けているのである。それでも身形の悪いこんな私に対しても、非常にいい雰囲気で応対する。ただ、ちょっと妙なところもあって、……。

私の頭に大きい埃がついていると言って髪の毛を素手でさっと払ってくれた。無論その前に「ようございますか、こういたしますよ」と言いつつ、仕種で、許可も求めて。ただその後「まあ柔らかい髪、気持ちのいいこと」などと笑いかけるのである。そう言えば髪の毛をけっこうかき回していった。とても楽しそうに。さらには私の事を二回「お姫様」と呼んでいて、むろん、私の本名はヒメミヤオオカミノミコトではあるけれど。別に丁寧にして貰っただけであるけど、どういう方なのか？　本人にも聞いてみた。

この花時計の係は、昨年まではショーレストランで有名なベッチナ本店の方で、観光用のアトラクションに出ていたと言った。しかしこれからは店長候補として接客の修業をしたいのだという。本人は完全な菜食主義だとも私に告げて。アイスの解説も全部してくれた。薄緑色をベースにした花手鞠のように、また数字の形に、時計盤のあちこちに盛られている素晴らしいアイスを私は何度も取りに行きつくづくと眺めた。というのも、……。

大きい花時計の文字盤の上には、始終使うのか白い素っ気ないプレートが置かれていたからだ。「国定選挙まであと一万日」、と記されていて、日にちの、数字が変えられるもの。「修学旅行の食事は政府与党の無料提供なのです」、「しかしそれは選挙啓蒙のためだし、三十年先の投票なので、けして違法な饗応《きょうおう》には当たらないのですよ、そもそも学生はまだ選挙権がないので」、という説明までその見事な髪形の女性から私は受けたのだ。

……ビュッフェ中なのに私は、おとなな用に設えた丸テーブルにまねかれ、しかも梅子を知っていると言ったものだから、友達を迎えるように話しかけられて、楽しく会話した。つまり彼女からの、「しつこくて何でも聞く迷惑な人」という申し送りメールなどがなかったようなので。というか、市川教授の仕事の話さえしなければおそらく、梅子だって私には好意を持ったままでいたと思う。私はいつも必死だし全身で感謝を表していて、何にでもとても喜んでいたはずだ。それにテーブルの二人は、梅子から私の、名前も聞いていた。しかし、それでは足りないと思いさらに自己紹介もした。

「初めまして姫宮です、仕事は、スピリチュアルの方です、にっほんでずっと、精神分析的ではないカウンセリングを、してきました。ここに来てからも少し個人で相談に乗ったり、占い相談したり、その他には趣味で農業とか、天候、お産、など個人指導しています」と。二人は私の下の名前を聞かず、自分達の方はフルネームを名乗った。

梅子の仲間でもあり、市川の知り合いともいう、この二人は湯浅芳野と、吉屋信江、だそうだ。二人とも大変親切で友好的だった。

「精神分析ではないカウンセリングが、あるのですね」とまず吉屋が大きな黒目を瞠《みは》り優しく笑いかける。と、湯浅のほうは、

「ほら、あんた何か食べたら！　空《す》いているんだろう？」と乱暴だが優しい。

制服のルパシカに吉屋は絹のベレー帽、湯浅は蝶ネクタイと伊達メガネである。

私は料理を取りに行った。ビュッフェ形式、修学旅行相手、百人に食事させるというのは大変な事だ。この空間も普段はゆったり使っているのだろうが今は満員電車状態である。それは食欲旺盛で言葉の少ない、若い人間の群れ。二部制の第二弾は宴もたけなわである。ナンバースクール第十百合香高等学院。

学女達は黒のコートを脱ぐと服の下も黒一色だ。ただ肩や背中に華やかな縫いぐるみをいくつも付けている。刺繡のように薄いものもある。肩掛けのように大きなネックレスも。それらは猫、鰐《わに》、ウサギ、中には男性のヌードをビーズで作った意匠も。むろん自分はよそものなので彼女らからは完全に黙殺されている。ちらりとも見られない。というかガイドたちさえも。なんという

か全員おとなへの拒否感の塊であるし、若いのに目の下には隈まであるし（ここの飯は食うけどお前らは嫌いよって顔）。

……光の中では、グラスや食器の触れ合う音、といっても食べている人のではなくて提供する側のたてる音である。

料理は案外に知っている材料ばかりで、野菜だけでもなかった。この店名は要するに野菜の種類が多く、有機農法や甘味にこだわる、という意味らしかった。

まず、前菜のところにドライトマト、生のトマトとチーズ、新鮮なイカの糸作りや生シラスを絡めた、ハーブの生パスタ。きれいなのは野菜のパテ、ハムのパテ、二色卵風パテ、生野菜用にカテージチーズやブルーチーズのソースも並んでいる。部屋の隅々には銀色のずん胴鍋、アルコールランプを置いた調理台がある。

にっほんから逃げてきた一流の女性シェフ、パティシエ達が、丸々した腕で張り切って料理を温め、追加していく。白髪をきりっと纏め口紅を引いたウェイトレスは、蝶ネクタイに合わせた小さいリボンを髪にも付けていたり。こういうのは移民早々で元専業主婦達が多いという。横暴な夫の介護を「そこそこに切り上げてここに来た」という高齢者ばかり、夫の遺産とかのお金は持っていても家事を活かせるところで働きたいようだ。すると家庭内の意見は社会化され、食の安全や保存法、味付けも向上し、一方奴隷的なサービスは消滅していく。むろん、それで怒鳴ったり壁を蹴って怒る観光客は「いない」、テーブルを引っくり返す男性も「いない」。

平和、笑顔、御馳走、よい匂い、安全、きれいな色、そして、黒のよい生地をたっぷりと纏った、目の虚ろな苛々した少女達と、元気だが少し悲しげな六十代ガイド達……。

テーブルいっぱいに、よく煮込んだ根菜、リゾットには古代米とシラス、玄米や小豆、蕎麦の実、胡桃、和風洋風両方の出汁のさっぱりした香り、バター、天下のウラミズモ牛肉様少量、烏《う》骨鶏《こっけい》のオムレツ、新鮮な海老と貝、野菜の濃厚なキッシュ、金目鯛のソテー、外国（本土南方）産オリーブ油の注がれる香り。例の花時計に、大きく切って美しく盛ってある果物、ただそれは冬場なので本国北西部の、低温保存してあったリンゴ中心だ。しかし野菜のアイスクリームは素材が四季に亘り、十二種類掛ける四とその盛り合わせである。人参のアソートは白、緑、紫、金時、リコピン人参、金美人参、その他にピューレで作るのか季節外れのえんどう豆やフルーツキュウリのアイス。添えるものは潰して揚げたリンゴや紅あずま、紫芋、国産のママレード。パンケーキに雑穀、蒸しパンもこれは冷凍なのかアケビが入っている。秋アイスの項目にドングリがあって、加工品なので少しほろ苦いだけなのだが、でもなつかしい、何千年も前だけど夫と一緒に仲良く食べたドングリ。当時の私はウバユリでもなんでもお団子にしていた。お肉も魚も干して大切に食べた。

夫は大きい獲物を獲ってきた時でも何も威張らなかった。大昔に怖い目に遭ったらしく、その時に前の妻も子供も、失ったようだった。狩りはうまくても喧嘩は弱い、気のやさしい男、怒鳴ったり殴ったりされた事もなかった。

私は古代神だから肉も魚も食べる。香りだけではあるが何でもいただく。ここのウェイトレスは公務員だが、貰った食事券で食べている私に、むしろ親切だ。「野菜コンソメもお薦めですよ」

などと。

最後に目に入ったのは花時計の陰に、高級品扱いで生卵の籠盛り、白とピンク、模様入りのもの、ウラミズモ名物の青い卵、殻には賞味期限のラベルではなく、やはり国定選挙の日取りがある。そこには生姜粥と緑色のパスタ、本国産の生醬油で食べる釜揚げうどんもある。むろん炊きたての銀飯《ぎんしゃり》もあって、なぜか、というか当然というか、学女達はデザートの前のシメにこれを貪り食う。目立たなく置いてあるのに殺到して。

ちなみに私は蛇神ではなく、卵なんてまるで供えてもらえなかったから、こうなった事情を今まで知らなかった。

もし選挙を怠ればこのうまい生卵が消えると、そのラベルは警告するためのものだったのだ。というのも、……。

半世紀も前ににっほんでは卵の生食が犯罪になっていた。それはひょうすべTPPの仕業だった。生き残っていた養鶏産業を完全につぶし、輸入の冷凍チキンだけで独占してしまうため、にっほん養鶏家の支えになっていた、生卵の売り上げを奪ったのだ。むろん、地鶏は壊滅。自営農家はその前に消えていた。当然S倉でも。

このれすとらんの食材さえ殆どがウラミズモ本国から運んできたものだ。国定選挙からたった八年、今はまず農地の復活と検査からである。

昔京都の偉い神様が百年程前、うちの社に立ち寄って言いつけていった。修学旅行のご飯は安くてまずいのだと、その他にも給食がまずいのだと。しかしごく最近、沼際の私のいる社に遊びにくる人達は、ご飯がある事だけで僥倖《ぎょうこう》のように言い始めていた。しかも彼らは食事と空の両方から、農薬を浴びていた。遺伝子組み換えの食品のせいとやらで、体に大きな瘤《こぶ》の発生した鼠があちこちを走っていて、しかしそれもすぐに死ぬものらしく……。

昔、私の社には不妊を責められる女性、性病を伝染された女性、流産した女性、浮気された女性、姑がきつい女性などがよく泣きにきた。天の神や大きい神が悪いのだと思っていた。結局は話を聞いてあげてお供えを貰い、一緒に泣いてあげていただけだったが。

ところがここ半世紀は、農薬や化学物質を「無料で」沢山浴びせかけられてそれで病気になると薬は高くて買えない、というような、一緒に泣こうにも凍りついてしまうほどの不幸が押し寄せていた。ひょうすべは人間の逃げ場がないように国中を上から固めていた。

ウラミズモは国内の商売やら田畑やら何やかやが、世界会社に喰われぬよう結界を張っている。それ故か民は子供を含めにっほんのような不健康、貧乏からぎりぎり脱している。隣国にっほんに対しては「国民皆兵」程自衛しているが、その他に男装スーツという（暴力装置イコール男性装置、装は装置の略）ささやかな国境警備ツールもあるらしいのだ。しかし、他に特に防衛の手段はなく、結局外交と産業だけで国を運営している。つまりそれは別に選択肢のひとつなどではない。ウラミズモもにっほんもそこは共通だ。他の方法はないのである。戦争はやったら（最後には必ず）絶対に負ける。

S倉がウラミズモになって八年、学女達から見ればそんなの大昔だが、定年過ぎのガイドから見ればつい最近だ。私は「良かったですねえ、選挙勝って」と言われながら、まず知らない料理の食べ方を教えてもらい、公式の場所は禁酒なので飲み物の説明を受ける。にっほんから来たばかり、或いは選挙でここの国民になった、そう言った瞬間、ウラミズモではもう友達であった。というのも全員があの国が大嫌いで、苦労してこっちに来て良かったねえ、という共感があるからである。

修学旅行とは、普段の先生達は休み、長く高等学院を勤めて退職した人々がにっほん時代の苦労を語りながら、女性差別史について解説をする日である。この成績はしかし休暇後に担任の先生がつける。といっても欠席しなければ大体合格。ただ途中で不謹慎な言動をとれば、アウトである。なお、最近、この卒業式は四月末になっている。ふいに湯浅がそのあたりを説明し始める。こちらの疑問顔を察したのか、聞かずとも機嫌良く教えてくる。

「原因は白梅！　春は例のやつが凄い重圧だろうから、結局はスケジュールを加減してあげて、それで、いつからか遅くなったんだ、要するにほら、お国はなんでも、あいつらに合わせるのさ！」。え？　しかし「例のやつとは何だろう」か、……しかし、私が尋ねようとすると「あー、ここは飲めないからね」となぜか、していない質問に答えてくる。「ほら、公式で未成年もいるからね、だから、飲めないいんだ」、と。

いつしかタンポポコーヒーとハーブティーが活躍していた。ところがこの百合香学女達は満腹して一層、いらいらするようだった。一方、私はというとお腹がふくれて機嫌はよいが眠くはならず、むしろ高揚したいい感じになって来ていた。その上うまく市川房代に会えるようにしなくてはいけないと気をひきしめるから、自然と、目は覚めてくる。

外出は結構大変であるけれど何回か来なくては仕方ないようだ。今は、ともかくテーブルのこの二人との会話を詰めるしかない。

ここ二千年程、人間は私に泣きつくばかりだった。だから人間が来ないと情報が来ず、寂しいのにその反面ほっとするという、困った生活だった。しかしこのように化けて対等でいれば、話すのは楽しい。言葉が通いあうのに、すべて個性的な同性達。

湯浅、吉屋、二人とも子供の頃に母親に連れられて移民してきて、ウラミズモは長いそうだ。高等学院もここで入学している。二人ともにナンバースクールで、ただ白梅ではなくて吉屋は花桃第三、湯浅は紅梅第二と名乗っていた、それでも梅子とは話が合うようだった。また市川の事も特に苦手ではない感触だった。さらにいろいろな話を私は聞いた。

例えば、市川のいるその部署の正式名称は、男性保護牧場、「表現と射精」部。ここは、この歴史資料展示館においては一番の激務だそうだ。その他、猫沼から聞いた話を確かめようとして、私はつい。

「そう言えば、交流館というのもあると聞きました、大変なところなんだそうですねえ」と言ってしまった。すると、湯浅がいきなり真っ赤な顔になって怒ってきた。

でも私はただどっちが激務なのか聞きたかっただけだ。ところがそれどころではなかったのだ。要するに名前が出ただけで、既に比較とかではなく、湯浅は交流館そのものをボロクソに言い始めた。さっぱりして明るい人間が急に切れるのだ。最初は聞き違いと思ったらしく「はぁ、は?」と言っていたのだが、ふいに、単語が通じると。

「だ、だ、だ、誰に聞いたんだーっ！　そんなものっ、比較にならないよ！　こ、交流館は、男性に観光客の接客をさせるものだろ？　そこの男の奴隷の？　殆どが、箱入り息子だろう？　牧場で生まれたから漢字も習ってない！　ルビだけふった哲学書を暗記させて、それでにっほんのインテリ？　ヤリテ女性の相手をさせるんだ、それでいいと言うんだ！　え？　現実を見せないのがお気にいりだって？　二十五、六になると生き残っていない！　いくら男性だからって、整形にプロテインだけの食事、あれでは客も管理も、鬼畜じゃないか！　あんた、どう思う！　俺は行ってない！　馬鹿は行くがいい！」

テーブルを叩いてがんがん怒る。しかしこれは男性に同情的なのではなく、ひたすらにっほんの観光客が気に入らないという事のようだ。

「移民ばかりか！　我が国の国民は誰も行かないよ！　この世の地獄！　職員のなり手がない。あんなもの買うやつらはわれわれとは違うんだ！　だから職員はみんな元客だよ！　客と言ったって未成年を襲って、逮捕拘留させられたやつや、料金を払えなくなった馬鹿を名誉男性に「任命して」、最近は使って、そうしないと運営がなりたたない程だ！　中にはにっほん少女遊廓のヤリテだったやつまでいる。ここに来るにっほんのヤリテどもは必ず交流館に立ち回るんだぞ！　市川もあんな連中殴ってやればいいのに」。湯浅があまりに怖いので私はつい吉屋の方を向いた。するとこっちも、とても穏やかでも強く純粋な瞳が、別の意味でとても……。

「きみ、姫宮くん、……」

離れた交流館はそこだけを目当てに、女性、というかにっほんのヤリテ達が買春をしようと、集まってくる。しかしウラミズモではこの交流館の料金を高額設定する一方、そこに入る前は必ず何度でも資料館に立ち寄って「講習」を受けるように「指導」している。またもしこの「指導」に従わない場合は、ただでさえ高い「哲学個人指導料」の値段が二桁上がるように設定してある。その「講習」をするのも市川房代である。

市川房代の講義内容はにっほんの女性に対するメッセージが中心になっている。しかもそれは当然歴史資料館見学だけの歴女客や、移民したい人々と一緒に受けてもらうのだ。ところがその状態だとヤリテは普段のにっほんのように「自由で平等な博愛的」態度が取れなくなってくるのでトラブルを起こす。つまりそれはどういう態度かというと、……。

例えばセックス体験の話だけを周囲に無理やりさせたり、セックスをしたくない人間を責めたり、触られたくもない普通の観光客の胸を殴ったり、ブ○カでも着ていろといいながらまだうら若い歴女のスカートを捲ったり、さらには「男女平等」なら女はタンポンや生理ナプキンを使うなと「憤って」、それを持っている人のを取り上げて唾を吐いたり、さらには子供を強姦しろというメッセージを書いたパンツを穿いて尻を出しまたを開いたり、それと同時に女性器の蔑称を「女性解放の印」と称しながらおとなしい客が泣きだすまで連呼したり、アートパフォーマンスと称して生理中の女性を無理やり脱がせたり。つまりそういう、にっほんでやっている勝手なふるまい、発言が出来なくなってしまう。そうなると当然、機嫌悪くなり、周囲の人々に向かって厭味を言い、絡む。むろんその上で「反権力闘争」、「男女平等のための、男性配慮、男性擁護を」とか騒ぐのであるが、ただその内容は多くの場合、にっほん国内とは相当に角度が違っている。まあ少しは遠慮があるのであろう。だってウラミズモは観光客の逮捕拘留投獄とか結構好きだし。

ヤリテもにっほんにいる間はそれこそ朝から晩まで、「男様可哀相」、「セクハラは男からのカウンター闘争」、「冤罪防止のため痴漢を全無罪に」などと、ただでさえ、図にのっているにっほん男をもっともっととかばいたてる事に専念しているのだが。しかし、さすがにウラミズモに来るとある意味、化けの皮を脱ぐ、その上で（というか脱いでも化け物だが）、……。

例えば、「箱入り息子の未成年のものにセックスの多様性と体を売る自由を与えるべきだ」とか「箱入り息子を助けて教育してやりたいので未成年のもっとも小さい子をここの痴漢展示室で監禁させてくれ、撮影したのはにっほんに持って帰って、解放されているイカフェミニストに売る」だとか、無論断られる。しかしそうなると逆恨みで、最悪の場合はそのまま市川のリピーター・ストーカーになってしまうのだ。こういうタイプはまたずる賢いのでウラミズモの法律を読んでおいて、ぎりぎりまでやる。しかし、どんなに妨害されても彼女はこの講義を休む事がない。開館日はほぼ毎日、人気館なので人数は多い。

とはいえこういう市川の講義の本来の目的はウラミズモ紹介を通じ優秀な移民を勧誘する事だ。またそれと同時に「隣国」における（不毛な辛い努力とはいえ）ロリコンのくい止めだ。ここの政府は一応、にっほん観光客へ向けて正しいモラルや人間の心を授けようと努力しているのだ。市川はそんな政府を背負っているつもりでいて、その夢は最終的に、このウラミズモの国是についての「誤解を解く事」だ。だって内閣の全員がこう言っている。

「私達は三百年後の男女平等を目指しています、けして男性を不幸な迷妄に閉じ込めてはおきません、その日が来たらきっときっと解放して、女性と同じ地位にしてあげようと、それまでは大切に保護してあげようと誓っております」、と。そして、……。

あの地獄のにっほん火星人少女遊廓に対し、避妊の推奨や性病の防止を啓蒙する事も大切な急務である。むろん、そのような普通の人ならちゃんと知っている避妊と性病予防は、当然ヤリテどもに対してのみ、「どうか少女さんたちにこのような方法を」と「指導」しているのであり……。


「姫宮くん、ねえびっくりしただろう、でも、この人はこういう、善い奴だよ」

吉屋は私が引いているのを見て、湯浅にとくに気を遣うでもなく、静かな様子、和やかなままで大声を出して、湯浅の話を取った、つまり二人は大変仲良いのであろう。

「あれはね、あの、交流館というのは、ね、姫宮くん、実に陰惨なところですよ、楽しくないですし、ぼくも行かないから、……例えば学女が何も知らなくて、男性の腹筋が見てみたいだのと出掛けてみても、結局、可哀相か、気持ち悪いか、馬鹿みたいとかで、二度と行かない。それにそんなところには別に外国の映画スターのようなのはいないわけで、本当に必要なら外国に行けば済む。そして、それにしても市川くんは我慢強いね」

と言いながら湯浅にも笑いかけて、……。

「だからこそ、四半世紀続いているのだろうね。確かに彼女は男性と直接、接触しなくてもよいそうだが、だが結局、男というものは、まったく、ああいうところにいると、その姿が見えるだろう？　声が聞こえるだろう？　そればかりか連中、市川くんに文句も言うらしいね。そもそもけして、快い存在とはいい難いものだろう？　しかも、あの人は今も孤独の騎士のまま、それにこれは、誰にも出来ないことなんだよ。結局彼女は生涯の伴侶にめぐり合わなかったし、この不幸な運命の下、身代わりのない仕事を、……」

ねえ、手をとって歩む人もなく、嵐の夜目覚めてもひとりぼっち、ご飯も作って貰えない、一緒に眠る人がいないんだねえ、一体何のために生きているのだろう、と吉屋はただ「素直に」その思いを述べているだけだ。そうしていて彼女は私にも湯浅にも均等に笑いかける。するといつしか、湯浅の機嫌は直り、吉屋の瞳からは純粋さが消えている。

まあどっちにしろ二人とも一致派であると、つまり自分たちに婦婦同士のパートナーがいるため、意見が合っていて、それで「野郎買い」に行くような不道徳な独身、または人形愛の、保護牧場へビーユーザーをボロクソに言える、と言いたいのである（しかしたとえ一致派でも少数の無頼派は実は二人で手を取りあって、時には美談ぶって婦婦合意で行くのである）。

そもそも一致派の多くが建前上交流館を鬼畜視するのは、ウラミズモではよくある倫理的態度であり、特段、不思議はない。

「ね、独身だからこそ仕事の虫でいるよ？　市川君は」と吉屋が結論する。既に、観光に来たヤリテなんか別に殴ることもないかという顔つきに湯浅はなっている。

市川のやっている生体管理や展示の仕事は、ストレスが凄く、特に建国当時は、仕事の押し付け合いで殺人が起こったりしていたようである。そもそもこの前任者は赴任して二年目、生体資料に向かって、貸与の官製銃を発砲してしまい、それで退職になった。撃たれたのはもちろん、にっほんから預かった「普通の」男性ばかり、なんと数名が亡くなったそうだ。しかしむろんの事、あのにっほん政府である。ちかんごうかん男性には甘いはずなのに、海外とのトラブルは絶対に庇わない。ウラミズモに抗議は来ず、犯人にもお咎《とが》めなく、結局前任者は措置入院だけで済んで、退職金は少し割り引かれたものの、今も悠々自適。そしてその直後の混乱の中、誰も正規の職員が引き受けるもののない地獄を前にして、……。

移民三年目の市川が名乗りを上げそこから四半世紀、誰も変わろうとしない。要するにそれと引き換えに彼女は、採用されたのだ、ただもう後任が絶対見つからないのではないかというのが、館関係者全員の見方であった。他？「午前中に第一白梅の保安委員から銃で狙われた」という話も私はしてみた。しかしそっちの方は湯浅も吉屋も別に怖いですねとも言わなかった。二人ともそれぞれに特徴のある口調でただ、「あの子達大変、勉強も厳しいし」と言っただけである。

梅子の疲労についても少し伝えてみたがこれもよくある事というか、自分達も同じだしこちらはまだ続くのだと、特に心配もしない。

「あ？　奥梅子くん？　それはあの人、にっほんで虐待されてきたから、悲観的にもなる、専門分野のある方だから、むしろ生きにくいさ」と、吉屋は一応庇い、その一方湯浅は、「いちいち気にしない！　学女は自分の事しか考えない欲張り嬢さん、若いんだもの！　それに俺に来る悪口などもっとひどいよ」と爆笑するだけ。

食後はそんな二人の授業動画を見せて貰うというより悪口の触りを読ませて貰った。例のタブレットというのか、小さい通信機器、コードレスのものの記録をまた私は見せられた。そこにはついさっき館内で講義をしていた二人の姿があった。話している間に同時進行匿名の感想が書き込める仕組になってもいる。但し館の中でしか使えないらしい。


湯浅は普段の口調は乱暴なのに、案内となったら、なぜか照れたような上品さで、声だけが朗々と張っている。言葉も基本、丁寧だ。しかもその間中一度も怒鳴らない。「ここがにっほんより良いと教えたいんだよ、しかし」とタブレットを操作して後は「はははははははは、はっ」と笑うばかりである。

そのファイルには「にっほんは地獄」と題名が付けてある。


……さて、ここがポイントです。みなさん！　試験に出ますよー、それは？　我がウラミズモ女人国における女性の幸福、それはどんな事か。まずその第一は我が国があの、イカフェミニズムを持たないこと、これに尽きるのです。

そればかりかまさに今この国内どこをみても、皆さんの前にも後ろにも、右にも左にも、偽のも本当のもフェミニズムというものがまったくありません、そして我が国の人間達は本当に幸福です。だって全国民がすべて女性なのですから。いちいちフェミニズムなどと言わなくてもみんながが女で主語が女だからね、人間と言ったら女、国家予算イコール女性用予算、でもこれはよその国ではあり得ません。例えばあのにっほんのイカフェミニズムはなんのためにあるか、それはね、女女女女、とこう久しぶりに女が主語になった時に、いきなり文句を言って、それを男女男女、に差し替えるためにあるものなんですね。

しかしこれみなさん、女の解放は女の問題ですよ、女権拡張は女の拡張ですよ、そういう女の世界のこと、なのに必ず男の手をとってお伺いをたてて、男の顔色を見ながら男も幸福にすると約束して、男の批判はどんな馬鹿のでもいちいち聞いて、敬語で答えてやる、しかも「馬鹿野郎」とかつい怒鳴ると、男性差別だと謝罪させられる。にっほんにおけるイカフェミニズムの、それが、役割なんですねー。で？　それで例えば向こうの可哀相な女性さんがぽっちりと何か権利を貰うとするだろう、ね？　するとそこにいきなり男性が参入してそれを殆ど食ってしまうんだな。もしもフェミニズムで教授になるのならそれは男がならなくてはいけないというわけさ。さらに、ねえ、百合香さんたち、このイカフェミニズムで予算が取られればそれは男の気に入るように「男女平等」に使わなければならないんだよ。そしてイカフェミニストというのは「女しか出来ない事」しかやらないわけなんだな、朝から晩までセックスの話しかさせて貰えない。しかしね、男だってセックスは出来るはずなんだがねえ。それで要するにもしひとりお偉い女がいたとしたら、結局そいつは一番男の気に入る乱暴なセックスの話をしたやつだということになるのさ。だからにっほんのイカフェミニズムなどはいつもこう言っている、フェミニズムは男を幸福にすると。大変に女が差別をされている時さえ、男の利益や場所を少しも奪わずに闘わねばならないと。

そしてもし、……「いや、しかし私はセックスではなく、家事の研究をしています」というイカフェミニストがいたとしてもね、家事は搾取であるというメインの結論が出せるのは男だけなんだな、ならばその時に女のイカフェミニストは何をするか？ 反論をするのだね。「あら私家事好きよ楽しいから」などと。それどころか強姦されても連行されても売り飛ばされても痴漢されても、「あら私それ楽しいわ、自分で決めて行ったのよ十二歳のときよ」などと誰かがふいに言いはじめる。そうそう、そんなのがイカフェミニストといって。

というようなまあウラミズモにしてはソフトな内容の談話。で、学女達は？

後ろに纏めたがこんな事になっている。こういう文字ばかり、湯浅が一言言うと十言流れてくる。


ばばー、ばばー、ばばー。

うざい。死に損ないｗｗうちらは若いんだここは気楽でいい国でもセックス高すぎる交流館無料にしろウラミズモは男導入しろしろしろにっほん産連れてきたらロハですむ、男男男鎖で繫いでおいて老けたら本国送還、男の子は体売って自分で稼げ、私箱入り息子にだけパンツ売ってやる体は売りたくないでも男の子に売らせてその金貰いたいなんで売春がいけないのか判らないけど男は売れ、男売春の上前を貰ったら男性差別やめるぜ、ああなんかこの国ひどい男の人かわいそー、わたしらが出て行くより婆あ死ねよそしたら、女男平等の国家を作るから。そうなったら男が子供産め。婆も産めよ。生まないと婆捨て山に捨てる。

ばばーうぜー。

しかし、でもこれで特に顔をしかめるでもなく、湯浅はそんなにも悩んでいないのだ。「まあ、……見守ってやるしかないんだな、俺たちは、それに年取ったら判るだろ、少し怒鳴ってもいいんだが、でもこれは反抗期だな、ははは、しかも問題児揃いの百合香でさえ、基本女憎悪、女蔑視はないようだし」、楽天的なのは「自分もそうだったから」という事らしい。「でも自分達少女なのに怖いもの無しと思い込んでいて、性というものを女の独占と思い込んでしまっているのが心配だな。それじゃ、隣国があのにっぽんなのに、どうしようもない。あと婆差別、これだけはなんとかしないと駄目だ。本人たちが結局は可哀相なことになるのだから、心配だなあ」

湯浅の次のファイル名は「追加注意」となっていた。つまり心配で時間を延ばして付け加えたもの。

いいか、百合香さんよ？　もうちょっとだけ話します。それは男性について、ね、つまり我が国において例えば男性はというと、よその国とは扱いが、扱いが、こら、笑ってはだめだよ。もう男性と言うだけで笑うんじゃないよ！　はははははははは、はっ！　あっ、俺まで笑っちゃった、……。

駄目、駄目だ！　あなた方はこれこれ、あなた方はまさか、男性というだけで、ダメじゃないですか、娯楽だと思っているな、笑うんじゃない！　男性問題というのはけして冗談ではないんだよ、もしそんなに男性で遊ぶのが好きならば、例えば好きなだけ「研究」したりするのはどう？　はははははははは、はっ。それでお前さんたちが二十歳になって男性保護牧場の成人スペースに行くようになれば、それこそ自由だな。しかし国外からの観光客が外を通る公的な場所で、男性をただ笑いの対象にする、それはやめておこう。

そもそも男性という言葉は国内ならともかく、世界基準においてはね、けしてこれこれ、ただの性的玩具とか、無料のやつあたり対象とかけしてそんな意味だけではないんだから。そのためにね、ここへ、皆さんは修学旅行に来て、この館を見学をしているわけだ。ね、女の歴史、ものすごかっただろ、地獄だっただろう？　だからここでは笑っていてはいけない！　いけない！　例えば我がウラミズモでは？　例えばこの、フェミニズム研究の予算はゼロとなっています。しかしよその国ではね、お願いだから、ね、男性は生き物なんだよ、一応真面目に扱わないと、外国に笑われますよ、いいですか。ああ、もう……いいやもう、ふん！　どうでも、いい！　好きにしろ、はははははは、はっ、まったくっ！　この「良妻賢母」どもが、「お嫁さん候補」どもが（ちなみに「良妻賢母」、「お嫁さん候補」というのはたとえ婦婦結婚であっても、相手に対する批判の言葉である）……。

この学女達の悪口はちょっと調べれば誰の発言か判るのだが本音を知るためもあるしここまでは言論の自由だから絶対調べない、と湯浅はさっぱりと言い切っていた。ただ婆差別というのはことにウラミズモでは問題でそこは今後を見守っていかないと、そこは困る、と。「あと心配なのはねえ、湯浅くん、姫宮くん、あの子達、国定選挙をどうも気に入っていないようなんだ、しかしね、負ければこの国の国民が失われるんだよ、ね」というのは吉屋の方で。

そしてこの吉屋はとても周到にタブレットを使い、ただ短いフレーズだけを私に見せる「選挙だけがね、どうも、心配だね」と繰り返して。

いい？　きみたちは選挙に、必ず、参加しなければね。高等学院で選挙教育を受けましたね？オストラについては取り組んでいますよね、そして国定選挙にはね、泳いででも行くんだよ……。

　ｗｗｗｗだったらうちらはにっほんに歩いて行くわこんな言論の自由のない国いやだ男子にリョナやらせろｗｗｗｗｗチョー薫、婆は痴漢に食われろ、さっきいた湯浅、あれ痴漢にあげろ、私はにっほんを選びます、にっほんにっほん、にっほん、男はいらないけど婆共がウゼー、バンザイにっほん、こいつらは全員理論がないから嫌い、アカデミの面汚し。

しかし、ここまで言われてもやはり吉屋も顔を曇らせながら、結局、笑いを堪《こら》えている。「まあ、若いからね子供は、まだ」、と言ってしみじみと黙るだけである。

吉屋の動画を一緒に見た湯浅はまたしても細い真っ白の首をきゅっと伸ばして笑っているだけだ。「百合香は、あれ！　ナンパ連中だな！　しかし俺なんかでもこんな時代にこんな楽な国にいたらああなるかもしれないね世代格差はないね」と、その横で憮然《ぶぜん》としてはいても、次の選挙までになんとかなるだろう、みたいな納得で吉屋も納まってしまうしかし……。

「学生たちがおとなしそうな顔をしていても、どんなに自分達を嫌っているのかよく判っている」と梅子だけはシリアスに語っていた。「私はもう成績を付ける側ではない、ここに来てそれを思い知りましたよ」と。

「第三花桃くらいまでなら話は出来るんですよ、白梅だともう、教師を引っ張り回すほどに優秀ではある、むろん修学旅行は、よそへ行くのですが。ただね、第十百合香のお嬢さんたちは全国からそういう子を集めてある。徹底して様子を見てあげないと駄目と、しかし一部には、分散させた方が自分達の非に気づくのではないかという意見がありますよ」

そもそも学科は百合香の方が優秀な場合がある、外国語なども百合香は堪能で、しかも教えられた課題をこなすのは非常に早い。ただ「ふざけている」、と。

梅子は学女に腹が立つのではない、ただ、自分のガイドしている内容、単語に触れただけでも全身が痛むようになってしまったとまで言った。それはあるいは成人移民故の危機感かもしれなかった。それに彼女だけはウラミズモ学女の気質も知らないから、本気になって、いちいち身に応えて……。

……女性史のジオラマだったら雰囲気は暗いけど、勉強にはなると、梅子は教えてくれた。ただ、痴漢展示室は「行かないのがいい」と。

とはいえ、学生には、親がちゃんと見せてくれという場合があるそうだ。また学習で、特に外国留学希望の学女達は、生体資料として「対応、通報できるように」痴漢展示室を見ておくのが推奨される。この場合は、叫ぶ、蹴りまくる等の演習実技も加わる。「だから、なくせない」と。

展示の中に矢尻がまぎれている可能性も考え、私は女性史の古い時代を注意深く回った。

ジオラマは女性史と言ったって縄文の暮らし等、昔の博物館のものがそのまま使ってあったり、その後の時代の女性の台所史とか、私も覚えているものがあった。ただ今までの歴史と違ってウラミズモの解釈だから大変役に立つ。それでも、にっほんの男に見せたら激怒するだろう、とそう考えるだけでも、痛快どころか、むしろ怖かった。でもどれも自分の知っている世界なので女性虐待はひどいと思いながらも妙に懐かしいのだ。それは私がずっと一緒に泣いてきた女性を中心に据え、普通の女性があらゆるものを奪われつづけてきた、長すぎる時間を展示したものだ。古代から現代までの奪われの歴史である。

そのいちばん最後のほうに、猫沼きぬの作った人形もあった。ただそこは二十一世紀のパーツなので私の知らない独特の不気味さがあり、大変怖かった。で？　結局、矢尻はないと判り、私はがっかり、ぼーっとしてしまって、その結果、……それが、別に他の展示と分けてなかったため……。

うっかりと痴漢展示を見てしまった、後をついていったらちゃんと展示室のガラス戸の前に来ていたので。まあ私の場合は別にショックではなく、何か場末の手品のようなもの淋しさと、共に、……。

つまり、やはり見おえて出てきた時、思いがけず怒りが湧いてきたのである。だってああいう連中がいるばかりに、私や夫のような素朴な石の表象まで猥褻と言われるのだ……。

今までで一番悔しかったこと、それはにっほんにおいて、私の体が「女性差別」だ、と言われたことである。それも所謂巻き込みであり、そもそもはにっほんの公的機関のそこら中にある、侮辱される女奴隷の二次元絵がきっかけであった。それは街道に向けられた看板なのだが私の社の近隣に掲げられていて、そこに白人農場主がクレームしたものだ（にっほんは白人男のクレームなら、普通は聞かない事であっても、何でも聞くのである）、結局女奴隷を描いたその看板は撤去される事になった。と、その時近所にいるにっほんの男性共は、ただもうその性侮辱的な絵を擁護したいために、私にやつあたりしてきたのだ。それで私のようなただ性器の象徴にすぎないだけの自然石を、「あれの方が差別」としゃあしゃあと言ってのけた。しかし、私だって女の姿を持っている以上、あのような二次元絵には憤っている。なのに、私の体を、外見を勝手に利用したのである。それで女奴隷の奴隷的姿を、正当化しようとしたのである。その時に使う「女性差別」という語、それはまさに言いがたき長年の複雑な思いそのものであった。

梅子は、けして私の正体を知っているわけではないが、それでも私が不本意にふいに、生体の展示を見てしまったりせぬようにと、まずそれがどういうものかを説明してくれた。

「いいですか、展示は一体です。その痴漢の種類はなんと露出狂です、しかもにっほんから買い取ったもので、委託ではありませんつまりずっと公開で見せ物にするわけですからね、これは、たまたま横領罪で逮捕された連中の中に、ネットで有名な痴漢が混じっていたのを、ウラミズモが気づき、買い取ったのです。この生体は政府にも債務があって展示にも向いているので我が国に連れてきて、ゾーニングしたもの、むろん痴漢時の気味悪さを再現したメイクをさせて、脳神経もいろいろいじってあるし、お薬も上げています」。それでもやはり、被害者達にしてみれば見るだけで腹が立つだろう、不謹慎な、とつい私は言ったが、……。

「いえいえ、昔、ご本人が観光に来たそうですよ、それは特別許可で殴っていきました。殴る道具は館内用のだけで、痛くはないものばかりなので、とても仕返しと言えるレベルには達していない。それではあまりにも申し訳ないので、結局野菜れすとらんまで全部無料にしましたが、ただそれでもまだ気の毒なので、形式的に、海外留学用の訓練という事にして、最後は好きなだけ蹴って貰ったという事です。しかし被害者はもともとリウマチのある人なので蹴るのもあまり回数が出来ない。いつかは我が国に移民したいって希望して帰っていきましたが」、……。

そう言えば石の私さえ痴漢には遭っている。夜中人けのない時に社に来て体を擦り付けたり、昼間でも社の扉を開けて勝手に触り、蔑称でよんでいく。それればかりか若い女性をつれてきて「何もいやらしくない、そういう態度はお前の女性差別だ」と、またしても「女性差別」という言葉を悪用して、困っているその女性に私を見せつけ、蔑称で呼べと命じ、さらにその女性の手を引っ張り私の夫にも無理に触らせた。つまり私に痴漢をするというだけではないのである。

まったく性というものはなんという嫌なものだろう。だってそのような汚らしい恥知らずの馬鹿者が、たった、ほんの少し性を手にとっただけで、その結果、夫、私、若い女性、石の清潔さ、性器そのものの無罪や必然、そういうものが全部、台無しになっていく。奴隷にされていく。真っ暗やみにされて、心ある人間も傷付き泣く。でも、でも、……。

私の形自体にはなんの罪もない。性とはただ奴隷をつくり出すために権力が捕らえておき、麻薬のようにして人々に浸透させるものか？　私はただシーツにでもくるまれ？　あるいは美しい布で飾られて静かにしていたい。

痴漢展示室は全面がガラスになっていて、入り口は通路へと開放してあった。部屋の奥に痴漢が、繋いであるのだが、最初はカーテンが引いてあってどこにいるか判らない。この展示の担当者、説明係は学芸員ではなく、なぜかこれもベッチナの本店にいたという人物で、髪形の素晴らしい大きい女性だった。その年齢はまあ五十代か？　彼女は片腕にだけ介護用スーツの少し変形したものを装着している（服はガードマン風であって、けしてショーアップとかはさせていない）このスーツはたとえ片腕だけでも手を伸ばせば男を摑めるし引きずり回せる。二〇〇〇年代にはにっほんで介護用として、商品化が企画されていたはずなのだが。しかし女に苦労させないとつまらないというある大臣の一言でにっほんではそのまま放置されていた。で？　ウラミズモは無論、にっほんの金でこれを開発したのである。しかもさらに武器用へと、発展させた。ただそこまで高度なものになる程むしろ、いろいろと欠点はあるらしくて……。

ちなみにこの痴漢に対し、担当者本人が、罰以外で暴力を加える事はない。

この館のこの、位置に来ると、タブレットを使って（望めばだが）、トイレの落書き画像を選んで、見る事が出来た。それは生体の展示と関連付けられていた。私はついつい、そのひとつを眺めていた。それは、JR立川駅、女子トイレ、侵入者男性、遺棄物あり、逃走というもの、一九九五年、とある一例だった。おぞましいというよりも馬鹿丸出しというか、紫の太マジックで書きなぐった文字列。

「まああんたらこんなはずかしいことことをこんなところとこでかくれてしていていておやにいえるのかがっこうへいてりっぱなこととしてこんなかこうでひとにしるられたらどうやじぶんひとりでさあゆうてみろゆうてみろ」と、……腐り果てた説教文字の筆圧がその卑怯さ加減に拍車をかける。中心にあるのはいわゆる「女子高生」の一人遊びの絵、それはなぜか戦前の姿である。作者の痴漢はあるいは老人なのか。太い線で長い襞スカートのプリーツは全部丹念に描かれ、三つ編み真ん中分けの頭はすだれのようにして、太い線がぐんぐん引かれている。スカートは捲《まく》っていて靴は履いている。トイレも描いてある。目とか口とかは挿絵風なのに鼻の先だけが初期の鉄腕アトム、アニメ系で丸い。顔はしかめていて美人ではなく、かかし風というか。スカートが太陽のようになったその少女の姿を取り囲んで、壊れた説教文字の合間を縫い、同じマジックで大量の点々が打たれている。部分拡大すると、数百個どれも、きつい勢いで強く跳ねている。なんというか、すべての筆圧が暴力、そして、「ああなるほどね」と思ったのは、そのトイレの床の上にＡＢＣと表紙に書かれている英語の教科書が伏せてあることだ（女性のセリフはない）。

展示室の一画だけが布張りになっていた。そこにはアクリルのドアがあり特急電車のトイレが作ってあった（ドアは開けたまま）。案外に大きいスペースである。しかもカーテンだけではなく後ろも横も、アクリルの透明な板で囲ってある。トイレはドアと便器だけで水道とかはなくカーテンさえ開ければこのアクリルの板ですべて素通しになる。お掃除は？　まあ、見たところぴかぴかだ。後ろの方に大きい消毒薬のビンもあった。この外側から私は展示を見た。

「はい、こんにちは、みなさん」と言っているのはむろん地下展示室の担当者の方である。「さて、この笞《むち》は一本笞と言います。大変痛いので人に向けてはいけません。動物にも絶対に向けてはいけません。この生体にも使ってはいけないと法律で禁じられています。ただ威嚇や合図をするために持っているんですね。そしてこの痴漢は十五年前の逮捕直後から、債務のためここに来て出演しています。彼は某特急列車の中のトイレ前通路に出現していました。なのでほら、この部屋だけ内装が違いますね。そっくりにしてあります。こんなきれいなオレンジの椅子や、シルバーグレーの床で、人もいるところで、それでもちょっとしたトイレ通路の陰で露出をするのですね。ねえ、みなさん、電車の中は大変危険なのですよ。満員でなくてもこうして出てきますのでね」

「さあ、始まりです」。ブザーが鳴る。

カーテンが開く。最初は目隠しをさせられた痴漢が現れて、アクリル越しに客がそれを観察する。すると目を隠していてもなかなか気持ち悪い。

ここでまず担当が箸を床にあてると激しく音が鳴る。が、別にその音で生きた本物の痴漢は動くわけではない。ただ口をくちゃくちゃさせて舌で自分の口まわりを舐めているのを私は素直に見た。

その姿はどぶねずみ色のスーツにノーネクタイ。「いいですか皆さんよくご覧になりましたか、この痴漢の服装は当時着ていたものをそのまま着ています。もう十年以上なのでこいつは物持ちはいいんですね、この痴漢野郎は。しかしみなさん、痴漢というものは別にスーツ姿だけとは限りません。その服装は本当に様々です。覚えておきましょうね。さあそれではおトイレに入るところを見てみましょう」。というと担当者は痴漢に付いた鎖を引っ張って、トイレに立たせる。

これは法律で定められた状況説明のためだそうだが、さて、ここで目隠しが取られる。すると知性よりは情欲もとい暴力欲侮辱欲、人間破壊欲がまさった、混濁、でしゃばり、ど助平な顔付きが全展示される。

……巨大な太い眉、座布団のような口、しかしそんなのは別に聖人善人にでも、どこにでもいるだろう、しかしやはりこの気味の悪い表情は独特だ。被害者にわーとかやーとか言いながらひやかしながら脅し付けてくる顔、へらへらしながら壊れていて相手が弱いと見てとると、急に残忍になる脂のような白目。身長は一七〇、しかし今はすでに餓鬼体形、毛は真っ黒、量は結構ある。年齢は？　薬のせいなのかふらふら、よろよろとしているが目は光っている。その上でてらてらした、口は濡れている。やはり大変特徴的なのはその顔色である。梅子の言ったように、そのお肌は、化粧で犯行時の顔色に「復元」してあるそうだ。つまり主にリップとファンデーションの「功績」である。すさまじく濁って光るボタン色の唇と光っていないがやはり、汚いボタン色になってるゴムっぽい顔面、それは酔っぱらった時の顔色なので「出演時」は血色も「復元」させようと、痴漢は、酩酊もさせられている。最近は酒を嫌がるようになったために口をこじあけて強制しているという。むろん一番安い添加物の入ったスピリッツである、そういう化粧やアルコールも室内に置いてある。学女にも見せている。

なお、露出だが、本人はまだしたがるものの、出来なくなっている。というのも派手な色の毛糸や子供銀行の偽のお札等がパンツの間に、ぎっしりと詰めてあるから。ズボンに代替で芋虫のヌイグルミがぶら下がっている。

「でね、こいつはここに来た時は五十代でした。大分おじいさんなので今では髪と眉はそめさせています。さて、被害者の証言です」

「それは当時二十一歳の女性なのですが、場所は電車の中、つまり被害者は下りる直前でした。その日の彼女は実家の両親へのお土産の和菓子、買った本の袋を下げ、コルディエのブルーのダルメシアン柄のニットスーツを着て、飲み物まで持っていた。丁度故郷に帰っていくところでした。さあ「そんな恰好だから痴漢に遭う」のですか？　違います。なぜならこの痴漢はおそらくこの通路を女性が通ると思って待っていたのですね。電車の込み具合、その他よく知っていたに違いありません。下りるために彼女は電車の通路を横切る、と、いきなりトイレの戸が開いていた。中が見えました。男性が後ろをむいていて、お尻を隠す白いシャツが出ていて、片手を前の方にした姿勢で後ろを向いていた。で？　彼女は？

びっくりしてともかく逃げるというよりは通り過ぎようとした、という事です。ところが狭い通路を抜けるのになぜか摺《す》り足になってしまったと、なんというか動けない、怖いという感情はなくただびっくりして判断力が消え、しかし後ろ向きなので男性器はみなくても済んだのです。ところが足が動かない。感情も動きません。若いけれど少しリウマチのある女性です。何かあると動作がもつれる。しかしその時もう相手はいきなりトイレから出てきて通路の、前に立っていた。しかしその時も被害者は顔しか見なかった。ただその顔というものがまあ別の意味でこのバカの性器よりも嫌なものだったかもしれませんね。

覚えているのは唇が開いていて物凄い色だった事、やはり顔が物凄い色だった事、そして灰色のズボンから出ていた白いシャツ、その気味悪さは、何十年も記憶に残ったそうです。またその後、電車に乗ることも怖いような、恐ろしい時期が長く続いたとやら」

ここで笞が鳴って、……。

「ほーら、北名一策君？　ご挨拶ですよ、百合香のみなさん、恐れ入りますがこのばかものには、只今からたった三ワードですがセリフがございます、お許しくださいませね」。そして笞を壁に、床に。

しかし痴漢はこりないのかもう壊れているのか、目隠しをとるや否や私の横に立ったおとなしそうな学女に目を止めていた。なんというか、自分を怖いと思っている、弱そうな人間をちゃんと察知する。そして、まず第一声。

「うぇーい。うわぁー」、両手はズボンに、顎は上げている。顔は真っ赤っかのまま、頬まで充血している。で？　その、第二声。

「しっぎーゃ、うわぁー」、すると両手をシャツの上から、痴漢は本人の乳首にあてている。ここで第三声。

「にっぴぃりたぇ、うわぁー」、痴漢はなぜかトイレに戻ろうとする。すると担当が鎖を摑んで引きずり出す。

「あらあら北名君、なんというへったくっそな発音でしょう、今から百回言うんだよこの痴漢野郎め！　さあそれではお姫様方、クイズいたしましょう。さて、この痴漢野郎は何と吠えているのかしら、はい？　あなた？　はい？　あなたは？」

最初からずっと見ている百合香学女達の反応？　というか大きい無表情な黒服の群れは、まったく関心なく、いらいらさえしない。ただ二人くらいが担当の説明に、単なる愛想でノートを取って見せている。百合香は最初あっけに取られていたが、別に痴漢を哀れむ義理もないしまあ校風自体がすかしているので、特に笑ったりもしなかったのである。ところがクイズの正解を聞いた途端。おお、という声が出て、……。

「さて、お姫様方、これはにっほんの西の方で使われる方言です、大変に聞き取りにくく難しいですね、まず第一の語、本人の発音だと、うぇーい、うわぁー、ですがこれは、良いですね、と言っているのです、本来はえーわー、と発音いたします。そして次は同様にして、すきやわー、と言っています。なんだか結構フレンドリーですね、しかし実は第三語目で正体が判ります。これ、なんと舐めたいわと言う意味のおっさん語です、さてこれらを全て総合するとこいつがどれだけ人を痛めつけるのが好きな卑怯な化け物かよく判ります。要するにこれは実は北名君本人のセリフではないんですね、彼はおそらくもしこの被害者がおとなしければ、この女性の髪をつかんでトイレに引っ張り込み、頭を壁に叩きつけて血が出るまで脅し、その上でこのトイレをした性器を女性に舐めさせて、絶賛させようとしたのですね、つまり女性に強制するためのセリフを被害者に対し、「指導」したのです。ははははははは、はっ、出来ますか、普通？　ただ運の良いことに、そこで、電車が止まってドアが空いたのです。それで被害者は全部の荷物を持ってさっとおりました。しかし、今思えば通報など思いもよらなかったと。

いいですか、にっほんでは痴漢は殆ど通報できません。すれば被害者が笑われ差別され苛められるのです。というより頭が固まってしまって警察に言うことを思いつかないのです。というかそもそも、当の警察自体が痴漢と取り組もうという気がありません。被害者を馬鹿にしたり、うるさく聞いたりした挙げ句に、自衛しろと言ってそれで終わりです。

ですので、さあ、ことににっほんに留学するみなさんは今、きちんと、痴漢を見ておきましょう。ここでどうやって逃げるか、作戦を立てましょう。そしてこれを国民全体で共有して研究し、前に進むのです。

なお露出する痴漢は無視されたり冷笑されたり等の、何も気にされない事をいやがる様子です。これは私がここで展示をした体験から得た感触です。また海外の男性によると、このような露出野郎は例えば「まあぁ、めっずらしい、こーんな、ちいさいの」という呪文により、傷付くのだそうです。

しかし、留学するみなさん、ここからがご注意です。

実際の痴漢は抵抗したり馬鹿にしたりすると暴力をふるってきます。ですので抵抗は難しい。人によっては殺されたり強姦されたり、してしまいます。その心理的恐怖、身体の被害は、大変なものです。ですからみなさん、ここで痴漢をよく見て笑いものにし、研究対象にしていても、現場の痴漢はヒグマのように怖いと認識してください。ウラミズモと違いにっぽんでは、痴漢を殺した場合罰せられます。本当なんですよ、痴漢に緊急死刑をかけられないのです。

だって、ウラミズモでさえ、国境の侵入者をたった二人射殺しただけで、国外へは出られなくなってしまいますものね」

無論、説明の間中、この担当は大きい髷をわさわさゆらしながら、ずっと痴漢一策を引きずり回して、大きい愛想のないごつい学女達に、そのお尻や汚い上着を笞で押したりすくったりして、詳細展示を、続けている。

さて、これで最後です。北名君の発音が悪いのはまあお許し下さい。なにしろもう薬でふにゃふにゃにしてありますので。そして、……。

「さっき目をつけられた方、北名君を蹴りますか？」

他の学女達がうっすらと笑ったり、眼光をつよめたり、既に欠伸したりし始めていた。少しだけびびっていたおとなしい学女がやっと、「うん」と返事した。痴漢は、首に革バンドと鎖がついているので初めてでも蹴れるのだ。「蹴らないとダメですよ、一策に見られた方は、全員蹴るようにー、他にも怖かった方はどうぞ、どうぞ、そう、そう、留学もにっほんは地獄めぐりです、親御さんは心配だから見せているのですよ、さあ、真面目に殴って、蹴って、出来ないお嬢様は、お姉さんが手伝ってあげますのでねー」。すると、ひときわ可愛げのない色の黒い女の子が「担当さん」と彼女に、目をくりくりさせながら指を一本たてる。「ね、答？　見るだけよ、お願い」と太い可愛い声で。しかも、……。

　終演になった途端「ならず者」達は急に盛り上がった。怒号と爆笑、立ち去る時にふいにやる気が出たらしい。蹴る蹴る蹴る蹴る、笑う笑う笑う笑う、怒鳴る怒鳴る怒鳴る中にはいきなり泣き出すものも、しかし全体はというと結局、はははははははは、はっ。はははははははは、はっ。

で？

「えーわー、だと」、「すきやわー、だとー」「ねび、てわて、なーにー？」「ちゃんといってみろばーか」、「トイレの蓋でもねべっていろっ」、「ねべれ、べれべれ」「うへえ、きもちわりー」

……。

「今度また一緒に食べましょうよ」
「君はいいよ！　とても、いい話をしてくれた」
「なんというか、姫宮くんって、女そのものだね」
「ああそうとも、ただもうただもう女であるというだけの人だ」
それは、ウラミズモでは最高のほめ言葉だそうだ。「ただ女であるだけ」、つまり「女のなかの女」という事なのである。

そう言われて私はレストランを後にした。良いパンまでくれた。それも、買ってまで、くれるのだ。

とはいえ、その日の学女達に対して、最後に何かにっほんの苦労話をと二人から頼まれ、私はただ陰石としての苦労を語っただけなのであるが。ねえ、皆さん！

「一体、私が何をしたというのでしょう、ただもう、女の形に生まれた、しかしそんなのなんでもない自然の、普通の事ですよ、なのにただそれだけで、侮辱されて、嫌らしい人達からは、お前のせいで嫌らしくなったと因縁付けられて、しかも珍しく、あなたは嫌らしくない、と言われている時は、嫌がっている人を苦しめるための嫌らしい道具として使われているのです！　ああああ、だったら誰も私の事を勝手にするな！　私は隠したい、生まれついたからだに何の罪もないのに、私は、私は……」

ばかやろう、私を蔑称で呼ぶな。したいようにさせて静かにほっておいてくれ、こじつけて屁理屈の道具にしてくれるな、何よりもくそデコアートのネタにするんじゃねえ？

というわけで、……。

市川房代の個人メールを私は教えてもらった。移民の記録サイトも館の入り口にあったパソコンで読んできた。

## 7

## 男性保護牧場歴史資料館、付属応接室（注、但し移転前の本国旧館内）

語り手です。市川房代と申します。三十一歳です。移民後二年になります。オリンピックのあった年の夏に生まれました。誕生日は丁度その年の最高気温の日でした。そのため東京では「自発的」にボランティアの奴隷が、その日だけで何人も死んだという事です。このボランティアとは何か、つまり、にっほんにおいては奴隷という言葉をさまざまに言い換えますので、これもまたその、言い換えのひとつとなります。なのでこれをウラミズモの言葉に翻訳しますと、要するに「奴隷労働をさせられたので奴隷が死にました」、と。

あ、失礼……今、言い忘れました。私も奴隷として生まれた存在です。

元は金持ちの血縁の家庭用奴隷でした。生まれてすぐにたちまち、奴隷になりました。というのも私は側室の子供だったので。

ご存じのようににっほんでは側室の産んだ女の子は、奴隷です。これは女性の地位が低いのとはまた、独特に別枠で惨めな立場です。そして私は債務奴隷である側室の子供として生まれたため、母親の負債は私の負債となりました。とはいえ、……。

実を言うと、私、この市川房代は奴隷の身に生まれ、地獄のにっほんで育ちながら、まったく何不自由なく暮らしていたのです。それも本来のにっほん語でいうのなら、この場合は「何不自由なく暮らさせていただいた」、とそういうふうに感謝を込めて言わなければならない程の、楽な待遇で奴隷をやっていました。

普通の奴隷が見たら怒ると思います。嫉妬より以前に、殺意を覚えるでしょう。しかし、奴隷は奴隷です。とはいえ、奴隷として生まれたその日のうちに、実はそこで、ある大変変則的な事が起こりました。要するに私は、いきなり、特別扱いされた。つまりその誕生で人間の赤ん坊と同じように扱われたのです。但しそれはあくまで体裁上だけでした。でもそれだって結構、ものすごい事でした。とはいうものの、……。

ほどなく届け出された戸籍は、銀行の判が押してある奴隷用のものでした。ただ、世間に対して私のご主人様、つまり所有者は、私が奴隷ではなく、自分の血を受けて生まれた一般市民の女児であるかのように披露したのです。

これは大変な誤解のもとでした。しかし同時にまた私という奴隷にとって、まさに不幸中の幸いと言える事態でした。そしてまずい事にというか、うまい事にというか、私はそのまま、自分を人権のある市民だと思い込んで育ってしまったのです。

お恥ずかしいですが、実際私は、二十歳を過ぎても、自分が奴隷であるという事を知りませんでした。市民だと思い込んで暮らしていたのです。しかしなぜ私のご主人様はわざわざそんな紛らわしい事をしたのでしょう。

ひとつには世間体がありました。奴隷を持つという事は普通、大変情け知らずのケチな人間がする事と思われています。しかも二十一世紀です。そしてにっほんという国はもともと大変な「文明国」なのでその対策としてひとつの伝統を保持していたわけです。その伝統とは、奴隷をけして奴隷と呼ばない。人前では奴隷扱いしないということです。しかし要するに結局は家庭や農場、会社の中において、奴隷は奴隷です。なのに、人前では、ことに世の中では奴隷とさえ呼ばせません。でもその一方、……。

実際は労働奴隷に対する奴隷法もあるし、側室の女児を奴隷にする法律だって存在しています。法整備がされていて関連法まである。むろんウラミズモの言葉に訳せば、その法律には、全部奴隷というワードが入っている。しかしそういう法律を、彼らにっほん人はまったく別の名で呼んでいます。

さらに、奴隷の奴隷的服従というものもにっほんではすべて、「自由意志」と呼んでいます。これと対応して当然のように、主人側の奴隷への強要についても、いちいち「お願い」とかそのように呼んでいます。それは奴隷が処刑されたり、転売されたり、性侮辱的な強要をされたりする時でさえも変わりません。

つまりまず多くの奴隷達と同じように私は世間からも、また、私のご主人からも、「お前は奴隷ではないよ」と言われて育ったのです。しかしその他にここにさらに、……。

私には実はもうひとつの事情がありました。それはおそらくは滅多にない、特殊事情でした。そう、今、母親が側室奴隷なので自分も奴隷になった、と私は申しました。ところがこの母親というものが、実は本来奴隷ではない身分の人間だったのです。

つまり本来正室になれる、人間に戻れるポジションの奴隷という意味です。ごくたまにこのにっほんでもまあ、女性百人にひとり位はこういう奴隷がいます。

というか母は実は奴隷から市民になれるはずの存在だったのです。生まれは奴隷でも結婚と同時に人間に戻れる、市民になる、そういう立場でした。補足しますと、まず、母の母、この私の祖母が最初は奴隷でしたが、途中から市民になったという存在だったのです。奴隷の中にも時々、自分の負債を返して市民になるものがいるという事です。但し、……。

そういう、祖母の負債を返すお金は、実は祖母の夫である私の祖父が、この側妻を娶《めと》って十年後に与えたものでした。要するに結婚相手が奴隷であるかどうかを問わず、つまり正室側室を問わず、どのような婚姻でも十年経つと、大金を贈与しても税金が掛からない、そういう法律がにっほんにはあったので。

もともと、私の祖母の母、すなわち私の曾祖母は側室だったので、そこから生まれた祖母は当然奴隷でした。最初祖父は曾祖母から祖母を買い取って側室にし、やがて正室を離縁したのでした。その上で十年経ったときに税金のかからぬ金で、側室を自由の身にしその上で正室にしたのでした。すると祖母は大変喜んで、安心して小さい商売を始め、祖父に少しずつそのお金を返しました。というのもそうするとさらに、祖母のした家事が、有償の仕事として評価されるからです。これはにっほんでは異例のことでした。つまり祖父の収入の半分が祖母のものであるという事になったのです。で？

しかしそこからさらに祖母は頑張ってお金を儲けました。というのもお金は、祖母の娘である私の母親のために必要だったからです。理由は私の母親がまだ奴隷のままだったから。というのも、……。

祖父が祖母を買い取って自由にする前に母は生まれ、祖母が奴隷でなくなった時はもう五歳でした。つまり生まれた時の立場は法的に言えば側室の子供です。五年分の養育費が私の母親にはすでにかかっていて、その負債額が、奴隷である根拠となっていました。しかしそうなると私の母は誰の所有であるか？　債権者は誰か？

正解？　私の母親は私の祖父の所有する奴隷という事です。むろん、祖父はそんなもの判子ひとつで自由にしてやろうと言ったのです。つまり所有権の放棄というものです。ところがまずいことに祖父は会社をやっており、要するに彼の取引銀行が全てを、家、土地、家財等を、借り入れの抵当として押さえておりました。むろん、奴隷がいればそれも抵当です。何といっても相手は銀行ですから。結局奴隷というのはそういうものでした。

ここまでの話でお分かりかと思います。奴隷は多くの場合、ことに女性の場合は所有者次第です。そもそも女奴隷の立場は運気の安定というものが大変得難い、というか、……。

例えばにっほんのような男が威張っている国において、一見高い服を来て高い車に乗り、得意になっている女の奴隷がいたとしても、それはただ男が彼女にそれを「許しているだけ」という場合があるのです。奴隷はどんなに幸福でも主人が没落すれば、あるいは主人が気まぐれを起こせば、あっという間に何もかも取り上げられてしまう。しかし、そういう奴隷の変則的な仮の姿を見ると、にっほん人はたちまち得意になって「ほら、にっほんは先進国だ、女が男より威張っているだろう」と「安心」するのでした。しかしこのような「安心」こそが実は新世紀における奴隷制を最も発展させ、悲劇を産んでしまった要因であります。それればかりか、男性がある女性を奴隷の境遇から救おうとしても、周辺が一斉に邪魔をします。

そういうわけで、既にうっかりと私の祖父が抵当に入れてしまっていた自分の娘を、私の祖母は自分のお金で取り戻そうとしました。ちなみに彼女のしていたのは本当にひとりで手作りの贅沢品を売る小商いで、銀行には当座預金の口座さえ持っていませんでした。しかしそれでも自分のお金が自分のものになる、負債がなければ債権者からいちいち命令されなくても済むという強みがあったのです。

さて、ここでまたひとつ、奴隷とは何か、けしてただ鎖で繋がれているとかそういう定義ではない。ひとつのポイントは自分で儲けた金です。この使い道を詮索されたり、すべて誰かから奪われたりしているようならそれは奴隷です。というか儲けた金が自分のであるという事がすでに奴隷ではない証拠なのです。むろん家族を養う等の義務は発生します。が、儲けたお金を主人が全部持っていってしまうとかそんなのはありません。つまりポケットの小銭、それが、市民のささやかな証拠です。その使いみちまで何か言われたりするようなら、市民ではないのですね。

で?

「自分はうまく市民になったけれど今度は自分の娘をなんとかしてあげなくてはならないのだ」。そう思って祖母は頑張り続けました。しかし世の中はそんなにうまくはいかない。以前と違ってなかなか儲かりません。最初は何かブームがあったという話でした。ところが途中から文句言いの顧客ばっかりになってしまったそうです。

やっとお金が貯まったのは、二十年後、母の、結婚直前でした。結婚祝いとしてそのお金を母に贈り、それで銀行の抵当を抜けさせる、祖母はそのように予定していたのです。結婚相手は無論私のご主人様です。で？

結局母は結婚相手の選択を間違えたのではないか、少なくとも私は今そう思っています。だってその結婚はそもそも、売買婚でした。なので結納の時にトラブルが起こりました。そこには最初から誤解があったのです。つまり私のご主人様は結婚に際し、奴隷との売買婚しか望んでいなかった。そもそも持参金で精算をして、対等な市民となった女をめとる気などまったくなかった。というのも「市民の、奴隷でない女を貰ったりすると、自分自身が奴隷になってしまう」とご主人様は思い込んでいたのでした。なによりも、……。

ご主人様を産んだ側室の女がこう言ってご主人様を唆《そそのか》していたのでした（むろんご主人様は市民、人間なのですが、彼を産んだ側室は奴隷のままでした）。「女は側室が良い、奴隷が良い、人間並とは偉そうな」と、さらに私の母とご主人様の対等な結婚に反対し、こう提案したのでした。「嫁は奴隷のままで側室として貰え、持参金は主人の立場で奴隷から預かれ、つまり主人の財産にしろ、それで十分だ、そもそも女奴隷を市民にするなんて、大切な金をどぶに捨てる事だ」。

こうして私の母は奴隷身分のまま、側室枠で私のご主人様に娶られました。相手方はそのまま持参金を取り上げるつもりでした。しかも婚儀が整うと、……。

母は今まで高収入だった良い仕事に行けなくなりました。ご存じのようににっほんでは、家事労働はすべて奴隷労働です。というか最初から説明すると奴隷は奴隷の労働をしなければなりません。例えば古い韓国のドラマに、かつては虎狩りの名手であった男が、奴隷となったばかりにそのような高い能力をまったく発揮出来ず、主人の命令で終日縄をなわされているという非生産的かつ、無残な話があります。

奴隷はただ、経済的効率のために捕らわれているというだけではなく、そこからどれだけの労働価値を産出しても、全てゼロとして計算されます、さらに、それだけではないのです。何か高等な或いは芸術的な技能を持ち、仮にもそこから誇りを発生させるような事があれば、その技能を使わせず潰してしまい、ただの数字的労働力にされる運命なのです。或いはもしその高等技術で金を儲けさせるのなら、その金を全部取り上げる以上にまず、生産、創作の喜びを踏みにじり、技能があるものより一層惨めにされるしかない運命という事です。しかも、……。

惨めにされ消され、血を吐く事はまさに、主人側に対する当然の奉仕であり、主人側はそれを一種の娯楽とみなしているのです。

怒った母方の祖母は、その持参金を一旦引き上げ、私を買い戻すお金にする事に決めました。というのも私の所有者であるご主人様はやはり銀行に何もかも抵当に入れていたからです。その上私の母はその時点で、一生奴隷でいる、と宣言したからです。で？

「愛があれば側室でもいい」と、とんでもなく偽善的な宣言を母は祖母には発し、その一方世間に対しては「自分は持参金があり、それで身分を買い戻す事が出来る」と嘘を言い続けたのです。時には「自分はもう市民だもう買い戻した」とさえ嘘を言っていた。で？

要するに私のご主人様はどんな人か、私にとっては都合のいい人物でも、彼は立場をはっきりとさせない人です。ある時は「金などどうでもいい」と蔑んで吐き捨て、また時には「妻は市民です奴隷は私です」と嘘をつきました。人前では奴隷のふり、家庭ではびりびりと当たり散らす主人。とどめ、いつしか、十八になった美少女を連れてきて、美少年の身形をさせ、正妻にしたのです。しかも内々にです。その事で母は苦しみ抜きました。但し、その苦しみはともかく、自分が正妻だという嘘だけは手放しませんでした。

相手方がその結婚を何も公にしなかったというので、それを良いことに、母は今まで通りの肩書詐称を、貫いたのでした。そして愚かにも、私は、それを信じていました。すると母はずっと苦し紛れに、私に、当たり散らしました。

朝から晩まで何かにつけて私を罵り蔑み揶揄しました。ことに思春期からはひどくなりました……「この奴隷が、奴隷ちゃんだわねえ、あらあら奴隷ったら」と。そして私の債務計算をする。あとは、なぜか成人してからというもの選挙に行かせない。「政治がお好きなのねえ、俗物でいらっしゃる」と、その一方で戦争でもあって私が世を嘆くと「すべては選挙で決まったんだ」とその時だけ怒鳴ります。そしてにこにこしながら、自分のも私のも投票用紙をさっと隠して、捨てるのです。

奴隷と言われることは大変嫌でした。しかしそれは長きに亘りました。ポルノの語源は女奴隷だという事をこの時期に私は知りました。むろん、揶揄されて知ったのです。なんとかして、奴隷と「間違えられないように」努力し、というよりびびり続けました。なおかつ、大変無残な事ではありますが……。

それでも私はまさかまさかと思い、自分が奴隷だなどとは思ってもみなかったのです。つまり、母が私を奴隷扱いするのを母個人の苛めとしか思っていなかった。まさかマジ制度が母の背後にあるだなんて……そもそも私は正妻から生まれたではないかと信じ続けていて。

だって働かないでも私は食えました。というか母は私が働くと奴隷になったと叫んでやめさせるのです。しかし家の中の用は沢山させ際限なく文句を付け、しかも私が用をしていることをご主人様に隠す。しかしそれらはご主人様にとっては不本意な事でした。

だって奴隷労働の家事労働を私がしている事をご主人様は知らない。その上にいくら邪魔で嫌いでも年たけていて、遊廓に売ることもできない奴隷がいるのです。というか社会的に言えば、ご主人様は本当に情け深い（世間体が怖い）ので、私を転売もしないし貸し出しもしない。だからといって正妻の子のように嫁にやる事も後を継ぐこともさせられない。だって、奴隷だし。

ご主人様はとうとう、私に気がつくと、というか目に入ると激怒するようになりました。しかし売ろうとは思わない。なお、その一方実は、奴隷という、資材としての私には、物凄い欠点というか不良があったのです。それで彼は普段、あまりの事態に頭が凍結してしまっていたのでした。

なんというか、要するに、私にはひとつの属性があったと思います。しかしその属性の名前をまだ知りません。

ウラミズモに来て、こんなに自由になってもまだ判らないのです。私には頭と心に、少しだけ欠けたところがあるようです。何か誰かを困らせるものがあるようです。

子供の頃のエピソードは他愛ないものです。例えば私の下に生まれた坊っちゃま、これは男の子なので法律ですぐに奴隷から抜けられます。銀行も判子ひとつで抵当を外します。この坊ちゃまがまだ赤ちゃんの時、私は三歳なのに、走ってきていきなり寝ているぼっちゃんのまんなかをぱしっと叩いて、泣かせたそうです。すごい速さで誰も止められず、しかも大変だったらしい。また、その何年か後に、ご主人様が裸で風呂上がりに室内を歩いていた時、いきなり殺すほどまんなかをひっぱったという事です。ご主人様は絶叫しその後おんおん泣いたとか。しかし私は何も覚えていません。

私が中学生の時、その中学において、友達が女性差別と性暴力をするクラスの男子をいきなり襲い、彼の、その悪男子のまんなかをにぎりこんで締めつけるというソフトな復讐的行為をした事がありました。私はその時平気で笑って見物していました。

普段は女子を侮辱し抜き脅しつけている男子なのです。そういうやつの声が掠れてくるのを、妙に良い声だね、とふいに思いました。そういう声は繊細でいろっぽいのだと。

で、自分は何か困った人である、と思いながらにっほんで暮らしておりました。仕事もなく、ずっと養われていて、しかし奴隷を養うのは主人の義務で、そのかわり役に立たねば殺すし、気が向けば八つ裂きにするという設定ににっほんではなっていますから、……。

ところが、私のご主人は世間体が怖い、それに異様に意地悪なのに本当に残酷な事は出来ないのです。それ故この、私という奴隷の心をずたずたにするような酷い酷い精神的地獄の扱いをしておいて、さっとお金を払う。しかも暴力は滅多に振るわない。ただ監視して何でも取り上げるだけです。でも今思えばそれが私が奴隷だという、事だったんですね。でも結局はただ「それだけ」であって凄いことの出来ないおとなしい人。その一方で。

そうです、ここで話していると、私本人が何か結構自省してきた人間のように聞こえますね。しかしもっと本当の事を言うと、実は私は、自分について何か真面目に考えた事が一度もないのです。

何もありません、怖いものは怖いはずなのに、気が付くと何も感じていません。ただすべてを景色として眺めていて、いつも、涼しいです。

物心ついた時から、ご主人様には大変憎まれていました。そのせいか私は次第にすべてに対して根本では何も感じなくなってしまったようです。実生活は、ゼロ、まあ奴隷ですからね。それで空想の中で戦いとか命令とかする方が好きでした。変な事を言いますが、家は源氏を源流にするある一族で、関が原でもっとも凶悪だった侍の一党です。やがて新田に分家してその後で先祖は今の姓を名乗りました。血縁からは三河××党というその名を教えられました。しかしそれだって結局は嘘かもしれません。その他私の、何代も前に映画監督やウーマンリブの人がいたとも聞いています。このウーマンリブの人の名前がどうも、ウラミズモにおける、私の信用のもとになったようです。が、しかしこれだって嘘かもしれません。というのもそのリブの方本人がその家柄とは違うと言っているからです。リブの方の家は士族ではなく、とても貧乏な農家だったとも。

うちの親戚は男性ならば外科医か警察の出世組が目立ちます。身内の警官の同僚はいつも、家に来ると私の頭に火をつけるぞ、と本気出して言うので、幼い私はよくびびったものです。しかし私は警官には慣れていたので、そこまで言われても、幼くはあっても、さほど、怖くもありませんでした。なお、一族の中から奴隷にされたものはほぼ全員女です。百年以上前には、農地改革による没落で売買結婚させられ、奴隷にされた女の親戚が何人もいました。男ならば刃物を振り回して楽しく生きられる。しかし女なので奴隷、ただ赤子の時から懐剣だけは持たされるのです。

　幼心にも私は刀が好きで、しかもどれも可愛いヘアピンのようにしか感じませんでした。その一方同じ血を引いていながら、ご主人様は大変おとなしいのでした。

　にっほんでの私は、刃物でもトンカチでも火のついたマッチでもついつい、気軽に投げてしまっていました。以前にご主人様より先に洗面所を使ってしまった時、私はすぐ「あ、どうぞ」と言って蛇口をひねり、場所を譲りました。するとご主人様は大変不思議そうな顔をなさいました。というのも奴隷の分際で私はお湯を使い、相手には水の蛇口で出したからです。たしか冬でした。なんという造反か。

　むろん、このような「悪い」奴隷に対して、笞で叩いたり殴る事も、売り飛ばすことも世間に隠れてなら本当に出来ます。しかし、……。

　普段は意地が悪いのに、そういう殺戮行為が出来ないご主人でした。無論、世間体もあるでしょうし、私を不気味と思っている部分はあったかもしれない。あと、……。

　ご主人様から苛められたり、馬鹿にされたり、何かをわざとやりなおしさせられた時、私はすぐに顔に出るらしいのでそれも原因なのかと、……。

ずっと長い事自分では気がついていませんでした。自分の表情が怖く迫力があり、殺意の塊に見えるという事、ウラミズモに来て、言われて知りました。しかしご主人が特に憎いという事はなかったのです。だって私の側から言えば一回一回の厭味や意地悪、言葉の侮辱というのは、繋がっていない、つまり私にとって彼は現象にすぎなかったからです。なぜならご主人はその場その場で思いついた事しか言わないのです。しかも覚えていてしつこくしてくる時だってどうせ本人の都合いいとこだけ。証明だっていくつも抜かしていてただひたすら上から叩いてきます。ならば約束も話合いもまったく無意味です。言葉に交流とか、そういう意味がない。それはただ一方的に相手を苦しめる道具でしかない。要するにそれが、ご主人的言語なのです。

ならばそんな相手は別に人間ではないし人格でもない、それはただの暴力だと私は思っていました。その暴力現象に対して、私はいつも本当に二十四時間ただ、現象は現象で返したいとだけ、思っていました。それよりも爆発する自分のこの本来は豊かな貴重な暴力。これを私は存分にふるいたかった。斧、刃物、あるいはブルドーザーと灯油、家に火をつけて、物凄い音を立てて、毎日テーブルを真ん中からぶち壊したい。壊れた家を掘り返して土と混ぜたい。そうしなければこの嘘吐きに向かっては何も通じない。言葉は通じない、と。

しかし残念にも私にはただもう、ただただもう、そういう筋肉がないのでした。そうです、たったそれだけの事で。

ここへ来て私の生き方が家父長制への抵抗とかいくら言われても、褒められても、何も感じません。だって「家父長制への抵抗」というこの言葉は、にっほんでは人喰い、人買いの使う言葉でした。それはまともなおばあちゃんや優しいおかあさんから、幼女を引き離して遊廓に売る人のきめぜりふでした。というのも、にっほんのイカフェミニズムというのは女に無避妊のセックスか肛門のセックス以外の仕事を絶対に与えず、そういう奴隷労働についての「女性の喜び」を謳う学問でしかなかったから。にっほんのイカフェミはセックス産業の関連業者で、性暴力ビデオを肯定してそれで生活し、アカデミーフェミは女を助けようとする人に「それなら男性も助けないと」などと言いにくるだけだから。そもそもそういうにっほんのセックス「労働者」の殆どが未成年です。ていうか、結局は、なんというか、……。

　要するにセックスというものが私には判りません。まったく、判りません。ですので、……。家父長制への抵抗と私とは関係ない気がします。というか、にっほんには家父長など元々いないから女衒がいるのです。そしてウラミズモは家母長や家姉長なので別のパターンの抑圧しかないけど、何もいないところよりは少しだけましな世界なのだと私には今思えているのでした。

　ここに来て初めて、私はそういう、セックスの判ってない私を肯定して貰えました。ですので、私は今性的にとても充実していて、セックスについては本当に幸福と思っています。

　例えば、世の中には恐怖症がたくさんあったのですが、結局私にはひとつしかありませんでした。つまり接触とか裸の恐怖症があるのみです。子供の頃から人間の体が嫌でならなかった。同時にまた何も判っていなかった。私にとっては男性のまんなかなど判らないから、ゼロとしか思えない、そのゼロがいばっているから叩くしかない。引っ張るしかない。男の友達はむしろ大変多かったけれど、どれも私の前ではおとなしかったですし……。

今も昔の「男友達」とはメールしています。今の仕事でも、ウラミズモにいても、研究名目や故郷との連絡ならメールは出来ます。私の元のご主人様に対し、移民を勧めてくれたのも実は男性でした。そのような、友情のある相手は、結局私といる時はまんなかを消しています。私の方も多分まんなかがありません。しかし本当に友情なのか最近は疑問です。というか、まんなかが判らない私には判らない事が多すぎるからです。

所詮、……男の友達というのは人間ではなく、例えば快い景色に過ぎないのかもしれません。とはいえ本音で言うと、私は男性が大変怖いはずなのです。しかしその一方で男性が存在するということを常には、理解していません。空想の中だと、私が訓練院の判官で部下と一緒に戦う、そういう設定で一緒にいるのです。その時の私はたくましくて武道に強い武士の男性です。しかしそれは夢の男性です。また、私は女性との人間関係が少ないのに異様に濃い、そして大変皮肉な事に、女性から性的嫌がらせに遭うことも多かったのです。また、女性が私を批判する時は、嫌な男に怒鳴り散らすような批判になりました。なのに怒鳴っておいてすぐに忘れるのです。これは私を男性扱いしてあたり散らすけど結局は女なので私を舐めている。つまり一種の女性差別ではないかと思うことがありました。

しかしそれでもまったく理解不可能な男性よりは、女性の方がましな関係性かと思うこともあるのです。現実の男性はただの壁です、石です、そこで男性とは精神の知的交流だけが発生し、向こうもこっちに対し距離を詰めません。

要するに今こうして、私は故郷を忘れております。何県であるかも言いたくありません。ただ、県民が死ぬのは自然死ではないと、その事だけは一言言っておきたいです。これは私が金持ちの家の恵まれた奴隷だったという事とは何ら関係がありません、半世紀も前から、東京は県を喰って県民を殺している。県民も共喰いし、弱いものから死ぬ。私達はあの人喰い条約が発効するまで、これが憲法より強いということを誰も知りませんでした。で、ああ、……故郷のその後ですか？

　結局母の方の祖母は持参金を引き上げ、自分の名義として、貯金したままにしてしまいました。ご主人様とその母親は、その、母の身分を買うための金を所有したいとは思ったようでした。しかし母の方の祖母はそうさせませんでした。それでもご主人様は相手を舐めていて、どうせ自分のものになると思っていたようです。なお、母は母でまた、私を買い戻すなど無駄だと思っていて、……。

　だって自分が奴隷で平気な人は娘も奴隷にします。しかも母は結婚してから奴隷としての債務をただ増やして、それでもご主人様がいる事が嬉しかったのです。屈折してはいても。母は「自由意志」の「自発的」奴隷だったのです。

　とはいえ奴隷の算式はきびしいものでした。それは新婚旅行の朝からもう始まります。そこからの母は生活すればする程、ただもう利子付きで債務がかさむだけでした。まず、一日三食母親が飲み食いした分、春夏秋冬に買った洋服、法事や節気で実家に帰るために使った電車賃、私を産むために使った出産費用、これらがすべてご主人様への債務に加算されます。そして、無賃労働は債務故の義務になっています。こうして、母は一層、どんどん奴隷になりました。むろん私にかかる費用はすべて債務、つまり、奴隷の根拠です。母は「自発的に」外へ出なくなり、何度かはご主人様の命令で派遣されて労働し、ご主人様の気まぐれでその仕事を辞めました。その一方で、私は、……。

いいものを食べていい服を着て都会の学校に行き、いい部屋を借りました。しかし、食べている最中に怒鳴られれば片づけるしかないし、良い服を着ていても小間使いです。どんな用も素手で立って外でやれと言われ、何もかも疑われいつも嫌われます。借りている部屋でもご主人様の家のトイレでも風呂でも、いきなり「出ろ」と言われれば出なければなりません。声も姿勢も全部勝手に出来ません。命令が正反対でも両方を守るしかない。

子供の頃一番嫌だった事は、パジャマでいた時に、もう思春期でしたが、男性のお客が来た事でした。私が隠れようとすると母はそのままいろ、そのままいろと怒鳴りました。地獄の鬼だと思いました。花模様のパジャマを着て客間に座らされた。しかし何の意味もないのです。ただ私が嫌がっているのを見て潰したかったのです。子供の頃も、風呂に入っていた時、家にしばしば来る女の客が来ていて急にドアを開け、裸なのに胸を二回触られました。母に言いつけました。すると母はしみじみと冷笑しながらそれを止めてくれました。それで相手は家に来なくなり被害は止まりました。しかし、むかつき、というか体の凍結は止まりません。でも思えば朝から晩までそんな感じで、……。

私はいつも屋根を斧で叩き割り、家に灯油をかけ、家族ひとりひとりの首を切りたかった。そんな中で母は、……。

いつも土気色の顔をして何を言ってもうなるだけの人間になって死んでしまいました。随分早かったです。

すると、ご主人様が急に私に優しくなりました。そこで私は友達の男性に教えられたように彼を説得すると、話がよく通じました。それはまるで男同士のようにうまく話せたのです。

その上、最初ご主人様はウラミズモに、私を「売る」と言っていたはずなのに、結局は無料で引き取ってくれと、言ってくれたのです。彼は本当にきつくて意地悪だけれど、最後に大変鷹揚《おうよう》な慈悲のあるところを見せてくれました。その上その時点より前、彼は会社をたたみ、悠々自適の身になってもいました。

税務署や銀行が関与しなければ奴隷の証文を破棄してやることは案外にできる場合があると知りました。その上で、今まで側室だと言っていた、かつては少女だった正室を彼は世間に出し、結婚式をあげた。そして？　母の持参金ですか？

祖母の商売が細くなってなくなっていました。銀行に借りていないのだからそのまま元手にし、少しずつ損をして溶けてしまったようでした。そして私は？

ウラミズモに来て、人間になりました。女になりました。セックスしなくて良い国。正しくはセックスに欲望のあるふりをしなくていい女だけの国です。今の支援はずっと我が国のお陰、「にっほん女性の膏血を返還するプロジェクト」から受けています。

……私、市川房代の現在の仕事は、総理官邸の清掃担当の、そのまたスタッフ補助です。仕事の合間には週三回、夜学でウラミズモ刑法を学んでいます。語学もやっています。来て三カ月で今の、この部署に決まりました。最初から、とても信用されていました。私は百パーセント国是に適《かな》い、天性の人権擁護思想があると評価されたのです。移民申請から最終面談に至るまでの間、ずっと、称賛され、その結果小さい用だけど、総理のすぐ側で働けるようになりました。しばらくの間は同期の仲間から、妬まれていました。ところが、……。

当時の同期は今はあちこちで常雇いとして活躍しています。それなのに私は、というか、私だけは未だにスタッフ補助のままです。昇進出来ていません。しかも総理にはまだ一度もお目に掛かっていません。私的な時間の一切ない方のようですね。官邸に帰ると、ずっとひとりで過ごされているそうですが。

総理はここ数年、睡眠時間五時間以内、食事は少量の雑穀と煮野菜、プロテインしか口にされていません。眠り薬を運ぶ健康担当官がそう教えてくれました。また会食の時さえ、周辺が何を食べていても、夏は麦茶とモロキュウ、冬はミネラルウォーターと少量のリンゴしか口にされません。おそれながら、私はそこに親しみを覚えました。というのも、プロテインはともかく私も逆流性食道炎で、その上にひどい不眠症なのです。ことに最近は悩んでいます。というのも、……。

ここの移民として、私は珍しいというか、中途半端です。そのため今少し焦っています。しかも、焦っていながら頑張りの利かない自分に怒りを覚えます。むろん、私はそんなに丈夫なタイプではないけれど、我慢強いですし贅沢もいたしません。しかし三十近くになってから、少しのお金を持ってここにやって来たという少数派なので。就職にしろ、私には迫力がありません。余裕もありません。

我が国にはまさに裸一貫で子供を抱えたシングルマザーが入国して来ます。それと同時に多くの高齢女性が全財産を持って、余生を人間として暮らすためにここに移民します。前者は必死です。後者は富裕です。私はどっち付かず、今の楽しみは勉強と貯金です。何も使いません。好きなものは少しの黒砂糖です。後は蕎麦と胃に障らない野菜程度、しかしもし食道炎に障らないのなら脂肪のない牛肉やささみも食べたいです。けして拒食症とかではないと思います。そこは総理とは違うかもしれません。しかし総理は自分自身に発生する全ての喜びが憎いとお思いだそうです。

ええ、そうですね、……私と総理の共通点なんて結局はたいした事ないものばっかりです。ただ生まれてこの方、ずっと眠れずに悪夢の中にいます。ならば、そこは総理と同じではないのですか？

今も少しは総理のお気持ちが判る人間という自負を持っています。

まあいくら親しみを覚えたところでお声を掛けていただく機会も今までまったくないのですから、直接の支えになることは難しくもどかしい。だけれども、だけれども、……。

ここに来てからというもの、私はネットやテレビでずっと、総理の大ファンでした。移民後一カ月の間、同期の移民仲間と共に宿泊施設に籠もり、定められた教育を受けながらも、そこの共有スペースの動画に夢中になりました。仲間とともに昔の、タレント時代の総理の姿を見ながら、毎晩泣いたり笑ったりしたものです。最初はあの、聞くも恐ろしいウラミズモギャグに一瞬憤りました。例えば、そうです、「女は馬鹿だ選挙に行くな」というあの歌の歌詞、題名の通りか、それをもっとひどくした歌詞に呆然として、しかしその後、ウラミズモの街に出て、なんとなくその真意を理解できました。

それはどこにも男性がいない街においてだけ可能なものではと、なんとなく、つまり、……。「男女同権なら殴らせろ」と言って妊婦を殴る男、また「ぼくは性に恵まれない性的弱者だから、弱者としてせいいっぱい出来る事をする」と称して幼女を襲う男、さらに痴漢を百回もして「冤罪だ」と言っている男、などがまったくきれいさっぱりと駆逐されている、そんな状態ですね、その上でさらにあの女性尊重主義、女性主体思想、女権拡張政策、に自分は守られていると判った上でならば?

ならば、それは、やはり「ギャグ」でしょうね。まさに、しかし恐怖の高笑いですね、辛口過ぎる。

要するに、……ウラミズモに住んで十年もしてからでないと、安定しないと、そこまでの心境にはなれないのかもしれないと今も思っています。なので私がそんなもので笑えるのはただただ、ひたすら総理が好きだからかもしれないのです。ああ、でもあの総理がよく演ずる、差別おやじの物真似は大好きですよ。よくあれだけ本物そっくりにしかも間抜けらしく演じられるものだ。大爆笑しながら、しかし私はその元になる本当の気味の悪い差別おやじを知っているものだからやはり、ちょっと、暗くなってしまう……。

でも結局私は総理の何もかもが好きなんです。つまり彼の権力が好きだから笑うのかもしれません。あの、老いてもなお筋骨逞しく、スタイル抜群の抜きんでた美貌。さらに独特の、どこか硬直した厳しい表情と鍛え抜いた、無駄のない素晴らしい動き。なのに総理は時々、ちょっとだけお馬鹿さんな顔つきになって爆笑するのです。「ははははははは、はっ、はははははは、はっ」と。その時だけ、鼻の穴が丸くなり、異様に人がよく見え赤ちゃんにさえ見える。とても可愛いです（泣く）そこもいいのです。それに何をしても筋が通っている。

例えば三日前です。あの総理は歴史を見ると百歳を超えている、どう見てもクローンだ化け物だとにっほんのネットに出た時、それはにっほんの工作員がやった事ではないかと言われたものの、総理は相手を匿名のままにして反論を出し、自分が前総理浦知良を襲名した二代目である事、彼とそっくりに整形した事、また、全部のテレビ芸が先代のオリジナルに自分なりの工夫を加えた踏襲芸である事、そして初代オリジナルが達成しないままに死んだ、至上のウラミズモギャグ、文金高島田、または「勝訴ストリップ」と呼ばれるものを自分の代で実現したいがために、その継承者になったという事等を、すべて言明しました。とどめ、やがて襲名にふさわしい努力をしているうちに、結局初代を好きな人々の手によって総理に選ばれた事までもいちいち最後まで、馬鹿正直に説明したわけです。むろんそんな事は政府のサイトに書いてある事だしウラミズモでは周知です。しかしデマというものは、まったく、はははははは、はっ。

ところがそんなある意味寛大な彼が実は、きびしいところはきびしい。そう、そこがまたいいのです。例えば、我が国に移民した元火星人少女遊廓の少女を守ろうとした時、……。

彼女を誹謗中傷したり襲ったりした、居つづけ観光客の女に対して、総理はたちまち国会で問題にし、逮捕し、拘留し、法に基づいて、思い知らせたのです。そいつを名誉男性としてこき使う内閣決議を出し、その先例は今も受け継がれています。むろん相手はにっほん国民なのでしたい放題、どうせ国が国民を守らない国、ウラミズモに拘留された国民などけして取り返しにも来ないのですから。しかしそれでもたちまち、観光客を男性保護牧場に「保護（収監）」したあのスピードは、異例のものでした。なおその後、居つづけ観光客は、民間のレベルでも、一掃されました。

なるほどウラミズモでもっとも罪に問われるのはこういう、にっほんからの侵入ですが、しかし普通女性同士だと民草はついつい反撃をためらってしまう。ところがこの時は「百合にも百合イカがいる。リョナにもリョナイカがある。フェミにもイカフェミがある」という総理のお言葉により、警察は一斉に動きました。

要するに総理は警察を完全に掌握しているのです。初代はマジ警察官出身だったですが、二代目は選挙に出る前に警察学校に入って、射撃は一番で卒業しています。一方にっほんにおいては、警察と法とはひょうすべの価値観により分離されています。警察は市民の難儀はスルーし、生きている弱者が刺されようが殴られようが怠けているだけです。

なのに我がウラミズモにおいては、総理自身がそれを繋いでいます。これは大きな違いだと思いました。しかし、……。

これはもしかしたら、クリーンだがホラーな政治かもしれないと思う事があります。ただ、そう批判する自由もここにはあるのです。

総理は病的にお世辞が嫌いだそうでそこも、私と似ています（私は褒められると死にたくなるのです。それで移民してからカウンセリングに少しだけ掛かりました）。なんとかお話が出来ればと思いますが、こんなに近くにいてもメール一本でも、直接には通りません。当然と言えば当然なのでしょうが。

せめて今は心を籠めてお掃除をしています。しかし、はっきり言って、建物が古い割にこの掃除の手間は実に最小限です。官邸は古いホテルを改装したものですから使い辛いところがいっぱいあるのです。しかしその割に、埃の溜まりやすいものは一切取り払ってあります。それでスタッフを少なくし、雇用は他の事で創設するそうです。

しかし、ウラミズモというと、どこもそうですよね、古い建物を使い、ただ手間を省く、しかし内装や家具は快適になっている。だってここは初めてですが、それでもやはり、……。

ほらこのソファも、楽で便利で明るい、良いソファですよね。きれいなブルー、大変丈夫そうで手入れも簡単、そしてやはり、拭くだけで汚れが取れる。しかも、縫い目にゴミが入り込まないようになっていますね。ところでここも？　無料の、貸し出しスペースなんですか？

にっほんの公民館は自治会の集まりさえお金を取りますよ。オリンピックの直前からもうそうなってたそうです。ウラミズモは明るい内装が好きなんですよね、というか国民が快適になる事にお金をかけていますね。

そう言えば今、洗面所に行ってきましたがタオルがふわふわで感激しました。しかしこれが本当に？　一枚六十五グラムの、タオルですか？　こんなふわふわで、しかも乾く時間は短縮出来ている。ええ、私はタオルにはうるさいんです。そうそう、我が国の病院における紙タオルと熱風乾燥も素晴らしいですが、しかしにっほんにはもう、高級ホテルのトイレにさえ、五十グラム台のフェイスタオルすらないらしいですね。そればかりかどこのトイレにも男性差別反対の会が毎日点検に来て、男女平等なら排便しているところを見せろと言って来ると。そして連中がトイレから幼女を攫っていくので、母親は監視するしかない。すると人を疑うのかと怒鳴りつけてから、母親を押し退けて攫《さら》っていくそうです。

今は殴らせろはもう普通になっているらしく、いきなり足を切ったりしてくるそうです。無論警察も電鉄も女性の権利を守りません。確保しません。連中はただ、男性市民と、男性乗客に、女性を襲わせてそれをサービスと称しているのです。つまり「無料の女性ボランティアサービス」というわけですね。奴隷労働の変則的強要による性奴隷虐待。その癖自分達のいる建物ばかりはピカピカで大きく、一方、鉄橋等は放置してひびだらけにしています。こうなると自然災害即、建物の大事故です。なんでしょうね、たるんでいるのですか？

とはいえ、いくら良い国でもこの、ウラミズモの公的建築の古さというのはちょっとあんまりかと思います。しかもなんというか官邸が一番古いですね。

最初はいくらなんでも質素すぎて小さいとだけ思いました。聞けばホテルに大改装される以前はイバラキの私塾だった古い建物とのこと。しかし防御はよく、お守りする人数を最小限に抑えながら、いざという時は男装要員も国境警備員もただちに囲める、招集出来る状態になっていると判りました。だから、文句はないのです。しかし、でももうちょっと、私は、私は、それに、……。

そうそう、「安全性と人件費以外の金はかけないさ」と最初私に自慢していた清掃担当女さんは、今では官邸のテロ対策に登用されていますね？

にっほん時代の彼女は火炎瓶で中央区の交番の軒を焼いたり、国会に神業的「いたずら電話」を掛ける事により、ＴＰＰ審議を延ばそうとした。それはたった三十分ですが遅らせたということです。しかし別に彼女がすごく戦略家だと私は思わない。そもそも国側はそんな策略を握り潰しの上逮捕、しかも変則的に三年間拘留しました。要するに国というのは何でも出来るのです。それに爆破も本当にやりそうなところは、普段から監視して泳がせてあるから、見ていると本当かどうかが判るのです。いえ、もしそれで本当に爆破されたって、……。

にっほんの政府は、どうせ誰も責任を取らないでいいと思っているからただもう、握りつぶすだけです。もしばれても、たとえばひとつの組織で三番目くらいに偉い人が、「やれやれ、運悪く今、この私が謝る係だから」とか言って、マイクの前で頭を下げるだけで。要するに彼女のテロ行為、結局あまり役には立たなかったのです。まあ一日延びて世の中が変わるのなら良いのですが。

なお、焼身自殺なども大きいマスコミではろくに報道しません。模倣犯を恐れるので、まあそれは正当な理由とは思いますが、しかし、どっちにしろそれは半世紀も前の話です。なのに七十五歳の富裕移民である彼女が総理を守る盾として登用され、私はただ総理を信奉する心だけを持ってここにいます。

もし総理が織田信長のようにわがままで煩《うるさ》い人物だったら、それはなんとかお目に止まる、お心に適う方法もあるでしょう。しかし、彼は国一番我慢強い「耐える女」です。

その上私は、本当は男性装置を使う官邸警備員になりたかったのです。単純に総理の内禁衛将《ネグミジャン》のようなものになりたかった。ところが私には男性装置自体が遠いものでした。それは、移民してほどなく判りました。

要するにあの、七十年前からある、従来の安全無害な介護用部分ロボットなら、誰でも着けられると。しかしそこから発達させた犯罪抑止用や国家鎮護目的の男性装置は、大変訓練が難しく、しかも恐ろしい副作用があると教えられたのです。移民してからやっとそれを知りました。要するに私はまったく何も知らず、ただただ都合のいいことを考えていただけで。

男装スーツは長い肩パッドのようにしか見えない。着ていてもあまり判らないほどです。しかし実は着てみると非常に重いし、中には体に埋め込んで充電のために、人工透析程の苦痛と時間をかけるタイプもあります。そういうネグミジャン、と呼ばれる最強のものとかは、むろん総理の防衛官女三人が持っているだけです。でも私はただ外から見て憧れていました。ヒョンニムという比較的楽な機種を私は求めようとした。すると家一軒買うよりも高いと判った。しかも心臓検査ではねられてしまった。相当な心臓でもぼろぼろになるそうで。

ところが私ときたら何も知らず、例えばあの古典的な子供劇である、マジンガーとかダイオージャのように楽に変身、史上最強となる存在に思っていたのです。

だってにっほんには何の情報もない状態です。そのため私はただ浮わついた気持ちで憧れていたのです。ところが大変長きに亘る訓練が必要との事で、成人後すぐに始めるしかないしお金も掛かると。それで諦めました。

また、そういう男装麗人さん達はあのものものしい国境警備員以上に尊敬されてはいるものの、性格を勇猛、時に残忍にするために服用する薬の副作用もきつく、また発生率の高いガンなどもあり、独特な苦しみが付きまとうそうです。

なのに、この世間知らずの中途半端な私は、ただそんな望みを頼りにここに来たのです。しかし、……。

むろん、我が国が住むのに一番良く、愛するのにも良く、心から国家貢献したいという気持ちは変わりません。だって私は「ここ」を家庭にしたいんです。国という家の中で安心して眠りたい。理由は判りません。でもおそらく一生、私は家庭を持たないでしょうし。まあそういうわけで、……。

今は志望する方向に向かって進んでいるのだと信じたいのですが。希望のある日々だと。だって、ウラミズモは故郷です。

唯一の我が国です。わが選びし我が母国。我が産みし我が子。私を人間にしてくれた私の国よ(自然と泣く、おんおん泣きつづける)うっうっうっうっうっうっ、うっうっうっうっうっうっ……。

そもそも(泣きながら)普通移民というと手続きから言語から生活から何から何まで困難なは

ずなのに、我が祖国は新米に、移民にやさしいです。私は何も困らなかった。なので国がご主人様だったらいいなあと思うのです。しかし本当、今は総理にもう少し近づきたい。

そういう、転職がしたいんです。もっともっと、総理の側に、一ミリでも近いところにいたい。まあどこだって移民の身、希望通りに配属される事はけして簡単ではないらしいですが、だけど私はどこであれ喜んで赴任しますよ。大欲であっても、これはけして自分の損得だけの問題ではありませんのでね。後悔なき一生を生きたいのです。

だってここはにっほんとは違い、国家とともに繁栄することが罪悪ではない。未来がある国です。支援あってこそ叶えられる、実力の国、弱者の生きる国、卑怯者の永遠に罰せられる世界であって（結局泣きだしてからずっと止まってない）……。

どうか、どうぞよろしくお願いいたします（泣く）。

付記、この翌月、語り手は旧住所旧男性保護牧場で第二代浦知良氏臨場の最終審査を通過し（応募者は本人一名のみ）、男性保護牧場、「表現と射精」部生体研究所の、第二代統括部長となった。いわゆる射精部に赴任したのである。そして施設が移転した現在でもそこでにっほんから預かったひょうすべの息子たちの「表現の自由」擁護と、「射精という人間本来のもっとも大切な本能」?-?-?に関し「理解と支援」?-?を与えて国家貢献している（つまり移民の中の出世頭である）。

# 8

## S倉城址公園梅林前、体育館裏

白梅を中心にした二〇〇本の梅林、そこには既に花の紅い蕚《がく》だけしか残っていない。白緑の新芽がもう、伸び始めている。三月の下旬、木はなごみながら、光は明るみながら、それでもまだ暖かい日の少ないS倉。まあ前の校舎がある水戸ではもっと寒く、梅はまだ満開のはずだ。――八年前のウラミズモ一高移転により、この、梅林前の広場は、新しい体育館と運動場になった。箱物に不熱心なウラミズモではあるが、白梅第一のためならばこれ位は頑張ってみせるのである。で？ 梅林は残された。体育館との間の細長い敷地は、フェンスで囲まれた。梅の木への日照はやや悪くなった。兵営跡の石碑や、軍設備の一部は、少々移動され保存された。

（そういえば、例の姫宮様も、実は少なくとも江戸時代にはこの城址の敷地に祀られていたものなのである。なのに、かつて兵営が出来た時に「女は邪魔、あの陰石の姿では兵隊の気が散る」等と言われ、社ごと、夫共々沼際に追いやられたのだ。ただもっと昔には沼際にあったのではないかという資料が前の博物館にあり、それで呼び返されることはなく放置された）

というわけで現在、白梅高等学院の学生たちはこの体育館において球技や創作ダンス、軽音楽の練習、卓球、バドミントン、ウラミズモ独自の、小太刀を手にした防衛安全体操等を行っている。また、その他に鉄パイプをバトンのように使う防衛安全舞踊（国歌マーチが主流）、ハンマー投げ、などは運動場で行う。なお、マラソン、散策、競歩等は城址を巡る。

体育館は堅牢で良いのだがその周囲だけは、城址の風情が失われていた。しかしそこと向かい合った校舎の背後には菖蒲池や小さい植物園等が控えているし、菖蒲池のすぐ隣も姥《うば》ヶ池、周辺も梅林である。

かつて中学校だったその古い建物を接収するや否や、ウラミズモは地震に備えた調査等をし、防犯災上の理由でたちまち建て替えた。この国はたとえ個人の一軒家でも工事請負が、震災対策の柱を一本抜けば、責任者は殺人未遂で逮捕される。ことに悪質なものの場合、会社は解体される。この解体はウラミズモ特有の制度で会社資産を全没収し経営者を収監する。

このように地震国ウラミズモの安全対策は徹底しているが、そのため、工事は割高になっている。職人の手間賃も高く国際競争力などは全くない。

ウラミズモ本国奥地の高等学院が、さして侵入者も想定しない開放的な作りであるのと対照的に、この国境の新築建造物は頑丈である。防犯も、少しでも見通しの悪いところは、全て監視カメラが設置されている。さらに見晴らしの悪い窓は全部鉄格子で、正面からでも窓に近い木は全て切り倒されている。むろん徒歩五分の寮は寮長がヒョンニムを装備した男装麗人であるし、面会の母姉も始終泊まる。つまり学校や寮内で発砲があったことは一度もない。無論周辺では起こっている。まあ当然とも言える。

女だけの国というと、女所帯、女子寮、いずれも非常に卑怯で陰湿な侮辱暴力が来る、しかも徹底した長きに亘る加害に遭う。要は、女家長だから襲いにくるし、女子寮の周りだから露出狂が来るのだ。こういう、痴漢強姦における「男女平等」一派の「活躍」はにっほん国においては実に凄まじい。しかもそれはまさに定期的である。たとえは悪いかもしれないが、インドなどで低いカーストの地域を、上のカーストが繰り返し襲うのだそうだが。ただ、……。

こういう連中は、「うまく相手すれば」、「案外に素直で物分かりも良い」つまり、射殺されると判るといきなり来なくなる。むろん殺すまでもなく、威嚇射撃だけでも本当に有効だ。つまり撃たれると、「なるほど自分は悪い事をした」と納得するらしい。しかし、普通だと、いくら侵入者でも隣国の者に、そんな事をすれば怒ってくるだろう？　が、相手はにっほんである。たとえ自国民が他国で殺されても、何も感じない。文句も言って来ない。つまり（投資される側としての）ＩＳＤＳ付きで、ＴＰＰに判子を突くような国において、国民の命など前世紀のインドより安いのである。で？

かつて、建国当初のウラミズモでは、悪質な侵入者はその死体をフリーズドライ剝製にして、ガラス箱に入れ国境に展示していたという「都市伝説」があった。しかも今ではそれらを非公開資料で男性保護牧場のどこかに保存しているという「噂」に変っている。とはいえこれは資料の統括をしている市川房代さえ、「そんなものどこにあるのか見たこともない」というばかりで、……。

さて、そういう、美しいが要警備なこの梅林前のベンチに、美少年がひとり、いや、実は美少女がひとり。そしてこの美少女が、今、内緒の約束により、ここでまたさらなる美少女を待っているところ。で？　その、待っている少女は双尾銀鈴。待たせている方は猫沼きぬである。ちなみにこの待ち具合は彼女らの常のパターンであり、というかこの力関係で二人は十年越し、というか、殆ど物心ついた時から親友でいる。

彼女らはともに、白梅高等学院の三回生、同学年である。ただ、銀鈴の方は実は早生まれ、つい最近四月生まれのきぬに追い付いたばかり。他、この銀鈴の立ち位置としては、白梅「創立者の孫」という厄介なものがある。まあ別にわざわざここに来なければこんなの気にしなくていいものなのだが……、でも現況、自分がコネで入ってない、ずるをしていない、ただそれにさり気なく言及するためにだけいちいちいちいち、言葉を選ぶしかない、そういう日常になってしまっている。ていうかそもそも銀鈴は白梅なんか昔から嫌だったのだ。それどころか他のナンバースクールも全部嫌いで、例のエリートの義務、オストラとかにもまるで耐えきれていない。この三年間も、なんとかして高校からよそに抜けてやろうと、白紙のテストを出したり、学校トイレにわざと連続でナプキンやポーチを流したりして反抗している。なのにウラミズモ分離派（＝シングルマザー）の母も祖母も、二人がかりで彼女を部屋に閉じ込め泣くまで厭味を言うし、しかもきぬが白梅にそのまま進む以上はここを出れば会えなくなってしまうというのもあって結局本人も根本、……。

だって思えば、銀鈴の今までの人生にはきぬと一緒にいる以外の人間関係がない。

三歳の時、銀鈴はきぬと初めて並んで写真を撮られた。それから数千枚は撮影されたはずだ。それで、昔は平気だった。子供ながらに得意になっていた。でも、時は流れた、そうして銀鈴は？　今の彼女は？　果して実力できぬと並べているのか、……「はは、何を馬鹿げた事を、並んでいるだろう？　級長と副級長、一致派なら創立以来、代々結婚しているはずの関係性だよ」、銀鈴の母親は利権のようにばーんと言ってのける。しかし本人はそこが辛くて、ならなかった。きぬは友達が多く、というか母親の教育で異様に政治的なタイプに育っている。その上話していると時々頭がばらばらに感じられる程多面的過ぎる。しかしそれに比して、まったく銀鈴は、友人もいないし単調で何の考えも湧いてこない。つまりきぬのいない状態では殆どゼロなのだ。こんなに長く一緒にいても、それに、なんというか十代で半年、隣国に留学して以来、銀鈴はまったく、ダメになったような……。

そもそも、ウラミズモの若き学女にしては珍しい事だが、銀鈴はいつも、手鏡を持っている。「何持ってんの、馬鹿、割れるよ、邪魔だよ」とクラスで言われているのに、にっほんの子が端末を見るように、いつも自分の顔を確認してしまう。しかも時間潰しに切るような枝毛なども彼女にはない、……。

彼女の色の薄い、さざ波のきらきらする癖毛、伸ばしては後ろに纏めているのに、いつも前髪が少し緩んでいて、今日も一房だけくるんとしたのが、額にかかっている。本来ならそれは何の問題もない美しい髪だ。

が、もしやこれはにっほんの少女マンガの髪なのではないかとある日ふいに銀鈴は思い始めて、以後、絶望していた。だってきぬは前この一房をすごく馬鹿にして「二次元だ」とか言った。あるいは髪の色までも嫌なのではないか。最近の銀鈴はしばしば涙ぐむ。そもそもきぬは、いつから自分に関心がなくなったのか。中学時代のきぬは銀鈴に、やたら、男装麗人になるようすすめてもいた。でもそんな大変なの嫌に決まっている。結果？　彼女は銀鈴をスルーして年上の麗人たちと仲良くし始め、時には囲まれて、うっはうはしている。したい放題である。それで銀鈴が怒ると「政治でしょ？」と言う。結局、焦るしかない。そして自分はこの前髪さえ、まともならと、今日の分の絶望が始まるのである。

銀鈴の肌は白人の系統で、若くとも荒れている、また鼻の形は良いが少し分厚すぎ、上唇の端は軽くめくれた感じで少しアヒルっぽい。薄い緑色の大きい瞳は、斜視気味なのがむしろ人の印象に残る。でも幼い頃はそういう欠点が全部チャーミングで誰もが見ないではいられない「可愛い男の子」だった。だけど現在は？　というか銀鈴には栄光の過去しかない。

世界基準でどうなんだ世界基準でと、銀鈴はまず当時の自分を振り返ってみる。するとそこから見れば、自分は今だってどう見ても「美少年」だ。しかし、これではやはり、ウラミズモの「美少女」とさえ言いがたいものがある。しかし一方、「顔なんか、痒くなければいいよ」と思春期のウラミズモ少女は全員言うのだ。その上にきぬは「好かれるように化粧をしているだけ」で「自分は戦略美人だ、政治的だから美人と言われるのだ」と得意になって言い募るし。

銀鈴は鏡をのろのろとしまう、それは待ち時間で十回は見てしまう嫌いな顔。

「父親」はアジア人とアイルランド系の、混血の若い詩人だった、顔が気に入ったし安かったので、その精子を買った、怖い母親は、一度照れたようにそう言ったことがある。そのせいか銀鈴の身長はきぬより十センチは高い。太り易い体質も「父親」の遺伝だ。きぬに二人きりで会うというので、既にヨーロッパコレクションの数に入っている、きぬの母親デザインの服を今日は着てきた。銀鈴の母親はこのブランドに夢中になって娘を着飾らせている。

銀鈴は今度は自分の服をひっぱってみていた。

すると、タタミイワシ程アイロンのかかった四角なベージュレースが、ベストの上に垂れる。そのスパッツは純白で、ミニワンピースのドレープとラメの分厚いケープはどう見ても王子服である。

大学は文学部にもう推薦が決まった。当然だ。きぬの指導とはいえ、いやいやとはいえ、自分だって高校三年間、クラスのオストラで、国家貢献してきた。でも同じ白梅でもきぬは法学部に行く。同じキャンパスではある。しかしこれからまたさらなる距離が出来る。

きぬは母親の言いつけで弁護士になって、社会問題をやって、或いは官僚になって、政治家になる。自分は文学部に行って、教師にまずなる。で？

猫沼きぬの母親はウラミズモ一のジェンダーフリーデザイナーである。但し、このジェンダーフリーという言葉自体ウラミズモでは使わない。要するに国民皆女の国なので、ジェンダーもへちまもなく、女天下なのだ。結局北欧のデザインでさえ、ウラミズモの女服には道をゆずる。そんなウラミズモの輸出用の服には、男子仕様がごく一部にあるけれども、しかしいくら男子が着られるようにズボンを作っていても、それはリボンやフリルでルイ王朝を超えて男性を可愛く見せてしまう。また女性形のスカートや婦人帽となれば、その機能性や丈夫さを重要視し、そこにさらに突出した凛々しさを乗せて作る。そんな猫沼ブランドがブレイクしたのはまず子供服からだった。きぬの母が、自分の子供、つまりきぬのために作った服であった。自然と、きぬの成長と共にブランドは成長した。

可愛い姉妹または兄弟、性別はどっちでも、というコンセプトで、ずっと銀鈴ときぬはいつも、一緒の、少女モデルだった。

でももっときれいな子がいるだろう、という突っ込みはあろう、しかし、ウラミズモでは美を軽視しているというだけではない、子供を「芸能労働」に使うのがほぼ禁止なので、うるさい基準を全部取りのけたら自分の子供と親友の子供しか残らなかったのだ。「我が子と仕事をしていれは我が子と遊べます、モデル撮影ではありません、これは育児です」ときぬの母親はうっかり言ってしまい国内だけだが炎上した事もあった。

きぬの母は仕事が忙しいのと芸術家肌なので、誰かと一緒に暮らす事を嫌い、分離派を選択してきぬを産んだ。銀鈴の母親も似たようなものだ。お互いは仲良く見えるが、案外にぴりぴりした関係である。とはいえ、子供の将来に関しては意見が一致した。これは分離派の母親が常に思っている事で、一致派（同性婚、ダブルマザー）の方が出世出来るからだ。「そうだ、私たちの子供同士を同性婚させよう」

母親の強権はウラミズモのデフォルト、「ならば、いうまでもなくそうなるであろう」という事の、はずだったのだが、どういうわけか子供は結局シングル、分離を選びそうだ。が、それについてもやはり銀鈴の方はもやもやが残ってる。で？

そんなこんなでさして着る必要もない、白基調の王子服（十枚は持っている）を着て、……。暖かい日で良かった、と双尾銀鈴は最初に思い。しかし夕方にはどうせまた寒波が来るのだがそれでも今日一日昼間だけでも、まあ暖くて良かった、とその一時間後には思っていてつまり、一時間待たされたという事だが、……。

すると、きぬは？　今度また何のサークルに入ったんだ？　それでこういう待ち合わせに巨大ジャージ着用、ツインテール、というよりスポーツ縛りとでも言っておけ、という枝毛のゴム紐付き頭で登場するって事か？　しかしそれがまたやっぱりツインテールと呼び直すしかない程の小さい顔に似合う美しさであって。で？　何をどうしても、結局髪の毛のかっこうまで美しい少女、しかしその美少女はおっさんのようにのそのそ歩いてくる。「ああ、そうそう、確か卓球部だった」、と銀鈴は思い出す。それも昨年だ「卓球部ではまだ誰も私を好いていない、だから入部してみた」ときぬは言っていた。でも卒業間際なのに、まだ後輩と練習を？　こうして梅林を抜けて現れる、おやじ歩き、卓球部員、なのになんという気高く愛らしい、妖精であろうか……。

銀鈴は怒りもせずただ、しょぼんとして自分の緩んできた腹の、脂肪を押さえている。中心性肥満体質、ばかりではない、その上にまだ、ストレスで太るのだ。とどめ、ラインも携帯も端末も二十四時間対応の折り返しで、銀鈴は結局、きぬを待っている。

なのにきぬのやろうめ、のそのそしたおっさん歩きで、こちらに近づいて来やがるんだ、……まるで芸能人がカメラから外れた時のような、完全に固まった無表情な顔、しかもノーメイクの、なのに真昼の光で、一層美しい。さて、すると美少女は鼻の穴を膨らませて出す太い地声で、「遅れた」、と言っても仕方のない事実だけを告げる。

両手に牛乳瓶、だぶだぶの上着、ボトムは体より二サイズも大きいジャージズボン、しかもその両ポケットに生野菜のサンドイッチを潰れるまで詰めていて、完璧な目鼻だちで「腹へった」と吐き捨てる。すると真っ白な額の小さい縦皺が女のキリストのよう。唇は弥勒菩薩のよう。「腹へって、サンド、作っていた」……。

ほほう、野菜サンドとは質実剛健な？　いや、いや、これけして普通の野菜ではない。食料自給率九十五パーセントのウラミズモの、国内価格には国防費からの補助があるとはいえ、それは外貨獲得用の、野菜れすとらんで使うような、国宝野菜のもの。パンは国産ゴマ入りの、国産小麦、石窯焼きである。しかしそれにしても、なんという服装格差であろう。まあお洒落は銀鈴だけが勝手にしてきたのだから文句は言えない。というのも今から二人で寮だと聞かれて困る相談をしようという事でしかないのであり、相談内容？　ここ三年、クラスで二人が主導してきた、例のオストラに関する最後の決定について、である。

オストラの中でもそれは白梅の特別編成クラスにだけ課せられた単位である。男性保護牧場にいる凶悪で非公開な生体資料、痴漢強姦と言っても世界史上にはない程に無残で酷い彼らをおとなの保護下で距離を置いた上とはいえ、この白梅は観察し、ぶっちゃけ、その中の一番ひどいやつをどう処刑するか、全て決める。それが最重要授業である。他のクラスや他のナンバースクールでもごく一般的なオストラならば無論、やっているのだが、しかしピラミッド式のその頂点に今、猫沼と銀鈴はいて、そこにある特別オストラ最高位オストラをまかされている。しかもそれは学業としてだけではない。将来に亘って評価される大仕事なのだ。

要するに警視総監と法務大臣は、絶対、白梅から出る。最高裁の判事も。

ここのところ双尾はろくに眠っていない。というかそれでもストレスで食べてしまう。王子服が相当にきつくなっている。ところがきぬと来たら、……。

国民的美少女はそのままベンチの前の芝生にいきなり、膝をついて座る。すると、一本の牛乳をベンチに置きもう一本に口を付けて次々……ポンプのように飲む。やがて瓶を置き「俺ずっと市川教授にメールしてたんだ会ってくれないから」と、「しかも返事来たら、ひどいんだ、だってもし俺ら二人だけでも観察させるのなら？　会議三回は必要なんだって」とも、そして銀鈴に向かいサンドを差し出す？　いいえ、これはただ見せるだけだ……。

「それで、これ、帰って作っていた」。まただよ、何回言った？　忙しすぎると、きぬは短期記憶が飛ぶ。またかよ、同じ事を何回もあああもう判った！　それで俺待たせて、この、野菜サンド？　しかもいつも単なる説明で謝らない。でも、それで、ならば？　俺は？　この一時間は？　俺にはくれないパンのための一時間か？「お前、この一時間、この野菜サンドで。それ、本当に言い訳になるの、俺への」、すると、きぬの美しい顔がふっと曇って、……。

「違う、これはけして、野菜サンドじゃない」、彼女の、答えは常に、「正確」である。「これは正確には、青紫蘇タマネギの下がスモーク鯖、生卵塗ったでも醤油忘れたサンド、……でも、七分で作った、よ?」。で？　銀鈴はついつい聞いてしまう。「え？　胡椒とか入れないの」。そう、双尾は苛めやすいやつ。しかしいじめでも何でもなく善意のきぬは。

「はっ？　う、うちは、胡椒など、入らない、えっ！　知らなかったのか？　うちは、うちは」。頭バラバラを存分に発揮するきぬ。「うん、知らないよ」つい答える銀鈴。「え、ダメだよ、知るでしょ、知るね」。「いや、無理、無理」

知らない。三歳と四歳から親ぐるみで十三年知っていても、付き合っていても、今では傍目には婚約者に間違えられていても、知らないものは知らない。その上銀鈴が涙目になっていても、きぬは判らなくて笑いかけてくる。赤ちゃんのままで、頭バラバラで。

「うち、サンドに、入れるものは、絶対、変えない、変えると、泣くね、大切な、お母さまが」。などと言っているうちにきぬの顔にはいつしかモデル的な表情が浮んでくる。

「やっぱ化粧してないと別人のようだな」、ふっと癒されて銀鈴はまたこう言ってしまう。化粧していると国民的美少女、していない時は世界的美少女。

ウラミズモでは「不毛」にきれいな少女を厭う。きぬがいつも三の線を狙って「人前で」は書いている雀斑と下睫毛が今は消えている。「ナチュラルファンデ」もないその素顔は、ただもう白磁あるのみ。とはいえ、素顔のきぬを知っているのはごく少数である。

で？　そういう少女は今、パンを両手に捧げて、どっちから食べるか迷っているだけだ。

「は？　お前何を見ているんだ、美しいか俺？　だけど要するに俺が美少女と言われるのは、現に今白梅の級長だからだよ、まったく権力関係とか政治的なものだな、認識しているよ?」。うっとりしている銀鈴の視線に反射的にそう言いおえると、きぬは、くわっと、口を開ける。パンの丸飲みはきぬの特技である。もくもくと口を動かし、しかし視線は既にもう一方のサンドに行っている。

そう、きぬは黙っていては何もくれない。「くれ」と言わなければ金輪際くれない。そこで銀鈴はついに、やっと、「お」、とだけ発音して手を伸ばしてみる、すると、きょうはさすがにくれる（くれなければもう別れようと銀鈴は思っていた）。

「……、なあんだ、半分食うのだな、よーしよし、だったらすぐ帰るよ。帰ってあたくしは温麺を食べる」。両手が開いたというので、たちまちきぬは髪をほどいている。風に流れる漆黒。どうせ頭の分け目が痒いだけなのだろう。

　このようなきぬが銀鈴に優しかったのは今までにただの一度だけだ。銀鈴がにっほんに留学して帰った時、自殺しなかったのはきぬのお蔭だ。しかし今、髪をといた後のきぬはいきなり顎が外れる程口をあけて、風に向かってがーっと発声してみて銀鈴の事など完全に忘れている。この「がーっ」をストレス解消法と本人は言っている。

　校舎から風に乗って歌が流れてくる。国歌、国歌、国歌斉唱。

　　ウラミズモ歴史浅くふいに生まれた国

二人が聞き流す、やがて校歌が始まった。

春より早く雪より白き／花は白梅人とは女／我は女／友は女／ふたり手を取り牧場へ歩む／妻も女／我も女

そこで、きぬが食べおえている事もあって二人は起立する。歌は卒業式の練習である。送る側の一回生が歌ってみてくれている。二人はなんとなく、顔を見合わせた。自然と言葉が出た。「三年は早すぎる、あんまり忙しかった」、「え、そうなの」、「もっと銀鈴と遊びたかった」、そうか、遊びというのは特別に選ばれた少女に許される銃の練習ではなくて。「わたしと？　遊ぶ？」、「うん」。美少女は冴えわたるその笑顔を銀鈴の目に、流し込んでくれる。しかし、銀鈴は留学してから一度壊れたのだ。何も、したい事がない。そこでつい、うっかり相手にとって一番嫌な事を聞いてしまう。「ね？　きぬちゃんはいつ留学するんだよ」。すると、きぬの顔にたちまち、殺気が満ちてくる。とはいえそれは針水晶で彫ったような、はかなく虚ろな殺気ではある。頭がバラバラな時のきぬは、攻撃性も薄い。

「ち？　普通ににっほんの事なんか興味ないよ！　それよりもあんな国ないほうがいい、考えない！　いいかにっほんなんて、ない、ない、ない、早く滅ぼすんだ、全て女性のため、ね、ね、市川教授のとこ、行くんだから、おれたち？」、ここで銀鈴はすぐ、はっとして注意した。

「ほら、また！　なんでそう言うの？　教授って変だろう？　学芸員でもないし」、「学芸？　でもなんか服シルクだよ、制服のあれ、産みのお母さまがデザインしたよ」ああ、君の産みのお母さんがね。「他に誰いる、いない、公式服、全部ソンボ」、ああ、ご尊母がね。自分の母親にも平気で尊母とか厳母というのが我がウラミズモ国民で。ところがその時もう、きぬは叫んでいて。

「あれ？　あれ！　お、お臍《へそ》が冷えちゃったたすけてー、わうわうわう」すでに、パニックになってしまっている。しかもこうなると、銀鈴をベンチで膝枕すると言い出して聞かず、要するに頭で「枕」をぬくめたいのである。たちまち泡食ったきぬがジャージの腹をめくる、すると今日もやはりビスケットのわんことなぜか呼ばれている犬のデザインの（それは一世紀前のキャラクターのパロディらしい）萌葱色《もえぎいろ》の腹かけを彼女はしていて、むろん産みの母がデザインしたもの。「うわー、あたくし、カイロ忘れたよ事故だ！　事故った」

それから二人は謎の会話をする。だったら？　どっちにしようか？　という見えない話を。その生体の名前はチャイ。ねえ、チャイを、だから？　殺そうかそれとも生かしておいて精液を売らせようか。

「あいつ？　もういいよな」、「それにチャイの精液なんて絶対売れないだろ」、「女はみんなチャイが嫌いだ」。あああああ、……。

「だって、そもそも、なんで？　生体どもは自分が精液売って、それで借金返せると思っているんだよ？」、はははははははっ、は。「強姦するから金払えってか」、あああああああ、でも判る、もうクラスで三年間守りしてきたから。

「しかし殺すかどうかだって、クラス投票だけなら誘導次第だろう」と珍しく銀鈴が政治発言。おとなは一体どうして欲しいんだろうと珍しくきぬが。「そんなの、子供の勝手にすればいいと思ってるよ？」

で？　ここでまたさらなる謎の会話が入る、「俺ひょうすべの息子達がどこにいるかだけは聞いてきたよ、館のビデオボックスのあたりっぽい」。ここで恐怖のあまり、あぇーん、あぇーん、と銀鈴は「ふざけてみせる」。むろんきぬの方はせせら笑う。「怖いか！」、「うん、怖い怖いよ、きぬちゃん」ここで、なんとなく銀鈴は自分の持っているカイロを黙って、きぬの、お腹に貼ってやる。カイロ、バンドエイド、水、小さい菓子等、結局きぬのために必携している……。「ずっとやっていようか膝枕、でも腹が減ったから、あたくしは帰るわ」、要するにきぬは、カイロが発熱して来るとやがてビスケットのわんこの上に両手をのせ、ひとしきり体をくねくねさせて陶然とした挙げ句に、双尾の巻き毛頭を両手で突き除けたのだ。その上ジャージの胸から一通の手紙を出す。「十年振り手書きした、変じゃないか、見て！」、いや、俺は手書きしないからどんなのがいいかは判らないよ、それに俺は手書きなどは批評出来ない。

でもね、きぬ、ね、最後の手紙を出すよ、これ、文としていいのかな？ これで。

自分がきぬから言語能力を、買われているという事が凄まじい虚しさになり、銀鈴の心をカラカラにする。「俺は弁が立つか？ 誤解だよ、自分で感じて言っている言葉はひとつもない。祖母のパソコンに文例が入っているよ。決まり文句しか言っていないだろう、でも、きぬくんよ、なんで、あの人にね、なんで、教授っていうの、あれ、移民で元奴隷で、学芸員でもないよ？」、さすがにこれは露骨過ぎる。自分は嫌な奴だ。でもきぬはこだわらない、というより聞いていない。

「どうでもいい、みんな婆、あたし市川見ても浦さん見ても、何も別に。ソンボもいらん、若い奴の方が話合うに決まっている。だけど婆と母にはあまやかして欲しい、ウラとスモーク鯖と、生卵くれればよい、今はひたすら美人な女のお人形が好き。だけど人形といえども俺は女へポルノ的な扱いは絶対にしないよ、女の人形は友人、男の人形は性的玩具、だから俺は分離派になるしかない。でも、交流館ははまらないと思う」

きぬが結局はシングルマザーの道を選ぶというので、銀鈴は「俺も」と言うしかないのかもしれなかった。

こうして次の一斉行動の日取りをきぬは告げていった。つまりクラス全員に、口で、詳細を、機密事項として配っていくことが銀鈴の仕事になったのである。

## 9

## 男性保護牧場生体資料統括部執務室

いつの間にか、……。

市川房代は五十九歳になっていた。移民して官邸の掃除スタッフ補助三年、夜学で勉強、それから、応募、というよりふいに浦知良に呼ばれた。学芸員になれる、と。しかしなぜか、呼ばれたのは自分だけで、確かにあの事件の事は自分でも知っていたけれど。

でも、その「激務」自体をそんなに世間は、本当に知っていたのだろうか。決まってからすぐ「やらせ公募」と言われ、批判された。最初の頃と同じようにして嫉妬された。それから二十八年、……。

修士号どころか大学院にさえ行っていない人間が今、教授と呼ばれている。そもそも学芸員でもない自分が、実質館長だ。その上今の市川はこの年になってもまだウラミズモ美男とまで呼ばれている。長い歳月である。で？　別人になったのか？　いや、そんなはずはない。だって、自分をここに押し込んだ、浦が変わってない。もう総理ではないけれど、今は娯楽館のエンターテインメント統括として、本人が不可能だった芸について、考察している。後継者を募っている。だからこそ、……。

浦が変わらぬのなら、自分も変わらない、と市川は思っている。

そもそも建国から全て移民の国であるウラミズモにおいて、浦よりもまだ国是にかなった人間とさえ、市川は浦本人からそう、言われている。掃除スタッフ三年、単調過ぎる勤めの間の、自分の言動を浦は見ていたはずだ。おそらくは部下にも観察させていた。別に、そんなすごい人材とかいらない国なのだ。

だってウラミズモはけして大国ではない。浦だって初期はひとつの県の知事のような存在であり、それも、タレント知事である。ところがにっぽんがＴＰＰで喰い物にされ売り飛ばされ、契約の怖さを何も解しないまま、次々と他の自由貿易条約に手を出し、滅んでいく中で、ウラミズモは戦略的経済特区をそのまま占領下に置く、しかも選挙によって行うという「インチキ」を可能にしてしまった。こうして、本土の三分の二は既にウラミズモの領土となった。だったらやはりもっと、すごい人材を求めた方が？　いいや、それでもウラミズモはあるものを使う。絶対に無理をしない国なのである。結局は知事的な総理と、移民とか元奴隷とかで、国をやっていく。で？　でも、いいのかよにっぽんは、そんな人材に領土を、取られてしまって、ていうか……。

本当ににっぽんは占領が平気です。喜んでオキュパイド、つまりそれはにっぽんの政府が今までしてきたことの集大成であり、最後っ屁とも言える。だってすっごい前だけど敗けると分っていて戦争したじゃんか？　昔っからそうなのだ。

いつだって民を売り飛ばしたい、領土ごと邪魔なものはくれてやりたい、でも、金は残したい。しかしその金も大国に奪われる時は、無抵抗でいる。にっほんにはこれ以外の国是はない。最終的には民とかゼロにしたい。たとえばにっほん妊婦は「弱く」医療費がかかる。そこで、政府はにっほんの女を全部消して、海外の「若くて素直な明るい」女性を導入したがる。むろん男性も「最後まで働いて貰う」が、働けなくなったら「自己責任」、「迷惑掛けない」で捨ててしまう。こうして人間が死滅して残った土地は「廃炉会社に預けて税収を増やす」、すでにもう荒廃した農地だけでは足りないほど、世界中から廃棄物捨て場としての引き合いが来ていた。「数字が躍進して輝く、すごいにっほん」になってしまっていた。思えば、……。

ウラミズモは何もアメリカのように、世界企業の顧問弁護士をいちいち雇ったりして、条約を書かせる必要などなかったのだ。むろん最初、ＴＰＰの条文を作った者たちは完璧にそこまでのレベルを保っていて、他の参加国はその中のもっとも恐ろしいＩＳＤＳについての、制限と研究をぎりぎりまでやった。他ラチェット条項などの蟻地獄的条項も警戒した。ところがにっほんの政府は何もしなかった。要するに、その後はしたい放題にされた。

「娘は要らない、邪魔だから売る、いくらでも良い」売られた娘がひどい目に遭えば遭うほど「売り主」は喜んだ。大丈夫、大丈夫ウラミズモごときでも、ただちょっと牙を剝きさえすればにっほんは喰えるのだ。そこは喜んで国民を差し出す国。

むろん、市川にしてみればさすがに生まれた国の事とて、心は痛む。しかし彼女はこの国で今年の夏にはもう還暦を迎えるのだ。

市川の使っている執務室は広く、中央に大きい会議テーブル、奥に本人の机がある。採光も悪くない。両側が造り付けの書棚になっている。本は二〇〇〇冊しか置けません申し訳ありません、と言われている。洗面所がある、トイレと風呂はない。ある時、執務室のプレートを誰かが「研究室」と貼り替えたので、市川は抗議してまた元のにした。馬鹿な事をしてくれたと。憎まれるだけであると。

「牧場教授として記念講演を」などとまるでにっほんのおべっか使いのような事を言ってくるものがいるといつも市川は激怒して断る。断らなかったらそれがまたトラップであるという可能性があるし。それに教授というか教職なら定年は六十五だ。でも市川は実は、正規でさえなく、五年契約で変則的に居つづけているだけだ。そうなると六十歳で定年である。しかし、後任がいないのだから相手は嘱託とかなんとか、制度を変えてでも引き止めようとしている。ところでその、牧場教授とは？

ここの学芸員は昔の博物館と違い、生体を扱い、移民の審査に並び、殆ど実務ばかりやっているものがいる。学芸員として年功があるだけではそれを教授とはなかなか呼べない。というのも、「専門知識」が文献になり難いし、論文というよりは調査しかしてないから。というより論文など書いている時間がない。それで、……。

実務で部長になった職員を、部長の段階で「牧場教授」と呼んで学芸員の待遇を与えるのである。無論、これだって正規だけの適用である。

特別任用、但し総理直属、というような、なんとなく孤立した立場に今の市川はいる。しかしそのしんどさより何よりもう、市川はひたすら、心身がしんどい。既に疲れ果てて惚《ほう》けている心のまま、「がんばろう」という理由さえも、今は全部忘れて、ただ、頑張っている。そして夏になり誕生日が来ると、……。

また誰かにっほんでたくさん死んだ、と思う。誕生日がそうで、成人式がそうで、ウラミズモに移民した年もたしか、……。

土用生まれの市川はすぐに死を思うのだ。

夏暑いにっほん、原発の数に響くとまで言われて電気を喰う、あのリニアモーターカーは今も走っている。しかし原発の数が実際は増えてなくて、なおかつ、そのための「廃炉に向かう」節電だと言われて毎年、人が死んでいた。その上、もうすぐ除染七十年にもなろうというのに、ひょうすべはわざと核物質を掬《すく》ってはあちこちにまき散らし、永遠の利権にしてしまっていた。

昨年の八月、自分の誕生日、にっほんでは、また、奴隷が死んでいた。生まれた年は暑さで死んだのだが、その時は校庭で倒れて死んだのだ。それは政府与党である「知と感性の野党労働者党」、略して知感野労の初代党首アメノタコグルメ記念小学校の創立記念日。アニソン替え歌（百パー春歌、しかも少女ネタ）を流しながらの、記念式典において。

やっとの事で産休をとって、腫み続ける脚を休め、歯茎に出血、悪露《おろ》に眠気、普段の酷使のつけまで出てきた妊産婦達が駆り出されていた。まあ要するにけなげな兼業主婦、ていうか男尊国の奴隷。「さー、お前らは何も生産していない、仕事も休んでいる、じゃあほら、退屈だろう、飴でも舐めるかな、エプロン付けて昼寝か」と党首は煽る煽る。

今、向こうでリバイバルになっているのが、「立ってやれ、外でやれ、素手でやれ」、という「第三世界共闘」運動、で？　まず炎天下で妊婦にお結びを作らせる。「釜で炊け、薪を割れ、ほーら本当においしい、労働者の味だろう」。党首はジャンクフードしか食べない奴ではある。お結びをぱっと捨てる、「心が籠もってない、立って握れ」、その米は全部外国産、しかも農薬の制限は全部解いてあるから、三個喰うともう痺れがくる。で？

そんな国から来て、自分は今生きている、机も水もある。昔と比べれば、やはり天国だ。しかし実は相当なディストピ天国で、……。

最初、浦知良に頼まれた時は、どんな仕事か判っているつもりで覚悟しつつ、それでもここへ来て良かった、何より立身であるし浦のすぐ側で生きていたいからと、そう思ったのだった。しかしそれからさすがに二十八年である。

奴隷根性と滅私奉公に、市川は自分なりの線引きはしているのである。ただ、働き中毒かもと悩んではいる……。

時々は辞めたいと思う事もある。しかし後任がいないから仕方ないし。それにここに自分は、居場所がある。ああ、そうだ、……。

今日はガイダンスでそう言おうと市川は思い付く。

「いいですか、皆さん、働き中毒と奴隷とは違います、奴隷は居場所がない、だけど私は、ここが故郷です。仕事はきついけど、それでも自分で選んで、自分が産んだこの国を育てます、どうかあなた方も」、よしよし、メモメモ、端末に全部入る。変換即効完璧。とはいえその他は不安な新移民を全部生活面で安心させる説明だけなのでそこは簡単。

じゃあ移民用ガイダンスの摑みは本日これでいく、あああともうひとつ。

「奴隷とは何か、売っていない性的価値を測られるものです。その他には藁人形にされて命令をされます、そうかお前は○○か、じゃあ○○だなと一方的に宣告される側の一生です」、これもメモメモ、メモメモ。

後は観光客向けの講義の準備、やはりなんというか毎度毎度の繰り返しだ、金を落としながら嫌がらせに来るこの連中は、火星人遊廓の女衒女性とヤリテ職員がメイン、メンバーもここ三十年近くまったく変わっていない。中にはずっと来ていると思っていたらそれが実はそっくりの娘だったりするというケースもあるけど、どっちにしろいつも言うことは同じ。だってその娘といったってまたどんどん老けてきて、結局百歳上等で男に通うのだ。しかし中には最終的に虐待百合になってウラミズモ通いを引退というのもいる。ただ百合となると必ず連中は、少女虐待を好む。あれはどうしてか、……。

ウラミズモの六十代は全員現役で、こき使われる。しかし市川は激務、既に、年を感じている。寝ないで平気だったのは四十半ばまでだ。今は二時間講義をすると仮眠室に行きたい。そして人が来なければ、一時間寝たいけど、結局呼びに来るから十五分だけ寝る。その間さえも探されている。最近はいつも、今日を乗り越えられるだろうか、今日は？　明日は？　ただそれだけだ。

とはいえ、例えば本日も、今心は真っ暗だが、体も立てないほどだが、しかしちょっと冷静になって振り返れば、おそらく自分はここ三十年、一年に三回位はこんな目には遭っている、とふと思えてきて、……。で？　ああ、そうだメモ、メモだった。

「移民の皆様、けしてけして、今この目の前に絶望してはいけません、にっほんのあの、ＴＰＰも選挙も、マスコミはいつも、もう無駄、もうダメと脅してきましたね、その結果が隣国のあの惨状です、個人でこそけして諦めないでください。例えば私はここでいくつもの用をしているのですが、生体は暴れるし、グロ画像は来る、自分は脱水貧血、こんなひどい事がと思っていても後から思い出すと、まあ三カ月に一回はこんな日がくるな、とふと振り返って、それでじゃあまあなんとかいけるだろうと、前に進みます、だってにっほんでは毎年人が死んでいる、ね、でも貴方たちは生きられますから、ね、ここに来たんだから」、メモメモ、メモメモ。

しかしそれは若かったから出来たことだろう市川？

買い物サービスが冷蔵庫に入れておいてくれたコーヒーを市川はまず、ぐーっと飲んで、残りを全部、執務室に持ってきて引き出しに隠す。監視カメラはさすがに市川にはもうない。しかし「嫌だ、もうこれがあるなら辞めてやる」と思った瞬間に撤去されただけなのだ（浦はひどい）。

で？　ここは？　コーヒーも禁制なのか？　というかウラミズモでは少しでも健康に悪いものは公的な場所にはおいていないのだ。それが医療費の節約政策である。しかしその一方、難病等弱者の、切り捨てはしない。ただ、「さり気ない」健康維持の「お願い」がなかなか手ごわい国だ。それは国民が医療費を使いすぎないように、病気の予防のための制度を整えたり、啓蒙のために予算を取っているという類のもので、するとコーヒーごときでも沢山並べておくとかなり気がさす。しかもここで下手に抗って、「肝臓が悪いので、むしろ健康法で」などと言い訳をすると、さり気なく睡眠時間のアンケート等が机に載っている。なお、このアンケートの答え全部に嘘を書いて許される人間はおそらく、この館の中で市川だけだ。ひどい目に遭っているというその代償として。

昨夜も生体がひとり暴れた。市川は男性装置を具備していない、というか中途移民なので装備出来ない。故に、夜勤の職員は必ずひとり以上、そういう麗人を入れて貰う。その他に早朝、珍しく年寄りの生体が二人射精した。それを自己責任で容器に詰めさせて、病院に渡すまでの保管室に持っていく。これは今では子飼いの職員がやってくれるけれど、しかし射精出来ないから提訴すると言ってくるケースが、はっきりおぞましい。

市川は人間の性交を見た事がない。射精はここに来てビデオで、ここの雄猿の尻が動くさまを勉強した。「前からは見ないです、複雑ですし判定には使いません、見るとストレスの種ですし非常に困難になってきますから。何よりもあの連中の愚鈍さというものが」、と前任者は虚ろな目で、市川に教えて去った……。

射精は尻の痙攣《けいれん》で確認する。本人に採取させ銀行に納める。それは二十八年前、市川着任の日、最初にまず習った根本の根本だ。一見穏和そうなその前任者は淡々と浦に伴われてきて、今後の責任者にはもう絶対に無理はさせないよう、引き継ぎを今すぐ、する、と言った。市川はその日のうち、その無理をさせない今後のシステムを全て引き継いだ。今後はけっして無理をさせない？　その方法？　簡単な事である。数字なのだ。数字をうごかした。

ここはにっほん政府の委託で出来た特別な性的弱者のための男性保護牧場だが、ネオリベ政府の事とて、囚人にかかる費用を最小限にしたい、そのために彼らには「出来る事」をさせていた。要するに精液を銀行に売らせるのだ。で？

誰が買うんだよ、無理無理、とはウラミズモは言わない。その代わり保管料と射精補助機械のレンタル、上限までの債務の貸し付けを行う。

で？　精液三〇〇〇リットルを富裕層の妊娠可能な女性が買い上げれば、それで殺人五人分の保釈金が払えるという設定になっている。しかし保管料は高くそれにも利子が付く。あとまあはっきり言って、ウラミズモは嫌で嫌でたまらんのでここに思いっきり変な手数料をたっぷり乗せている。でもならば連中も射精などで稼がず、袋貼とか、まともな仕事をしたら？

「いや、いや、連中はしないですよ、ともかく子供虐待の想像、言説、時には自分のした犯罪の写真を隠していて、それで射精する。油断したら、脱走して本当に虐待しに行く、他の事はしないです、働き蜂もいますが、でも一番向いているのは女性や子供に暴力を振るう事なのです、後は女性に言いがかりをつけてねちねちと暴言を吐く事だの」。なおかつ、……。

女性が体を売ることを彼らは例によって特権視している。それで「男女平等なら俺のを買え」と言ってくるのである。そしてこの意見と同時多発なのが「彼氏とセックスするのなら俺ともしろ」という、完全なる匿名「平等」主義、というか、あるある糞味噌。

結果、ウラミズモは預かり料を徴収している。当然の権利であるばかりかむしろ、慰謝料がまだきてない、と言いたいほどの不快さである。

とはいえ、そのお金はにっぽん政府の委託だから血税で払われる。ウラミズモは罪滅ぼしによる移民救済を必死でやる。しかしこんなにっぽんひょうすべなんか全員死んでしまえというのこそが、本音の国民の総意である。そもそも、……。

いばっている女共に不能にされ、精が出ないので、自分らは人間としての権利が失われた。これでは児童虐待労働をさせられている児童よりも自分らの方がずっと可哀相だ。セックスを奪われて生ける屍だ。たった今女を二、三人殺させろそうしたら射精出来る、などという長メールを朝の四時から百本打つ存在ばかりである。しかもその百本が五通りの趣旨しかなく、主語が全部おかしいという人間性である。は？　人間であろうか、うん、人間だからこそね……。

そこで、「計算」という事が行われる。例えば連中の債務額の上限を半額にし、利子を引き上げる。保管精液の年限を「科学的見地」から短くする。これで、保護期間がすごく減った。そう、数字マジックである。

ウラミズモがにっぽんから学んだのはただこの数字サギだけだ。

後は前任独自に開発した、射精促進機とかそんなものを引き継いだ、それはおトイレ用のすっぽんに似ている。市川は何も知らないので、前任者の言いつけ通りに、文句言うやつがいるとこれを尻へ当てる。すると、肛門が破壊されるが射精はするようだ。「ね、これなら絶対に接触しなくていいから、それで出なかったら殺してしまえ、もとい、殺すのは資材の無駄だし買うところがあるから人体でも労働でもいくらででも売ってしまえばいい」、なんでも市川は前任から言われたように素直にやっている。しかしよく判らないがなんか、実に、すぐに出るようだ。ただ、喜んでいるか悶絶しているのかは判定不能である。持ち手の棒が長いので、何の感触もない。それでもひたすらうざい。結局、何も市川には判っていないのだ。判っていないやつの、一番向いている世界である。つまりそれは、非情の世界なのか？

後は麻薬でも危険な薬でも何でも使う。そして一定期間射精せず、精液も売れなかったら、卒業して貰う。死刑とかにはしない。きれいだと交流館に行けるかも、と収監の時に騙してあるのだが、「なぐったら惚れる」とか「汚い言葉は興奮する」とか思い込んでいるし、最初から無理。結論？

この館で「教授は？」と尋ねる時、それは「市川房代は？」という意味に決まっている。本人は館内通信のタブレットを洋服に突っ込んではいるが、なかなか捕まらない。

その朝は生体資料の定期検診に医師が来たのでついでに自分も点滴をして貰う。しかしこれは自費である。だって疲れて点滴などと言ったら普通は休ませられる。しかし市川には代わりの人がいない。

その他に暴れた生体の今後の射精可能性についてもこの医師に診断してもらう。無論射精出来るかどうか診断するだけでガンもアトピーも治療しない。これは前任から、「もう切ってしまえ、がんがん行け」と言われているからだ。

とはいえ良心的な動物病院でさえ、夜はケージだけで医師が別のところで仮眠という場合もある。なのに市川はこの世でこれ以上醜いものはないというほどのにっほんひょうすべ、口の悪い人などはぽんに〇んこなどと口を極めて罵る汚物のお守り役、一週間に二回は連中のすぐ側の仮眠室で寝ている。ストレスで月一に膀胱炎が出る。

しかし本日は点滴でその膀胱炎もおさまり、午後からはおしっこが出るようになるはずだ。なのに「減らせ」と言われている抗生物質を市川はまた飲む。

そしてあんまり辛いので綺麗な色を見る。

市川の机の上には紫から赤の濃淡で、華麗なイソギンチャクを描いた封筒が載っている。またその便箋の海の水色には、きらきらした草間彌生風のドットが流れている。ところがここまでのデザインでも色彩の割りには落ち着きがよく、心を和ませる。しかし可愛いのはその便箋だけ、内容は、一貫してきついものばかり……。

この手紙を十年も前に書いた少女が国民的美少女である事は、市川の心にはけして響かない。というか市川は何も判ってない。ただ、その柄は十年も前、小学生の頃、彼女がくれた手紙と同じデザインだ。そこは好ましい。本人が何も変わってない世界の中にいて、十年前の包みから出してきたのだろうか、封筒の折り目が潰れ、縁が茶色に変色してしまっている。そういう平穏な時間を、市川は欲しい。

あの頃、水戸の梅園に近い旧学校跡に白梅高等学院はあった、旧館は小さく、生体の一部はまだ交流館の奥に押し込めてあった。

市川先生

初めまして。お母様がわたくしにお手紙部に入ったら楽しいねえとおっしゃいました。それで入りました。楽しいです。それにわたくしはお手紙の手書きは上手なのですからとくいになっちゃいます。なので今日はどうかわたくしのお手紙をよんでくださいね。

わたくしは今、お気に入りのワニ模様のかっこうです。女性の体を大切にしたきつくないおようふくです。わたくしはお母様の大切なモデルで、女性を大切にしなさいというせんでんをお手伝いしています。お仕事は少しずつお休みの日にします。お仕事をするとお母様といられます。ふつうの国民などとちがい、わたくしはとても恵まれています。

でもわたくしはいつも、モデルがしてはいけないことばかりやっています。この前もずっといっしょにさつえいをする、モデル仲間のふたおぎんれい君をなぐりました。それはなんとなくこのくそがきのどつらがきにくわなかったからです。はながもっこりしていてむかつきます、それは、わたくしが、しりょうかんのじおらまをつくる、おてつだいをしているときにおこりました。

わたくしがおてつだいをしたのはしらうめ中学のせんぱいがたがつくってくれたお人形に色を着けるさぎょうでした。お母様はぜったいに一番かわっていてきれいな色にしなくてはだめよ、とおっしゃいました。わたくしは絶対に一番かわったきれいな色を塗りました。

作ったお人形は黒ブルマに白の半袖のシャツを着ています。はちまきもしています。それはそれはかわいそうなようすでした。作りながらよくもまあこれだけ、にっほんのじょせいはむかしからいままでなんてひどいめにあっていたことかとおもいました。小さい女の子のための教育なのだって、ちがうでしょこれごうもんじゃないの、とおかあさまはいいました。この女の子たちはすででつめのあいだにうんこをつめながらかんけいないおっさんのおトイレをそうじしてます。あまりにもかわいそうなのでいろをぬっていて涙がたれました。そしてわたくしは女の子のかおをむらさきにぬりました。わたくしのお母様の大切な、いちばんきれいな色です。ウラミズモパープルです。

ところが、それからぎんれいの顔を見ると色がちがうのです。わたくしはぎんれいをなぐりました。するとぎんれいはちょっとだけむらさきになりました。あたくしはなぜかいっそうはらがたって、お前なんか男じゃないかと、どなってしまいました。するとぎんれいはわんわん泣きました。そして泣きながらじぶんでもじおらまの女の子のかおを紫にぬったのです。こうして、ふたりでいっぱいお人形をつくりました。とてもきれいです。この女の子たちはボランティアどれい。

おといれひとつに女の子が何人もはりついていてとてもかわいそう。

最初に読んだとき、何だろう、ウラミズモブルーというのは聞いていたけれど、パープルともいうのか、と思っていると、……すぐに、市川のための「官服」が届いた。それは一点もので冬場でも手入れの難儀な絹の長い上着。

日本の着物よりは李朝の両班服にシルエットが似ている？　但し武官のものに、でも自分は文官だろう？　何が文なんだと。ところが、すぐに気がついた。ああ、そうか実務だし、男性装備がなくて苦労するような実務なんだ。だったら武官だよははは、ははは、……。

色は濃紫、襟もサッシュもその濃淡、ガウンのようだと思う。その下は何を着ても自由、靴はフェイクでも鹿革に見えるブーツ。そしてシルクハットなのかこれは？　紫の鍔の広い帽子。で？「美男」なのか自分は、この帽子に孔雀の羽、これと、浦のネグミジャンのかぶる帽子には、きぬの母親が飼育している、本物の孔雀の落ちた羽を使う。ただ、なんだかサーカスの団長風でもある。ウラミズモの何やかやは、どんなに真面目に華麗に作ってあっても、どことなく三の線をまとってしまうのだ。

そしてこの自分のランクの判らない、正規でない、なのに一番責任の重い仕事こそが、悪夢の世界に生えた黒い冗談の苔に見える。さて、このシルクは浦の配慮なのか？　いやこれは違う。この時期から、館の学芸員全体の服は、コスプレ臭くなった。執事、パイロット風、宝塚風、かつ、どれもすべて三の線入り、デザイナーは判っていてやっていやがるのか？　市川はこの厄介な服をクリーニング屋にまかせた。二年に一度新調してくれる。古いものも置いてある。

……執務室の鏡に映っているのは、営業のために、女性にだけ、ただただ女性にだけ好かれる、それだけを考えた「男性美」の姿である。男から暴力性を取り去って性的気配を消し、なおかつ、差別社会で男の美徳とされるものをすべて兼ね備えた。ウラミズモ美男、その一様式を市川は具現しているのだ。

それは、浮世絵の海女のような小麦色の瓜実顔、大きすぎる山型の眉はきれいに整え、ファンデーションとコンシーラーで四十代のきめを今も保っている。実は少し鼻の下が猿っぽいのだが、もともと生えていた産毛に付け髭して、まさに武官の顔をつくってある。女にしては突き出てしっかりしすぎた顎が、それで造形としてうまく納まる。たかがにっほんの観光客ごときを安心させるため、市川は目と鼻に二回メスを入れた。ウラミズモはそこまでやる。どのような事も服も建物も政府でさえも、女の事しか考えず女しか見ない、それがモラルである。

移民なのに市川は背が高すぎた。それがまた前の主人を恐れさせていた。しかし自分の殺気に気づいて今はそれもコントロールし、まるで腕のいい外科医師や美容師のように、攻撃性を消している。さらにわざと少しだけ猫背気味にしている。で？　観光客に応接する時と企画展の初日などに着る、ウラミズモパープルが今廊下を横切る、開館の挨拶、という事はコンパニオン兼任だ。廊下は腰低く、しかも威圧感を少し残して横切る。どのような嫌な女性にでも絶対にカンに障ってはならないと戒めている。

ところが、ここでいきなり、市川は床にしゃがむのである。それはオストラシズムのための連絡が端末に入ったから。メールは当然「塀の中」からもがんがん来る。

要するに、本当に、本当にオストラシズムなのだ。選挙民はナンバースクールの学女六〇〇〇名、候補者は、定数無制限、男性保護牧場性的弱者男性。彼らの、罪状の殆どは女性への暴力と強姦である。しかしそれはたまたま捕まっただけで、無尽蔵の闇は隣国で生き、そのまま、平然と呼吸している。

さて、しかしこの「候補者」の演説はどこで聞くのだろう。無論おとなが徹底保護して直接は触らせない。しかしこの連中がどういう世界観女性観を持って、女性ことに高等学院学女達のような年齢のものにどんな欲望を持つか、要求してくるかは、白梅にこそ学習をさせるべきものなのである。とはいえ直には見せない。が、これはこれで、間接ではあっても隣国の本質を思いしらせるおぞましい授業である。

会場の手前、市川の端末にブザー音がしてメールが入る、五分あればチェックする。少しでも後を楽にしたいので（ほーら、候補者だ）。

「おい、ＪＫ、肉便器て知っているか」、これはすぐ叩き返す。

「ああ知っているわ？　おじちゃまｗｗ家畜人にされた男性がなったものよ」。で？　もうひとつは議論の題材にするか、「女は子守しながらやられていろ、子供は頭鷲掴みで叩き殺してやる」、だと？

ならば、……子守の労働は日本残酷物語に出てくるからにっほん史の授業で議論して貰おう。

「おい、ばばあコンセプチュアルアートとして画像を送りたい表現の自由だが」、むろん、例の露出物である。もしこいつがオストラになったら一策の跡取りか。他のは？　ああ、これらは課題としてはきつすぎる。お嬢さんたちには隠しましょう。

「メスの働きバチかよお前ら、即攻顔つぶし四肢切断けってーｗｗｗｗ」

「ふん不幸な外国の少女はもっと安く体を売っているのにお前らはいい身分乙」

「刃物で刺された女性の写真、男女同権なら戦えよと書かれ写真には排便」

「女は小便や糞が汚い」

で？　最後のを投稿した生体はその後。

「やむなく」一週間自分の、男の、「汚くない」小便や大便の中で生活させた。漬け込んでやった。しかし相手もさるもの、その間にずっとその映像をこちらへ送りつけ、嫌がらせをしたという満足感だけで便の臭いにまみれて見事射精した。無論、銀行に保管すべき精子を汚したので、業務不行き届きとしてたちまちオストラ追放。何もかもにっほんの警察が悪いのだ。ふん、それに引き換えうちらの総理は、警察官の、誉れである。

さて、ぼやぼやしていると次は部下からの報告が追い掛けてくる。「精液半年出ていない強姦犯です昨日はずっと暴れていました。今は、ここを出て真っ先にしたい事を叫んでますそれは女子高生の袋詰めを作り一日で一〇〇〇人を殺すことだ待っていろと、今、職員が噛《か》まれました。ヒョンニムが報復で首をしめています」

「この前抱き枕を破壊した例の生体です。オストラが五〇〇溜まりました。そろそろもう卒業だと思いますが、どうかその赴任先は化学兵器の製造工場にしてください。出来るだけすっごく、くっさいところに」

「市川先生、ご参考までに、総意が出ました。といっても今年の中等一年生の見解です、男女平等なら殴らせろに対して今年の答えはこれです——ああ、男女同権な、平等な、でもそれ男女かよ、女男《じょーだん》だろ？　じゃあ同じ体になるようにチンコ切らせて貰うわ——だそうでいや、今年は幼いですね、昔は凄かったのに」、しかし、これは基本問題なのでと、市川は学生をかばって、つい打ち返している。「それにどうせ高校でもう一回やるから、きっと成長するさ」。つまりこの、殴らせろへの対応策は、小中高で三回、同じ問いを課す。他、「男女平等なら殴らせろ」問題については、全クラスに対して「強制肉体平等」と名付けられた課題も負わせている。たとえば妊婦を殴る男性の直腸を生理、妊娠状態にするという提案（これらを時に実行する）。……。そう言えば猫沼は高校に入ってから一回生この「殴らせろ」対応に才能を発揮、学校の優秀賞を貰っている。彼女の進言はそれ以後オストラにも使用された。

要するにこうして全員に意見をのべさせ、その一方で生体への投票数が溜まれば、その意見を反映して該当男性を卒業処分とする。

ただ特に悪質な三人に限り、むしろ留め置いて、中からひとりを選び、本国に移送する。そこからは代々の総理が引退後総監督を務める、娯楽館の管轄になる。館で飼育し、八方からモニター観察し、反応を調べ、このあたりからおとなは次第に学女達に主導させる。毎年、こうして最後のピラミッドの頂点にあたるオストラが来る。

それは全学女の授業の頂点、集大成である。つまり処刑といっても最後を見届けずに売り飛ばすとかそういうものではなく、直接の死刑。殺すか殺さないかも、未成年による、議会制民主主義、投票と議論で、その方法も決める。

とはいえ、案外な事に、本当に死刑はここのところ絶えてやっていない。ただ、売り飛ばす方の、行き先は砂漠の激戦地であったり、世界企業の軍事研究室であったりする場合がある。が、それについてはあまり誰も気に留めない。とはいえどんな悪人だって人間を（たとえ男性でも）直接には殺したくはないものだ。しかしそれでも、限界がある。ここに来る男性は凶悪すぎるのだ。というか結局はにっほんの警察がマスコミが役人が悪いのである。

で？　市川は幼い王女達を守り、同時にこの館を仕切ってゆく。


入ってみると講堂はほぼ満席。暑いといけないので市川は温度調整を頼む、自分のためではない。外国観光客の他にも、あちこちから来ている国民がいる。しかしリゾートの季節ならば、立ち見も出てるのだから今日は少ない方。さて挨拶。

「ようこそ、ようこそいらっしゃいませ、美しくリベラルな反権力のお嬢様方、そして完璧に解放されている性の戦士である、大変勇敢なお姫様方」、市川は恭《うやうや》しく頭をさげ、騎士のように挨拶し、そして思いつくかぎりここは怖くないよと相手を「安心」させる。しかし、やっている事は立派な二枚舌だ。そんな中、女の女衒と遊廓のヤリテ、イカフェミ達が男への欲望を滾《たぎ》らせつつ、市川に蔑みのまなざしを向け、弱いもの苛めの喜びにも燃えて、なぜか被害者意識までも全開にして、向って来る。そのあさましい口でイリガライが、だのドゥウォーキンがだの囁くのが聞こえる。しかしどんな立派な名前が出てこようがイカフェミの目的はただ、少女売春の肯定だけ。そして男性を守るための反権力として、彼女らは国家から予算をとり、要するにウラミズモの男性と共闘、または牧場内の人権擁護のための視察に来るのである。で？　彼女らの本音？ここにいる醜い射精男達はすっ飛ばして、本国交流館の若くきれいな男奴隷の方に早く駆けつけたい。

市川の、女性ではあるのだが執事系としか言いようのない温厚で受容的で献身に満ちた顔（仮面）、……その顔で市川はこの牧場を擁護して見せる。人の見てくれしか気にしない腐ったイカフェミや、交流館で男を選ぶにっほんリョナ遊廓の女衒やヤリテに対して、女人国を擁護し移民を勧誘し、すべての少女さんがコンドームを使うべきと説得する。けして殺意は見せない。少しでも、ひとりでもせめて、少女さんの待遇改善を。

「あら、なんだ、けっこういい男じゃないの？」、「ほらあれがウラミズモの優しいお父さんよ」

## 10
## 男性保護牧場歴史資料館、ビデオボックス仮眠室前

ビデオボックス脇、プロジェクター用の巨大スクリーンはいつも下ろされたままだが、掃除はされている。それだけは市川がやっているが、無闇に巻き上げたりはしないようになっている。要注意の醜い生体を預かって積年、……。

危険性のあるものを隠したまま、むしろ無機的で清潔なスペースになっている。雑然とさせるような余裕も時間もない。つまり市川が泊まりの時は必ず騒動が起こるからだ。

つい立ての向こうには例の埃のたまらない、移動の簡単な、人工皮革の素晴らしいソファがあった。というかどう見てもベッドだが、ベッドメイキングは出来なくなっている。それでも、冬

は生体のための空調があるし、季節ごとに布をかければうまく使える。このソファも自分で拭いている。秘書はいない。ここのすべて、他人にまかせると事故が起こるから、と上には言ってある。

市川は全部の仕事を雑用まで握り込んで「ここは忙しい」と言い切るタイプである。故に、時々会議にまで苦情が上がってくる。しかしそれなりに人には任せている。子飼いの部下は痴漢展示室を担当してひさしいし、警備も夜間の麗人の他に、生体資料管理のため、ビデオボックス詰めでひとり、昼夜かならず、誰かはいる。時間が空けば彼女らが周辺のパトロールもしてくれている。意外かもしれないが、警察官は銃を携帯するので男装はしない。警備にはむろん筋肉が必要だが、この装置が未だに、射撃には邪魔なのだ。というか邪魔でないサイズのはさらに金がかかり、軍備の範疇になってしまうので。でもまあここならばボタン一つで、警官はたちまち来る。

ウラミズモはけして銃社会ではない。銃は会議や書類とともにひょうすべを撃つためにだけ、一回一回、出てくるものである。

警備と監視の国、それは過労と残業、性被害、介護トラブル等を防止するための管理でもある。故に、「仮眠スペース」という存在は許されている。生理痛含めた体調不良や自己免疫疾患の国民が休む空間。しかしそれは短時間の昼寝専用であって、本格的に体が悪くなれば保健室に行くか家に帰るしかない。夜勤も仮眠も泊まり込みも、いちいちうるさい。

但し、市川が泊まる日はいつも何か起こるので、どうせ寝られない。そこで「仕事外」のメールを読む。

それは移民の要件をみたさぬ申請不可の人々の切実な意見、或いはたまたま相手が送ってくれた現代史の保存すべき投稿である。そういうものにも市川は生来の奴隷根性でつい、対処してしまう。つまり自分は奴隷だ、市川は奴隷だ、といちいち口には出さないほどに、重症な、奴隷的過労に陥いるためのメールチェックを行う。

で？　本日該当二通。どれも、長い。しかも内一通が「男性案件」で、「Aは私には判断できないな」でもそうじゃない方、Bの方は絶対助けないといけないやつだ。とはいえ、これも市川の手には負えない。まあ両方とも各窓口へのお願いあるのみだ。しかしそもそも、うーん、Aはというと、これ、これ、どうする？　案外に例外措置可能なのかも？　しかしこの連続投稿、って勝手すぎないか。……。

**資料A**——はじめまして私、みたこ教団という、改革派の宗教団体に属しています。私は独身母で二十七歳、二児がおります。うちひとりは男の子です。申し訳ございません。実はここ（館の歴史記録応募用メールフォーム）のコメント欄が、本来、火星人遊廓の歴史資料提供等のためのものである事、まったく重々、承知しております。申し訳ございません。しかしお願いがあります。どうかうちの小さい男の子を移民させてください。私共は親子全員だと申請が通りません。しかし、なんといってもここは地獄です。だってにっほんには宗教の自由がないのですから。あるのはただペドフィリ教、それと拝金収奪教、それらが無宗教と呼ばれ、世界企業が実は、その隠れ教祖です。

そもそも、うちの男の子はまったく、みたこの子供です。ですので、一生涯何も女の子に対し悪いことはしません。どうか貴国に母子共々移民させて、せめて十五まで側にいさせてください。息子にはどうぞ女性尊重を学ばせ、その後は国外に放流してください。それで一生女性へのご恩を思い、必ず大変、お役に立つことと存じますので。一生外貨獲得で外国から送金もさせますので。けして女性を不快にさせぬよう、絶対奉仕するように教育いたします。ともかくお兄ちゃんの方がスカートも似合いますし、抱っこ動物のお世話もお料理も、率先してさせています。今ではフライパン、エプロンを欲しがって泣き叫びます。

どうかどうかお願いいたします。そしてこの後も読んでいただきたいので、大変貴重な火星人遊廓の、歴史について申し上げます。といっても、実は私は中に入った体験もなく、ましてやそこで働いたこともなく、実感はありません。ただ聞いた事をここに投稿いたします。

まず、火星人遊廓の発祥についての、歴史的聞き書きです。

そこは全てが最初の頃の、TPP発効当時の、特区カジノ跡に立てられたということです。景気回復のためという名目ですが、世界企業の経営であれば当然、本社は必ずタックスヘイブンの登録です。それ故にその税収は、当時の前衛党が指摘していた通り、にっほんには一銭も入らぬようになっています。これは当然でTPPが最初からもくろんでした事です。

要は「地域振興」だのなんだのと言い、地方のすれていない男性たちを、「カジノ祭り」に呼び「カジノと強い農業」、「カジノで農産販売」などという企画を立てて騙していたのでした。そんな中で、男を次第にバクチ漬けにし、賭博と一緒に快楽的な、ロリカジガールズの奴隷的様子を見せ、女性虐待に対する感覚をとことん麻痺させました。次々と借金をかさねさせました。その一方、真面目な住宅ローンや教育に貸し出すお金には凄い利子やひどい制限を重ね、賭博と売春には低利子（一見）無期限です。なおうしろ暗い案件には、ネト暴と呼ばれる、機械に強いシノギがたちまち、参入していました。ここで血税からの「農業予算」を搾り尽くし、その後は「産業振興」と「児童教育」、「女性活躍予算」からの貸し付けです。

最初それは美少女のいる家庭に限られていました。まず顔の整った女の赤ん坊がいる家、健康診断をし、五年でも十年でも無利子で金を出す。これが「若年天才登用奨学金制度」です。しかしやがて整っていない女の子の「ため」に、「努力秀才型奨学金制度」が作られ、これは利子が高いが美容整形費名目で沢山借りられます。しかし当時から人々は前者をペドフィリ枠、後者をリョナ殺枠、と呼んでいました。このあたりが実は遊廓成立の金融史なのです。

いいえ、或いはそんな事はご存じかもしれません。が、しかし歴史の浅い国ウラミズモにいてはにっほん史が、主要資料として使われているため、時にはにっほんでの記録をそのまま使用してしまっている場合があるとも伺っております。しかしそもそも最近の歴史捏造はあまりにも極端で、にっほんでは何も、インチキしてない記録など見つからないのです。

でも私達みたこには口承の被害史があります。ですので今やこれらをメールででもお伝えするのが大切と思います。

まず、この遊廓史、今ではにっほんの政府により、みたこの口承とは真逆の存在とされています。それは今や古代から存在する、おおらかな施設として遇されているのです。要は伊藤野枝が肯定し、平塚らいてうが花魁として苦界勤務中の同窓生を訪問し、また伊加笛美が俳句に詠んだ遊廓としてつまり「文学」施設として大切にされているのです。しかし私たちみたこはそんな伊加のような、無知蒙昧な恥しらずの、歴史捏造イカではけしてないのです。そんな事はインチキだと十分に知っています。ところがこのような口承聞き書きや女性の身体から発したひとりひとりの苦労話を見ると、イカフェミは出典不明とか言って発言自体を絶版にしようとしてくるのです。というわけでこれらにっほんの遊郭は本当を言うと、二十一世紀バックラッシュの産物なのです。

このように、にっほんの歴史には偽史が目立ちます。そしてそちらで伝えられているみたこ宗教史にも実は少しだけど、嘘があるのです。なるほど、ウラミズモにもみたこ教の信者の方はいるけれども、今では私共と分断されています。さらにみたこ教の教典自体は共通であっても、そもそもの私たちのルーツはむしろ美化されてしまっています。しかし現実的なところも知ってほしいのです。

みたこの入信理由はむろん、さまざまです。ただ、私は保守的なみたこと言われているその一派です。家族も友達もみたこの保守派で、そこには共通の信仰契機がありました。私はそれを残しておきたい。これはウラミズモでは知られないと思います。

かつて私達はよく批判される大きい金集め宗教に入っていたものです。しかし当時の世の中は平和で景気も良く、平和を愛する事、家族といる事、団体の仲間で商売をしていくことは両立出来ました。ところがあの戦争法制から、私達は団体上部のやり方に怒り、今までの交遊や有利な商売を捨てて、流行っている店を、また今まで守ってくれた宗派を捨てたのです。そればかりではありません。ろくに反対をしなかったポーズだけの野党というものから抜けた人々もみたこになりました。みたこにはそういうルーツのものが実は多くいます。それは、ひとつの真実です。恥ずることではありません。平和を守るために昔を捨てました。覚えていてください。女も男もです。

そこで私達はトーテムを描いた美しい旗を振り、まるで突然現れたもののように鮮やかな幟や絹の傘をかざし、歌って踊りました。私のいた前の宗派には芸能部があり、華やかなことが好きで得意でした。しかしやがて私達の母の世代は次々と連行され、火星人遊廓に放り込まれました。遊廓のスローガンに「ただひとりの被害者も出してはならぬ」という言葉があるように、平和を求めて、被害を訴えたみたこは消されたのです。

だいにっほんにおいて被害者となっていいのは、人民の膏血を搾る権力者や、貧乏人の幼女を毎日のように強姦している性暴力魔の、女体盛りの好きな青年経営者、そして内閣府官僚や遊廓経営者、だけということです。

なお、この大門の上に掲げられた文言について知っている事も今述べておきます。

「ひとりの被害者も出してはならない、決して出してはならない」というにっほん特有の言い方についてです。今は平安時代からの伝統とされているようです。しかしじつは近々のものでしかない。たかが新世紀TPPからのものなのです。

その時にこの、被害者を出してはいけないというコンセプトがにっほん全体の方針となったというだけの事です。

無論そのために多くの閣議決定がなされました。念のために言いますとリョナというのは猟奇な○ナニーの略語ということです。人間を虐殺、拷問することを想像する事により自己刺激のみでの射精を速やかにするという性癖を意味しています。最初は空想だけのものと言われておりました。しかし遊廓が出来てからはお金を払って三次元の生きた少女を殺すようになり、問題化してきました。それで、結局は、この本当に実行するリョナつまりは殺人をリョナ行為に当たらないという閣議決定が、行われたのです。これは生活困窮者の餓死を法的な餓死行為に当たらないという決定とともに出されました。要するにこれで殺人は犯罪でなくなったし、人を餓死させても罰せられなくなりました。その他戦死は戦死行為とは違うという決定も行われました。これらはすべてアートとされました。これらはかれこれ半世紀も前の、「輝く労災平和闘争法案」という一連の立法です。もちろんすべては政府下部組織、略称、ひょうすべによって企画され支持されました。そういうわけで、今のにっほんの男性は遊廓通いと女性差別、幼女虐待、女子高生監視、女子中学生拉致以外にする事がありません。その他に女子小学生なども学校ごと爆破するか虐待収容所にしようと思っているのです。

他の事をしようにも脳がその方向にのみ固まっています。

しかしみたこはというとずっと、ただ被害者なのです。男も最悪、おとなしい空想すけべが極少いるだけです。料理もできます。介護も男がします。

ですのでどうかどうか息子を助けてください。息子は美少年なので遊廓のヤリテに狙われてしまっているのです。うっうっうっうっ（涙）。

A、これは市川の専門外だが、しかし国境担当に少し頼んでみる、でB、というのは、これはもうなんとかしないとダメだ、たいていの事にはもう慣れてしまった市川でもここまでだと涙目になるしかないので。

**資料B**——助けてください。姉妹二人で遊廓のお運びをしています。ここの食べ物はとてもおいしいので、つい隠れて食べてしまいます。見つかるとひどいです。というかわざと罰を受けさせようと、好きなおいしいものばかり運ばせます。妹は三歳位から三毛猫になれとか言われて、大切にやっと持っていた古い縫いぐるみの毛を全て毟られ、股に化学糊で貼りつけられました。それで、わあわあ泣くとヤリテから苦笑されるのです。ヤリテは子供にそういう事をさせておいて、本人は男の気を引きます。泣いている妹に足を載せたり、自分で目を閉じてばーっと足を上げます。ヤリテが床にねて胸をそらしそれから背中を見せると殆ど剝き出しで筍のような、跡がありました。それをひょうすべが見て苦笑しているのです。妹が泣いて吐いていると、いひ、いひ、と言いながらひょうすべはその吐いたものをじぶんの手で掬って、ほーらお前らみんな淫乱のくそがきだ。と言います。一生傷付けといつもひょうすべに言われています。なので一層ヤリテは悪のりして、うっとりしながら遊廓の床に排便します。片づけさせられ臭いと言って泣いているとまた冷笑されます。しかしその便をヤリテはうっとりして自分で顔に塗ります。どんなつんつんしてたってヤリテは臭いです。汚いです。あくまでです。

伊加笛美というえらいせんせいがこの前来ました。ここのごようをする団体の先生です。そしてここには何のひがいもない、もっと男の人をかわいそうとおもえ、男の持っているものは何もとるな、だんじょびょうどうのたたかいだばんざい、とか言っていきました。それで今わたしと妹は、「泣かない怒らない叫ばない運動」をさせられているのです。しかしどんなに沢山のカギカッコを付けてもどうしても泣いてしまう女の子はいます。するとその女の子はいない事になります。仕事を干されたり或いは本当に殺されます。「被害者のままで遊廓から出さない」、つまりは死体を物質にしてから出すという事です。死体は泣きません。怒りません。

ここの、おねえさんがたの朝は遅いです。皆さん夜中は汚いひょうすべにやられています。やつらはどんなに金があってきれいげにしていてもひどい年寄りやひょうすべです。もしその中に若い美しい男がいたとしたら、人を見下しこちらの話も聞いてません。たちまち若いとかきれいとかいう事自体が、火傷や汚物のようになって、こちらをずたずたにするだけです。ほら僕はきれいで若いから、お前の妹をまたざきにして殺そう、ほーらこれが恋愛だよ？　嬉しいか、れいを言え、金をただにしろ、けつを舐めろ、そういうふうです。だったら。

もしその男の顔がきれいならわたしは顔を引き裂いてやる、その男の髪がきれいなら火をつけてやる、筋肉がきれいなら肋《あばら》が出るまでにして餓死させてやる。無論、風呂にいれずまたはそいつの家の風呂を空焚きしてやる。私に言える事はそれだけです。

どうかどうかお願い、たすけて、たすけて、でもわたしにはやっと選挙権がくるけれど、外に出られない。でも死んでも外に出ます、わたしはもう十八なんですよ、なのでなんとか奴隷選挙をして下さい、わたしを勝てるように、してください。

どちらも、すぐ転送し、しかし市川は今から、実は生体の使う品物の交換を準備しなければならないのだ、その上いきなり、ぽろん、と二通メールまで入ってきた。そのひとつは猫沼からである。お、しかし猫沼のメールがこんなに短いとは、おおおありがたい。しかも、

市川先生、とうとう最後のオストラが近づいてきました。全生体の処分と、チャイ君の卒業について、ご相談があります。お伺いします。

とだけなのである。超楽！ で、ああ、はいはい、また明日でもね、メール相談からね、とやっと落ち着きモード、さて残る用は？

お、きぬの最後の手書きのお手紙が今ここ、忘れてた、これ、未読である。最後なので、手書きできているって事？ つまり。総集編らしい。おそらくは「さまざまの思い出」、その要約だけなのだろうが、しかしこれは結局長い、というか分厚いそして、年寄りにはきつい。まあ長メールよりましか。きぬのメール魔には本当に悩まされた。手書きのもきつかったが、メールだとその百倍は……。

市川房代先生

今までありがとうございました。最初十歳の時、この便箋と封筒で、お手紙を書きました。これは大切な私のお母様がデザインしてくださって、この世に私しか持てない百組限定のお手紙セットです。ウラミズモ国内でこの紫色の紙を使えるものは現在もなお、私だけです。しかしこれが最後の一枚になりました。これが百回目の最後のお手紙です。

小学校からいつもお返事メールをくださり、ありがとうございました。中等一年からあたくしはいそがしく、お手紙部を止めました。手書きは五年ぶりです。しかしそこからは一千通を超えるメールを読んでいただきました。それらは当然お母様が保存しています。

今後はあたくしは本国で新生活になります。高等からは直接お目に掛かれた三年間でしたが、通信によるご指導も含めれば八年を越えます。先生は初期オストラでグロ画像を絶対わたくしたちに見せず、すべてご自分で処理されていました。そして例年の課題「男女平等なら殴らせろ問題」の第一回目の時、まだ小六だった私が、殴らせるからみんなで撲殺させろ等の幼い不適切な提案をした時、先生は必死でなぜそうしてはいけないかを教えてくださいました。そんな先生の優しさを私は誤解し、ついクラス中に悪口をいいました。大変ご不快な思いをさせました。しかしやがて第三回目、同じ課題に高校で取り組んだ時は先生のご指導もいただきながら、殆ど自分の力で受賞出来ました。嬉しかったです。

そういえば、オストラの最終教材は先生が選んでくださったのです。忘れていました。なお、これらすべてを細やかで適切な処置として評価するとお母様がお礼を言ってくださっています。何もかも先生あってのわたくしとお母様です、そのご配慮はきっと良い結果に向かうでしょう。

思えば、一番辛かった乗り越えるべき時代は、結局銀鈴が留守だった中三前期、半年間です。そして帰ってきてから銀鈴が立ち直るまでです。

ご存じのように銀鈴は中三の前期半年、交換留学生でにっほんにいきました。私は留学よりも男装をした方がと言ったのですが彼女は留学を選びました。要は肝だめしです。ところが不幸にも、……人間が変わった、と今も、彼女はよくいいます。まだそれから三年しか経ってません。

銀鈴は卒業までずっと学校ではよろけ、夢ではうなされ、自宅でも伝い歩きになっていました。女性専用車の特に満員の時に、痴漢は数名で突進し、突っ込んできて、毎日一斉に嫌がらせをしたそうです。ところが彼らはレイシストをおともに連れていて、そのため警官が「痴漢の人権」、ばかりでなく「レイシストの表現の自由」を守りについてきたそうです。つまり痴漢が女性達の通勤用衣服に射精し、或いはもっとひどい事をし、最後っぺで大切な高級バッグ等に放尿し終えるまでずっと、警官が悪者たちを警護するのでした。彼らはまたしばしば痴漢に殴りかかろうとする銀鈴を電車から引きずり出して、大変優しく尋問してさとし、「暴力はいけないよ」とそのぶっとい手で、頭を撫でてくれて慰めたそうです。時には警官の自費で、お菓子まで買ってくれたそうです。

にっほんの公安は痴漢を取り締まる事が出来ないのだと、銀鈴はその時に知ったそうです。その時から私は、にっほんという言葉を聞いただけで、心が働かなくなってしまいました。今もあんな国に関心はありません。殲滅《せんめつ》あるのみです。

帰ってきた銀鈴はふいに号泣したり、怖くてひとりではトイレも行けずお風呂も入れず、電気を消して眠れなくなっていました。なのでそれまでと違い私は銀鈴に支えてもらう側から、支える側にと、立場を変えました。お母様のお化粧品をすべて使って銀鈴の髪や体を洗ってあげ、学校へは毎日得意の野菜ケーキを持って行ってあげました。でもあたくしが殴ったり待たせたりしない事で、銀鈴はむしろ最初傷ついたようでした。でもすぐに、判ってくれました。あたくしは別人のようになって尽くしました。しかし彼女に男装をすすめる事だけはやめませんでした。

三カ月の間、あたくしは銀鈴と殆ど寝食を共にし、自分の成績も銀鈴と一緒に最下位に落ちました。ずっと一番で当然だったあたくしの試練でした。これで普通の国民の気持ちが判り、幅のある女性になれたと思います。

なおかつ、その期間にあたくしは理解したのでした。あの人はあたくしの自我の一部、けして、結婚の対象ではないと。思えば、あたくしは銀鈴のいない時、てにをはすら書けなくなっていたのです。もし結婚してしまったら今までのわがまま、まるっきりの依存とか出来なくなります。そもそも、誰が自分の手足と結婚するでしょうか？

高校を出てすぐ保安委員になり銃を拝受した時、あたくしは一緒に留学して痴漢を射殺してあげれば良かったなあとよく思いました。

だって留学はエリートに課せられた義務です。地獄を見なければ国民の上には立てないです。なのにわたくしはお母様の側にいた。銀鈴を行かせてしまったのです。彼女はいつもあたくしの犠牲になり、男性装置を付けろとか、警官になれ、とか言いたい放題にいわれてきました。しかし手足である以上、それは仕方のない事です。つまりあたくしは銀鈴がいないと何も出来ませんから。

先生には一生これからも頼らせていただきます。銀鈴ともども、改めてよろしくお願い申し上げます。しかし、これでそろそろ一区切りとなりますので。

クラスともども、心からの御礼を申し上げます。

わたくしの大切な尊母にもよく伝えておきます。

白梅高等学院三年級長、保安委員
猫沼きぬ拝

追伸、
あと、ひとつ、今も申し訳なく思っています。それは銀鈴がいないという私の精神危機の日々、大変ご迷惑をおかけした件です。だっててにをはも書けない、順序も決められないばらばらのメールを、私は大量に送りつけました。でもあの時の私は普段の私ではなかったのです。お母様もそうおっしゃっています。ずっと永遠にお詫び申し上げます。

あの時、交換学生で入ってきた汚らしいひょうすべ女の事は一生忘れません。だってわたくしはまだ中三なのに、級長として、あんな「天才少女」に対処しなければならなかったのです。それでもし先生のお助けがなかったら自殺していたでしょう。なので、読んでいただけただけで感謝しています。なぜ祖国があんなひどい人選をしたのかも今は判ります。すべて白梅学女の、ひいてはわが国の、成長のための反面教師です。でも、だからって、……。
あいつは幼稚園に盗撮に入り、それなのに本国送還で済ませてもらったんですよ、しかも校庭で裸になって自己発電をして、あとしまつを拭き取るのに、園児の大切な花壇のお花を全部毟って自分の股に付けたり、自分で自分の手に煙草の火で焼きを入れてみたり、それが無邪気でナイーブなばか幼女共に対するセックスの解放闘争だとか言って。その上だっこ動物保護シェルターにまで侵入して動物の性本能を解放すると言いながら、不妊手術のための費用を盗み、そこの動物保母さんたちを「平等強姦」にするためおかしな機械を持ち込んで使おうとしたり、それをまた保護されていたウサギさんや亀さんのお尻にあてようとしたり、あと、本人受け入れ先の下宿家庭にいた、循環不全で寝たきりのおばあさまの、触ると痛いところに何かねじ込もうとして、補導されていました。

しかもあいつが送還された後で白梅のトイレ全部からカメラが発見されました。私達は泣きながらそれを処分したのでした。しかし、……。

今はどうなっているのでしょう、きっとさぞかし出世しているでしょうね。だって「私は借金がないけれど遊廓に入る、あなたたちと違って親に迷惑なんかかけずに大学院の学費を稼ぐんだから、そしてこの性闘争的多様性を受け入れてくれる、選ばれた世界企業の客を夫にするんだから」と言っていましたので。それが毎度毎度で、もう耳タコだったです。しかもふにゃふにゃした声でね。

つまり彼女の話だと今の遊廓にはひょうすべ本人が来るようになっているらしいのです。まあ本物かどうかは判ったものじゃないけど、どっちにしろＴＰＰは世界中を性犯罪者の祭りにしてしまいました。

追伸が長くて申し訳ありません

疲れた！　結局猫沼は吸血鬼なのだ、そうそう、そう言えばあの時一番多かったのがこの留学生の悪口、その他にも銀鈴が心配だと言って、本人のメールなどをよく転送してきた。しかし仕事が忙しいのでかまってやれなかった。ただ、にっほんを知っている市川にとって、銀鈴の事はやはり可哀相な、かつ、どうしてもやれない、事態だった。

この銀鈴のメールはいつも心配でもありどことなく文も気にいってまだ保存してある（猫沼のは削除した）。

などと、……余計な思い出にひたっていると、ああ見残しが、さらにまた一通出てくる。しまった！　これもまた猫沼からの案件ではないか、真っ先に処理するもの？　ああ、でも別に、まさにこれこそが、これはごく普通の……。

市川先生

クラスの事で大変な時に申し訳ありません。先程最後のお手紙をメールボックスに投函しました。そのすぐ後、姫宮と名乗るおばあさまと遭遇しました。この方から先生への連絡事項です。会ったのは本日です。わたくしは二度目です。初対面はお城の坂道で、外見から隣国の侵入者だと思い誰何《すいか》しました。その後すぐ国民と気づきました。破れて汚れた男性用につほん服を着て歩き方もおかしく、そこが心配でわたくしは同行し質問を試みました。すると世の中が嫌という事と、ここ百年ご飯を食べていないという事が判りました。しかし結局上着以外は大変清潔でした。とはいえ昨日までは近隣の社のお供えを食べ、お賽銭を生活費にしていたとのことです。家出、認知症を疑いガイドの方達にメールでお願いをしたところ、いい具合に、向こうから声を掛けてくださいました。そこで彼女達の会食に参加して貰い今までの体験を語っていただくと、素朴な中に何か神々しく、お話でその場を盛り上げてくださったそうです。しかし何かお困りのようには思えなかったそうです。昔は沢山のお子さんに恵まれて非常に大切にされていたとか、選挙は行かないが話合いは好きだとか。その他、主張される内容からは非性器主義や、ラディカルフェミニズムの影響も感じられたそうで。しかしにっほんのイカフェミが使うような用語はまったく使わなかったとのお話でした。

ところで実は本日午後、この姫宮さんと私はまたしても、体育館裏で遭遇しました。走ってこられ話かけてこられて、もともと、「どのような端末も所有していない」と訴えられました。ガイドさんのひとりが先生のアドレスを教えてくれたそうで、ここに連絡するよう依頼されました。やはり何かとんでもない事情があるのかもしれません。それで私が用件だけをお伝えいたします。以下用件です。

姫宮様からのご用件、――前の博物館で、古代北海道の生活に常設展示されていた、石の矢尻の現在の保存場所について、直接会ってお尋ねしたい、さらにお願いの筋がある、との事。

明日正午から日没まで、三日間の間、館の待合スペースで待機していますと。お顔をまったく存じあげないのでただお待ちします、と。そう言えば先生のお顔写真は館にもパンフレットにもどこにもありません。

市川にはそれで話が通じた。端末からすぐにああ、ああ、あの、例のあれ、……。元の博物館から引き継いだというより、捨てていかれた、古い古いもの達、耳飾り、青銅刀、四獣鏡等は撤収する時に持っていった。絵画類、彫刻、仏像、等言うまでもない。撤収には全部立ち会っている。しかしそれは撤収というより、むしろ持てるだけ持って避難して行ったのだ。しかしおそらくその持っていったものは全部、「合理化と活性化」のためににっぽん政府の手で、たちまち売り飛ばされた。で？　矢尻は、管理不行き届きというのか置いていった。しかもその所有権について、そうか、一筆があった。それはいわゆる妖怪幽霊の残す手紙である。つまりそれも館内資料なのだ。一緒に捨てていった。ただ、……。

判っている。慣れている。前の館からずっと残っている古い古いものが、やはりこうして古い、古い、何かを呼び寄せるのだ。一筆がある以上、用は判る、取り返しに来たのである。これは返さないと駄目なものだ。返さないと絶対、ここで祟り、事故るはずである。神社仏閣と博物館とでは、表に出なくても、必ず、こういう事はある。しかし前にもあった、「返してくれ」、「返してくれ」。でもまあともかく、……。

「普段の業務」で良かった、とほっとしたところ、ドアが叩かれた。

## 11 ビデオボックスプロジェクター用大スクリーン前

「どうやって入った！」と怒鳴りつける市川の全身からは移民前の殺気が剝き出しになっている。この殺気は一旦顔に出れば女を蔑んでいるにっほん男も（時には警官さえも）びびる程のものだ。ところが、……学校に申請した上で合法に銃を携帯しているらしい猫沼はとっさに「何こいつ」という顔をしただけである。従う「一個師団」も猫沼の陰にいて、一応びびってはいるが、特に泣きもしない。なんという連中か！

二通来たメールの先の方にご相談をとあった。だから深夜にでもまず、メールのやり取りから、と思っていた。

「はい、でも……、というのではもう時間が……、ですので夜分に、申し訳ございません、あのう、ヒョンニムやムサーの麗人さんたちやおばあさまたちに、結局はいろいろお願いして、やはり、ここでひょうすべの息子たちの本当の姿を、生体をよく、見せていただくしかないのかとも」。は？　ムサーというのは、ヒョンニムより上の男装麗人で国境警備員はほぼこれである。統率する上官はアボニムというのを装備している。ただ、別に市川のところには「大切なお母様」からのメールとかきていない。

「恐れ入ります先生、ですけれども、わたくしは、おかあさまにも、それに銀鈴のおばあさまにも」。「帰れ！」と言ってからぱっと下を向く、この、気弱な拒否。だって例えばこの連中の今晩の行状を「おばあさま」に言いつけ、全員退学にして貰うから、と市川に言えるのか？　でも、その一方もし市川がここを「退職します」と言ったら国家が転覆するぞ！

「お願いです先生、どうかわたくしたちにも、お手伝いさせてくださいませ、先生だけが夜も眠らないで、前から心配でした、だって」と言うと猫沼は少し（うそ泣きで）涙ぐんで。

「ずっと運営に協力してまいりましたのよ、あたくしたち、卒業までにせめて差し入れもと思い」、不味いので有名な猫沼の野菜ケーキ、しかしこれでお願いがくると移民ごときは、もう、受け入れるしかない。デザインだけは無論、宝石箱のような完璧な野菜菓子。

書類がまだ回ってない、明日に、と事実だけを告げる。でも婆はなんか負けている。市川は今の猫沼の、こういうところが本当に嫌いでならない。しかし、自分はおとなので顔には出さないで我慢している。だってたとえ移民だろうが元奴隷だろうが、自分はおとなではないか。「国境を何だと思っているんだ！　危ないから外へ出るな！　危険は学ばせる、しかし危険にはさせない！」、とついつい市川は夢中で怒鳴っていた。で？　なんだこれが自分の本音なのかと、どうやっても自分はおとなのだと、やっと判って、すると、……。

「帰ります、帰ります、ごめんなさい、ごめんなさい」

涙声の双尾が、いきなり土下座？　ではなくくずおれてしまったので市川屈んで両腕を摑み、穏やかに立たせた。そう言えば彼らは金属バットも鉄パイプも持っていない。ヘルメットと銃だけの夜間外出とは、……。

双尾が留学先でひどい目に遭ったというのは、きぬの、手紙で知っている。最近太り気味な銀鈴の体温も、たちまち市川の殺気を隠させる。子供、子供。こんなの見るの怖いに決まってるよね？　ましてや留学したにっほんで君は、……。

用件、銀鈴の挨拶、転送いたします、猫沼きぬ

白梅のみなさん半年ぶりなのに僕が、長く、また学校を休み心配かけました。実はショックでクラスに来られなかったのです。にっほんで僕は痴漢に遭いました。ずっと動けなくなっていたんで。そいつは女性専用車に侵入してきたやつです。実は僕、留学前に見ておくべきなのに怖くて面倒で、痴漢展示館に行ってなかったのです。そのせいかうまく対処できませんでした。それで、ねえみなさん痴漢とは何でしょう？　実は電鉄に内蔵されたものなんですね。かつて鉄道は奪った穀物や性奴隷を拉致して積み込み植民地を走った。同じ事ですよ。専用車をつくって、女性を運ぶのなら、その女性が料金を払っていようがいまいが、彼らにとってはそれはもう収奪したモノなんです。すると一層苦しめるようにそこに痴漢を集め、困った女性達が泣いたりする事をまた収奪するのです。

まあこの二人の友情、変と言えば変だが、それはそれで市川には心配なものであって、しかし猫沼の方ときたら、結局その後もずっとまるで親友の不具合を訴えるその付け合わせのように、例の交換留学でにっほんから来た女の子の悪口をいつまでもぐだぐだぐだぐだと、……言ってき

ていたわけで、……きぬは、普段は理想的なまでに整理された頭の持ち主なのだが、しかし一度不調になると、ていうか甘え始めるとその「多面性」は、あまりにもひどすぎた。

というか、きぬの頭バラバラよりもその留学生の話自体が市川には、本当に苦痛だったのだ。ばかりか最近はその留学生本人がまた幽霊になって市川のところに戻ってきている。無論「同情しなくてはいけない」と一応は思う、だって、市川はおとなだしにっほんはひどいし、つまり……。

大学に行きたければ男は徴兵、女は火星人遊廓、それで「自己責任」の金を稼ぐ、そういう世界から来た少女なのだ。だってにっほん人の殆どはもう極貧だからどうしようもない。そんな中「自分だけは生き延びる」と若く判断のつかない状態で、暴走し狂って行くものをどうやって止める？　後々利子の計算まで改ざん隠蔽、或いは数字の魔術に嵌められるのも知らず、自分から遊廓に入るものを愚か、とだけ言って捨てておくのも酷い、でも市川にはどうしようもない。しかし気の毒とは言えるが毎日毎日、ここ半年同じようなメールがずっときているのだ。うざい、しかもその一通目は必ず自慢である。つまり自分が死んでる事とか理解してない。というか市川に会っているはずないのに名を呼んでくる。

件名「交換留学生です、富裕層との出会い」

市川先生、素晴らしい達成のご報告です。私はとうとう、遊廓で世界企業の御曹司に見初められました。皺くちゃでにたにたして鼻毛は出ているけどアラン・ドロンという昔の男前に似ていると自分では言っていました。しかし性の多様性を求めるため彼は今は女の子になっているという事です。つまり私のような知的で高度な性の冒険者にはふさわしいと思いました。

それはいつも、同じ動画が添付されたメールだった。「凄い部屋でしょう」と、しかし市川のような人間にはただ、だだっぴろく古臭いだけのものに見えた。でも本当に本当に広かった。きっと甘さのない死んだスイートルームなのだ。いつもベッドがすーっとくっつく様が見えた。しかしどうもそのベッドで殺されたらしく、そこから後は幽霊のメールがくる（今の市川はもう、人間ではないものとの接触になれている）。

件名「市川先生、これはちょっと刺激的母性の冒険です」

ひょうすべは女の子なのよあそびましょう、と言って、毎日夕方にやって来ます。来るたびに私の手と足をいっぽんずつ取っていきます。今世界中の子供から水を取り上げる遊びもやっているそうです。それを楽しむために日本中の火星人少女遊廓から少女二百人を選抜してトイレに閉じ込め、ずっとおしっこをさせているそうです。しかもその間中ごく軽く少女たちの頭を、叩きつづけているので、全員脳震盪になるそうです。ひょうすべは自分でそうしておいて、私怖いわ気持ち悪いのよ、と言ったりするので私は可哀相と思い膝枕をしてあげました。すると、ほらトイレにいる子たちよりこの子の方がきれいでしょと言って、私に沢山の死体の写真を見せるのです。みんな、血を取られ、ミイラになっています。

その後、いつも送られてくるのは本人の死体の写真である。ところがメールアドレスは返信不可になっている世界企業だし。これで一体市川にどう返信のしようがあるだろうか。なんというかとうとう、いつものパターンで、市川は立てなくなっていた。ついに鼻血も流し始めて、だがそれでも結局二十分後には立った。だって他の人間にはつとまらないのだから。

件名「無題」
ひょうすべは女の子なのよただおなかがすいているだけ、かわいそうな子供、お願い食べさせて苛めないで、ひょうすべに人間を喰べさせてちょうだい
ひょうすべより

白梅が一応帰った後、市川はまた床に倒れて涙を流している。男装出来ない体で「武官」をやっている市川。そのままの姿で白梅に向かっていくしかなく、これでは舐められても仕方ない。むしろ双尾の「機転」で彼らは無事に帰ってくれたという事かもしれなかった。

で？　白梅に関する三回目の会議は「採決だけが」翌朝ということになった。独身泊まり込みの市川以外は全員、自宅からの事前協議である。しかもその時間は「今から開始」という事なのだ。この深夜に関係者全員（但し独身の市川以外は自宅から）、端末を睨んで、打ちまくる事になる。市川はここから、やっと涙を拭き、鼻に紙を詰めて、朝までパソコン。日が昇る。開館と同時に他のメンバーも出勤して来る。要するに全員徹夜明けで最後の採決から、一日が始まる。そう、この案件において、審議という名の罵り合い（メール）は既に、尽くされている。

まったく、……毎日、年度末の用も普段の用も大量にあるから。いち、いち、いち、いち、報告連絡、会議、審議、うんざり、合意、詳細決定、また会議、うんざり、で、疲労……。

まず、顔合わせ一応、コーヒー、「何杯目ですか駄目ですよ部長」さあ、まず普段のオストラの直接集計、報告から。

「生体番号〇〇〇〇蔑称キメー君、オストラが二千溜まりました。しかも、精液債務が一千万、あと誕生債務が一億キモータです、既に可処分。遅すぎます。今月末までに卒業させておけば年度内ですが」、審議ほぼ無しで全員が挙手。ちなみにここの生体は絶対に愛称などない。むろん通称とも言われていない。

キメー？　どれだっけか、と市川は最近ボケる。ああ先週暴れたのがそうだったのかもしれない、というか、そうか、もうオストラが溜まっていたのだったか、すると先々週飛んできていたグロ画像までで「いっぱい」になっていたという事ではないか？

にっほんのネットでは痴漢強姦盗撮の予告や告白、それを使った商売などはまず絶対、無罪である。しかしこいつらが時に世界企業の女性正社員や、にっほんでも男の子を間違えて襲うと、ごく稀にだが、逮捕してくれる。しかし、国内で有罪にすると「統一基準から外れてしめしがつかなくなる」ため、困り果てるのだ。それでウラミズモに捨てにくるのである。むろん収監されたってやりたい放題である、と。こうして、……。

挙手、挙手、挙手、……、挙手、どんどん捨てていく、実質的にはこれも、死刑である。

その他には痴漢展示の担当報告。「北名君が泣き出して止まらなくなりました」、「放置？　挙手！」。というのは毎度のこと。他、「全部自分で抱え込んでしまうと、後任が育たない」という市川へのご意見、「こんなものを科研の費用に申請してくるな」という経理上苦情、さらにこれも痴漢担当者からの「もっと私の制服を黒のすてきなのにして」というお怒りの声、とどめ館へのにっほん国観光客多数からの「性的弱者男性への配慮要求」および「交流館生体の未成年化」要求。「じゃあちょっと様子を見て」、というのはむろん二枚舌、つまり審議無しでボツ！　さて、最後の挙手、白梅に生体をどうするのか、「うむ、見せよう」なぜか反対は一名だけ（これ市川本人）。

白目の血管が二回切れて、痛風気味の左足首を、市川は最近引きずっている。だがこれでもウラミズモの会議は少なめではある。その上三十年近く、もう慣れたはずだ。が、本年はいつになくハードではある。そもそも、武装してとはいえ、まさに子供がよくこんな時間に、……思い詰めているのか、でもともかく夜は危ないに決まっているしあああ、嫌だ嫌だ……。

ウラミズモにおける国境戒厳令は五月からである。無論、新緑とともに痴漢が増えるからだ。

いくら撃ち殺しても女性スペースには、ものを知らない馬鹿がまず、入ってくる。

## 12 ビデオボックス、スクリーン前

会議採決が終わるや否や、市川はまた観光客相手の、「授業」に向う。いつも聞こえよがしにイリガライ、ドゥウォーキンを繰り返している連中なのだが、批判対象にしているドゥウォーキンの文句が実は本人の言っていないものだという。

午後一杯、執務室でとうとう、生体を学女達に公開する事にした。その時に、特別観覧の観光客達らに言うのと同じセリフを市川は言うしかない。だって観光客と一緒に授業すると、ヤリテが少女たちにセクハラをするから。なのでほぼ同じものを白梅に聞かせてみる？　ひどすぎないか？

こうして、白梅待ちの、ビデオボックススクリーン前に市川房代はいる。すると思いも掛けず、自分の職場の光景に絶句してしまう。それは、この国に移民して長年勤めてきて、当たり前に目にしてきた、毎日の仕事の現況ではあるのだけれども。なおかつ平気で観光客には見せてきた「ショー」だけども。

白梅との関係は本当に業が深すぎる。何から何まで、特に今年はひどすぎる。とうとう生体の直接観察になった。しかし、まあ「ちょっと待ってくれよ、お嬢様方よ」。

最後のオストラにチャイという仮称で呼ばれている男を実質、市川はこのクラスのために選んであげた。男はかなり悪質で、というかきちんとにっほんに適応していて、それ故何人殺しても逮捕にもならなかった。そもそもそれまでに女児は何人殺しているか判らないし、政府公認で性的弱者闘争までやっていたやつだ。ところがある日、とうとう男児に手を掛けた。といってもそれは殺しではなく人前で殴っただけ。ただその男児が世界企業と連携している、日本の大会社の正社員の子供だったために、……。

市川はなんとなくスクリーンを触っていた。上げるタイミングを考えているのである。別にショーアップとかやった事はない。ただ白梅に対し、なんとかして、観光客に説明している自分とは違う自分でいたい。とはいえ、まあ、でも、それは同じセリフを言うしかないのだけれど。それに別にここでチャイをみせるわけでもないのだけど。だって、……。

オストラ決定以後、チャイはエンタテインメント館に移送されている。チャイを殺しその映像を残すことに関する、全ての予算は娯楽館からの支出になっている。公開もそこで行われる。発案や色彩には草間彌生を信奉する国民的少女服のデザイナー、つまり猫沼きぬの母親の関与がある。というとなんとなくエンタメに収益だけ持っていかれて損なようだが、実は非公開生体資料の予算については、ここも実質的には総理の直属である。

今のチャイは特別室を与えられて、おそらく、きっとハッスルしているであろう。じゃあ、私も？　ハッスル？　とほほほほ（涙）はいそれではリハ、スタートです。一度上げてみる？　でも今はマイクは持たない。市川はちょっと襟元を整えてみる。結局開き直って官服を着る。そして、……。

これは何なのか、白壁の中に、汚い男性の尻だけが並んでいる。

一見すると何が展示されているか、とっさには判らない。しかしこれは飼育というよりも殲滅《せんめつ》目的の観察である。憎悪由来のである。でもいつも自分は立派に、平然と説明してきたではないか。

非公開生体資料、これを特に権力を持っているヤリテ達が無理に見に来てしまう事があった。別に視察のためではない、飽くなき性的残忍さと被害者になりたさとで、強引に、特別料金を払ってでも。今、その時のセリフを市川は口にしている。まったく観光客に対するように、白梅に対して。

「……さあ、どうぞご安心なさってごらんくださいませ。お嬢様方、お見苦しいものはどこにもありませんので。最後まで、背後からこの状況をご理解いただきます。私達はけして、男憎しのウラミズモではありません。それどころか、ここの男性たちが最初に望んだものを全て与えております。私達は男性達のお望みの通り、お申しつけの通りまさに、彼ら性的弱者男性を保護しているのです」

開けたスクリーンの向こうにいつもぴかぴかにされているガラスがあった。

その向こうに何十もの後ろ向きの尻が並んでいた。どれもけして美しからぬ男性の尻であった。あるものは女性をあるものは抱っこ動物を大量に殺し、女湯や女子トイレに侵入して画像を作って売り、見つかるとブチ切れ、何人ものおとなしい女性を殺した。或いは女性を騙して売り飛ばしたり、拷問したりした。

彼らの埋もれている布団、それはとても分厚くてふかふか、なるほど良い環境が整っていた。このような布団の他に、低反発クッションらしいものも抱っこさせられていた、しかし、無論それらは全部拘束具なのだ。彼らは快いふわふわに埋もれて抱き枕をだいて、今も女性に嫌がらせをしたがり、しかし出来ないのでせめて相手を殺し苦しめる喜びの妄想で射精しようとしていた。同時に自分の放った射精が多くの女性から渇仰《かつごう》され売れると信じていた。つまりそういう、「おおまかに」清潔に洗浄された、男性器達であった。

水道水で毎日流して消毒する床、それは乾燥のために熱するのだが、彼らの裸足の足は床につかない。生体はただ蛙のようにうしろを向いて裸でいる。抱き枕があればそれでいいのである。

娯楽館におかれたチャイの特別室は、チャットでも白梅に直接質問をされたり、壁一面幼女フィギュアが入ったり特別待遇だ。しかしここだってただ埋もれてただ射精をするだけだし、どんなひどい「表現」も許されていた。ならばなかなかの「天国ではないか」。女を食わせるのもいや、働くのもいやや、と彼らは言ったのだ。そして射精は男の本能だから女を殺す事も止められないと、ただその表現は彼らとこの市川たちだけしか見る事が出来ない。

「でも、ほら、望み通りですよ？　男性天国です？」

会議はすでにOK、申請もすべて白梅全員、直接に生体を見せてもいいところまで許可を受けていた。しかし、そこまでしなくてもいい、と市川は思った。というのもちょうど、昨夜が二カ月に一度「枕」を交換する日だったからだ。これは物騒なのでむしろ夜、行う。高リスクとはいえ割と短時間の作業。逃げたら射殺なので警官も、ムサーもヒョンニムも来ていた。麗人三人と警官が二人。

出来れば白梅にこの化け物達を接触させず、なおかつ、男性の恐ろしさを伝えて育てたい。「ね、だからやはり直接はだめ、こうすれば判ります、ちょっと怖いよ」。近眼の人はむしろ眼鏡を外してね。

古い、捨てる枕、を白梅に見せた。本人達の血がつき体の癖が残り、爪や足の指の跡、何よりも歯形だらけである。とんでもないところに噛みついている。髪の毛や汚物を喜んでなすっている。それは、……「くそむかつくのでズタズタにしてもいいくそ女子高生」または「僕を受け入れてくれる賢い、本当のイカフェミニスト達」、どっちにしろやる事は同じ、これを一人に一個ずつ渡してある。

「ここに書類があるから、ね、見てみてね、いつもこの枕が壊れるとわたしが申請して、全部取り替えるのよ」、説明している自分があまりにも人のよいばあちゃん声なので、市川は悲しくなる。「はい、書類、配りますね、でもどうか怒って破ったりしないで、だってあたし、毎日寝ないでこれ書いているのよ、判子も押しているの」。いつのまにか悪意の女声を市川は使っていた。

加えて書類に書く、破損理由、これを見せる。「相手が妊娠しないので腹を殴れず、退屈して首をしめた頭部損傷」、「やりたかったから脚切断」、「頭突き二百回、口応えの罰だぞ、きぬ、枕全体破壊」、「さあ姉妹でエスエムしてみろ、銀鈴、しなければ梅毒の刑だ」、「小学生なんだろ、市川うんこかけさせろ」「おおおお、お母ちゃん死んだねえ、ねえ今どんな気分、一晩殴ってあげる」

「枕」とは呼ぶものの彩色はしていないが、それは確かに爪の凹凸までリアルな型のある少女の人形である。「これは二代目の浦さんの子供時代、原寸大です御本人が政権についてから自分で、……」


連中が来たら、まだここにあるこの古い方の枕を見せて帰せばいい、と市川は思っていた。ところが油断していたら銀鈴が市川を突き除けて生体に突進したのである。しかもそれは恐怖のためだったらしい。ガラスに体を叩きつけてころび叫んでいる銀鈴のばたつく手足を、たちまちきぬは床に押しつけ、そのまま抱っこしてあげた。さらには頭を直接撫でて「こぶだけです」と笑い、銀鈴の頭に音だけのキスをした。こいつらには負けた、と市川は思い始めていた。

結局、きぬと銀鈴は、生体と直に会話してみると言いはじめた（させた）。するとやはり、いつものやつを彼らは言うのだった。

「おいＪＫ男女平等なら殴らせろよ」

「じゃあだったら子供産んでみてくださいな」とまず猫沼がおそるおそる言った。

「フン、おれがはらませてやるぞ、妊婦は中出しだろ、いつも女だけがいい目をみやがって！　おい、腹、殴らせろ」

「お前自分でやってるなら袋いらねえな。切るか」猫沼がすぐ話題を変えていた。向こうも負けてはいない。

「お前らだって子供産まないだろうが、男の寄生虫め」

「一度生理にでもなってみて下さいな、毎月四十年出血して」銀鈴まで悪意の女言葉になった。

「じゃあ、……生理のない女は殺すべきだな」。きぬが端末を床に叩き付けた。そして普段は出さないような妙な声を出していた。市川の聞いた事のない中年男風の。

「へえへえへえ、だからこそ筋肉のない男になっていただくんですよ女男平等《じょーだん》でね。ねー、同じ体になろうよ、平等なら、ねー、へっへっへっへ（あの男共の目は一生忘れないと二人は言った）」

全員黙った後へ、……観光客用のセリフを市川は続けた。そうするしかなかった。

「さて、さあごらんくださいませお姫様方、なんというべきかここの彼らには、機械の、最新技術と人造物の感触で想像された人間型コピーだけが与えられていますね？　薬物の他に刺激を与えるための二次元専門タブレットも許可されています。その他に、そうです、多くのチャット相手が、お気に召すように、キャラ化をされた状態でそのデータとともに与えられています（しかし実際は名前だけでデータは男性の妄想にあわせてあるだけだ）。
こうして、ここではずっと、そうですね、私の管理するこの一画では平均五十匹の蝶々が羽を休めています。なお、一カ月中に必ずその一割が一定の間を置いて、規則正しく、旅立っていきます。しかしアクシデントもたまに起こる事があります。たとえば私の前任者は五匹一度にふと、旅立たせてしまったのです……さあそれでは皆様彼らの、ご冥福を祈りましょう」

猫沼が「男女平等なら殴らせろ」問題で受賞した方法、それはとても「平和的」でシンプルであった。こんな時彼女はとても「冷静」なタイプなのだ。要は、生体男性全員に女性から生命を貰った分のお金を払わせるのだ。つまり男女の肉体差を金銭に換算し是正するのである。なおかつその金は強制肉体平等の費用に当てる。それも彼らひとりひとりの過去ログを掘り起こしてそれぞれにふさわしい「女体化」をさせてゆく。完璧であった。例えばもし、「平等だから殴らせろ」と言っていた相手が「女は一五〇センチ、四〇キロでないと」、などと言っていた場合、そいつの骨格手術と減量計画を実行。また足が二二センチでFカップでないとと言っていた場合は、中国式で「理想の平等足に」、当然ハイヒール歩行、豊胸もさせる。すべてひとりひとりに対応して、なおかつ、一律の金銭措置である。なおもしもそいつの発言が「殴らせろ」だけなら、当然ペニスと筋肉をゼロにしてしまうという、最もシンプルな「女体化」をさせる。「つまりこの生体たちにはすべてを当事者として対応させます、それに男女平等って？　女男《じょーだん》じゃないわ、殴りたければ平等に同じ体になってくださらないと」。こうして、……男性への債務、この猫沼の計算法で実際に多額の上乗せが出来たのである。これで彼らの「卒業」にかかる期間が短縮されたのだ。きぬの計算式はすでに現場に採用されて久しい。

なんというかもう地獄、地獄である。ところが一方、物好きというべきか強迫観念のせいか、観光客はこのお尻の動きだけをただただ見に来るのだ。理由？　にっほんでは後ろから見るという事はむずかしいのか、いや、こういう「フレーム」がきっと好きなのであろう。しかし射精しない時は大変である。ヤリテたちはこっくりこっくりと寝ているものもいるし、市川が優しく起こしてやると「また勉強いたします」と言ってさらに寝る事がある。そしてその時間帯に射精液が出なかったらお金を返せと言って怒ってくるのである。連中はようするに何でもいいのである。ただ、交流館に行ってにっほんにはいないような男を買いたいのだ。その上で市川のようなウラミズモ側、男性差別側を「糾弾」もする。でも、本当はさして救い出す気はない。まるで採決に反対する気がない野党のようである。というか、どのような問題も放置する事で苦しむ相手があるという事を、彼女らは知らずに、楽しみ味わっている。

沢山のメモや写真を持って白梅は帰った。すると市川にはまだ仕事がある。夕方からまたしても移民ガイダンスだ！　官服を脱ぎ捨てる。ノーネクタイの白シャツ。すっぴんになり、綿ズボンにスニーカー。それはまったく身繕いも完全に忘れ果てた試験中の教員のような姿である。とはいえ、ガイダンスルームに行きながら、市川は結局悩んでいた。連中のクラスを誘導してしまったのだ。ことに、枕を見せた事は大きかっただろう。

オストラはチャイにとっておそらく、最も厳しい結論になると思う。

さて、卒業文集に銀鈴はこう書いていた。その年齢でこなれた言い方しかしない彼女はやはり言語を使うことに向いているようだった。市川が見ても、行数制限の中でさえ濃い内容があった。

「僕と未来の暴力、純粋暴力について」

双尾銀鈴

性暴力と差別暴力と経済暴力、これが今僕の考えているみっつの悪い暴力です。でも、性の暴力は汚染暴力とか侮辱暴力、身体暴力と呼んでもいい。そして実は、どこかに純粋暴力という、悪くない暴力があると思っています。それで高校を出たら、僕はこの暴力の研究をしてみます。結局、きぬちゃんの理想とするような麗人に僕はなりませんでした。その代わり勇気をしめすために留学してみました。しかしその結果もあまり良くなかったです。

高等二回生の時、ロシア革命についてならいました。革命の後、憲法制定議会のために選挙をしたら、保守が勝ってしまっていた。ならばその選挙だって暴力じゃないかと。でもそこで彼らももう一回暴力を使ってしまった、その結果出来たのが、あの暴力国家の、ソ連でした。ソ連は失敗だった。しかし、それでも世界全体にはひょうすべをくい止める力にはなっていた。でもだからといってけして許されるものではない。それは毒を制する毒にすぎなかった。僕らは、これから歴史に断罪されない国を作りたいのです。今までの国はどの国もこの国も仕方ないでは済まされないひどい国だった。ウラミズモだってけして、完璧ではありません。

あの時、市川さんから見せられた光景によって、僕は暴力を追究する一生をおくろうと決心しました。僕たちはずっと、みんなで一緒にがんばってオストラをやってきましたよね。暴力とは何だろうか。遍在するものですかね。だって全ての選挙の中に既に暴力は内蔵されている。ほら、一緒に白梅の仲間と見た光景、あれが僕たちのされた事です。むこうの国でひょうすべがしていることです。けして僕達のしたことではない。そんな中オストラだけが唯一、純粋暴力に近い選挙だった。

人類はまた、もし暴力革命をやっても、選挙の名簿作りに失敗すれば、さらに嘘を重ね、前よりもひどい国を、暴力を作るでしょう。だからこそ絶対、まず選挙の中からこそ暴力をなくさないとみんな、ダメになります。

一方、猫沼は卒業にともなう、銃との別れをただ悲しんでいた。銀鈴と学部を違える事よりも、もっと寂しいと、その悲しみだけを寄せ書きに残した。

# 13 男性保護牧場歴史資料館、応接室（新館）

初めてここに来ました。随分年代物のソファですね、でもすごくいいものかも。このくすんだブルー。昔こんな色のバッグを見た事がありました。今からS倉のウラミズモ生協に行ってきます。今は見るだけですが、でも、今度来た時は絶対に買います。

私、お母さんと二人、いつかここで冷凍惣菜の店を始めたいんです。ともかくP田からは引っ越します。もう化学物質の汚染がきていますから。

しかしね、それでもP田が奴隷選挙に、女選挙にならなければ、にっほん国でもう、私は死ぬだけでした。どんな大変でももう選挙に行くしか、なかったんです。

といっても期日前だと、P田は昔から不正選挙です。それに二十年前から、選挙自体も、作り込まれていました。さすがにやばいと思った選挙民が、なんとか投票に行くしかないと焦りはじめた時、大臣は無投票でも当選にするだの、野党は字が薄いと白票にするとか、決めてしまっていた。しかもどうせ第二党は与党とまったく、変わらない事になっていたのでした。

私が生まれた時にはP田ではもう全員、農場住み込みになっていました。買い物もカードです。というのは全員が債務奴隷なので。アメ一個買っても消費税二割の他に利子が付くのです。そしてどんな小作でも昔は、家があったのに、P田は数十家族でひとつの家にいます。

学校は六年だけ通いました。女は仮名が読めて、釣り銭の計算が判ればよいそうです。そして坊っちゃまは私たち少女がひとつの部屋で雑魚寝するようにして、わくわくして部屋に入ってくると、「さーあ女ども起きろ」と言って毎日毎日ひどい方法で起こすのです。そんな中で少女が二人自殺しました。すると死体の写真を世界農業会社が買い取りに来ました、それをまたにっほん向け商品の包装紙に付けて売り上げがあがったので「迫真の芸術」だと言って、喜んでいるのです。

今までのP田は選挙の方をだいたい全部棄権していました。そもそも選挙に行くという事よりも、選挙そのものを知らない人がいます。何を聞いても「ははははあ」と言って笑うだけです。それが私達の標準です。言葉を知りません。何も感じません。

ここら辺りは奴隷が九割なので今までは投票率も一割でした。

しかし、選挙になると恐ろしい事ですが、奴隷でもレトルトを貰えます。乾麵も頂けます。下着も、しかし、その下着は少女の使うものなのに全部少女が殺されて死体になっている絵が付いてます。しかし、もちろん、乾麵の袋にもレトルトのところにも印刷されています。それは世界食品企業のひとつがにっほん向けに作ったアニメのキャラクターで、下着はそのおまけです。この、デザインの基になっているのはにっほんにおいて一番尊敬され、女湯へ入って幼女のスケッチが出来る権利を獲得した、ある偉い美術の先生です。この方は無農薬のご飯を召し上がってお高い混合医療を好きなだけ受け、そうして百歳まで長生きし、既に死にました。自分では左翼だと言っていました。しかし、奴隷法の成立の時、別に国会に突撃したりとかもしなかったそうです。いわゆるひとつのイカ左翼です。その他にイカアナキストというものがいます。それは選挙妨害ばかりやっている人々です。

私達は棄権するようにと言い渡される事もありませんでした。しかし選挙の日だって少女も少年も仕事があります。でも当日は農薬の入っているレトルトを食べられます。ただ私のところに来るのはいつも十年半前の製造のものでした。

そういうレトルトに農薬が入っているのは知っています。半年食べていると目が霞むそうです。でもベーコンたっぷりでおいしいです。しかし結局は腹を壊しました。それでも母は乾麵を数えて、少し、ほっとしていました。

うちは、新聞はとっていません。ただ、イカアナキストが来て号外を読んでいきます。だいたい当日は、朝から大雨だから外に行くなと、町内で言われます。ひょうすべさんのお世話になっているのだから、選挙に行くな、だのミサイルが降ってくるからけつを出してかがんでいろ、とかイカアナキストが読んでくれる号外には普通、そう、書いてあります。

選挙当日はまず、ひょうすべの露払いとも言われるイカアナが来て家の前で金襴の袈裟をかけて鉦鼓を叩きながら「選挙、選挙、偽善の選挙、くっだらないから、いくなよ選挙」と歌いかけてきます。にっほん圧勝と書かれた当日の号外も見せて「ほーら行っても無駄だよ」と教えてもくるのです。号外にはいつも「もう決まった」という事だけが書かれています。それでもあの時、みたこの人に言われて私は選挙に行こうとしました。だって初選挙ですよ、まだ十八です。みたこに教えられて、ウラミズモ側の名前を覚えていました。というのも候補のポスターを見ていると睨まれるから自分では見られないのです。「いいですか、比例はウラミズモ、個人はその人の名を」と教えられました。それは大切な選挙で、それに行くと、そして個人と比例の両方でうまく勝つと私は朝も夜も坊っちゃまに苦しめられずにすむというのです。ただし期日前に行くと、人間黒ヤギが私の投票紙を食ってしまうと。その上当日行くのがまた、大変な苦労でした。

投票所までは五〇〇メートルです。しかしそこまで行くあいだにずーっと近所の遊廓のヤリテがいます。私のお祖父さんは遊廓が出来る前のカジノに借金がありますが、なぜかそのためにヤリテに頭が上がらないのです。しかし別に雨なんか降ってない。外に出たら晴れと判りました。ところが少し歩くと、「ほーら、女だよ、女」とまず知らないばあさんがせせら笑って来ます。「女が、外、おにはそと」、訳が分かりませんが何か脅されていました。「あーら選挙行きたいの嫌らしいわねー」と言われました。これはお母さん位の年齢の人です。

やがて、何もない道なのにいきなりぶつかってくる男がいます。私が避けても避けてもぶつかってきます。「見ろ女が選挙なんか行くからああいう辱めを受けて」と金のありそうな私より少し上の女の人が言っています。「選挙とは何だろう、選挙などない」とインテリ専門に邪魔をする人が、道の前に、立ちはだかってきます。それで「あるよ、今日行けばあるよ」と私が言うと「愚鈍な、ナイーブな」と言いながら逃げて行きました。お母さんは様子を見ながら私の後から、私に付いてきました。つまり、坊っちゃまに仕返しされるのはお母さんなので。

　選挙で勝つのには、人に声を掛けたり、電話を掛けたりするといいそうです。お母さんは三年ぶりに髪を切りに行って美容院で、話をしてきました。友達はなけなしのお金でコーヒーを飲みに行って、ウラミズモでは痴漢は殺していいのだという事を店に広めてきました。すると友達は痴漢の人権侵害で逮捕されました。それで私と母だけでもなんとしても行く、と一層思ったのです。

　ところが、投票所の前まで来たら、イカアナのラスボスが触手を出していました。へらへら笑いながら「ほら、セックスだ、やらしてくれ、反権力闘争なんだろ、お前選挙に行くくらいだからセックスできないというのは矛盾だなあ」と言いながら、この世で一番見たくないものの露出をしてきました。あいつらの反抗はいつも中だしの強姦だけなのです。国会に爆破予告の電話さえ掛けません。経産省の前で火を炊く事さえしません。ただ、こんなの相手に、あせっているともう日がくれそうです。

　やがて投票所の中から「本日の選挙は午前のみで締め切ります」というにっほん特有の選挙戦略アナウンスが入ったのでした。そして……。

「じゃあお前、代案はないのだな、セックスするか、オーラルで行くか、どっちだ」、とイカアナが言い始めた。しかし両方嫌というのは奴隷は言えません。奴隷はいつも両方とも困るような二択を出されるのです。でも「両方嫌」と私は言いました。「ほう、選挙行くのにセックスしないのかじゃあパンツよこせ、与党に貰ったパンツだろう、企業コラボの無料のだろう」と、これが「代案」です。

私は、……「どけ、ぼけ」と言ってから涙が出てきました。私はぼろサンダルを脱いで、それから坊っちゃまの強制で穿いているくそミニスカは脱がずにパンツを片手にして、落ちていた石ころをそれに包み、反対方向に向かって思い切りなげました。イカアナは、「権力から自由なので選挙には行かず、セックスのすべてを喜ぶ善人」となって、あいーんあいーん、きゃんきゃんひやっほうと作り声をし、パンツの投げられた方向に走って行きました。

そして？　私は投票した。鉛筆もおれよと、いいんです、私、次の選挙まで古いパンツでいます。ところが家に帰ると頭のでかい五十がらみの坊っちゃまがグルでもう少女部屋にきていて、「ほほー、バブミ、道に、ぱんつ落ちていたぞ、お前、次の参院選までノーパンな」と言って両ゴムを持って引っ張ったり振ったりして侮辱します。私が凄い顔で睨んでもまったく平気で「ははーユーモアが判らんなあ」と首をふりながら行ってしまいました。お母さんは乾麵を取り上げられ、お父さんに当たり散らされました。

それでも、その日私はみたこ様にいのりました。だって私は巫女になりたいので男断ちをしているのだ。みたこさま、おお、美しいお遣い女さまよ、イカアナは私のパンツをとっていきました、なので、どうか私を選挙に勝たせてください。もし負ければ私はもう何も拝まない。ただあの糞イカアナキストを本当に殺します。刺してやります。突いてやります。死体の血を一滴も残しません。全部飲み干します。だって、レトルトを貰って食べたくらいで人の尊厳を何ですか、尊厳という言葉を私はみたこから習いました。イカアナからすると悪の言葉らしい。だが悪が何だろう、私は悪が好きだ。悪に憧れる。あの汚らしい、五十がらみの坊っちゃまに胸や尻を踏まれたりつねられたりして起こされる位なら、どんな悪にでもなるよ。悪の女帝になるよ。

だって、投票所にはとうとう国連の監視団が来ていたのです。

そしてさらに、神ではないものにも私は祈りました。ウラミズモよ、「悪のウラミズモ」よ、女にセックスを断る自由を与えた、「権力の警察」よ、どうかひょうすべと、イカアナとヤリテとイカフェミを宇宙一汚い、便所に、叩き込んでください。なんぼ「正しく」ても「自由」でも私は自分の輝く玉の肌を、イカアナの便所にされるのは嫌です、と。

ええと、……。

それで今私はここにいます。奴隷選挙になった、勝ったんです！　女選挙になった！　だけどもし国連の監視団がいなかったら、私は、どうなっていたんでしょう（泣く）。

二〇八六年、嘱託五年目、定年後も射精部の業務を変わりなく務めていた市川だが、ストレス性の難聴で左耳の聴力を失ってついに隠居した。晩年はペットシェルターから貰った白茶にロップイヤーの捨てウサギと、近隣に借りた小さい菜園の世話をしながら、時に国内温泉を旅行。ウサギはどこに行くにも特注巨大ケースに入れて同行させていた。

その後任はもう見つからないのではと言われていたが、退職の年、白梅大学院暴力研究科に在籍のまま、双尾銀鈴が後を引き受けた。

一方猫沼きぬは大学院に進まず、警察学校に入学、現在は交番勤務である。浦は結局文金高島田を完成出来ず、決定映像も残さずに病没した。

ウラミズモ奴隷選挙はいきおいを増し、今では関東一円の経済特区がウラミズモの占領下になっているのだった。しかしこうなるとさすがに男性をすべて追い出すのは無理で、結局は女尊国家の、段階的支配で治めるようになった。そんな中北海道と琉球は独立した。しかし九州と山口県はその男尊女卑体質が災いして、未だににっほん国支配下に留まっていた。なお、前の二国の独立に際してにっほんは偽造文書を出し、代償として百兆円と土地の半分と美少女百人を受け取る契約だと脅してきた。しかし両国は絶対に相手せず押し切り、しかも国際世論はこの独立側を支持。結果巨額の損失をにっほんはこうむった。難民に冷たい、このアホであつかましい女性差別国に、どこの国も同情せず国連はここでとうとう、脱退した。しかもにっほんはそれまでにＩＳＤＳ裁判までしかけられて、ボロボロになっていた。

ＩＳＤＳはＴＰＰ批准の二〇一六年当時から既に、殊にヨーロッパでは植民地の印とされ、徹底拒否の対象となってはいた。また、他の締結国はサイドレター等で出来るだけその災難を被らぬ配慮をしていた。当然の事である。しかし愚かなにっほん人は国民を憎む当時の内閣とその家来であるマスコミからしてやられ、一切の防御をする事もなくただ滅んでいった。かつては様々な弱者の犠牲の上とはいえ、世界一豊かでＩＭＦ基金二位の先進国、それが今では他国から捨てられる核廃棄物に塗《まみ》れ、ジェンダーギャップは百五十位、領土はほぼ喪失、人口は激減、殊に女性のいない国とまで言われ、実際にそうなっていた。そんな中、……。

　にっほんは唯一の県部領土と化した九州と山口県をひたすら汚染させる事により、世界企業から涙金を貰い、生き延びていた。むろん、そうしてやっと得た金はたちまちタックスヘイブンに持ち去られた。

　その首都東京は既にウラミズモに囲まれていた。そこは下層民が飢えて人肉を求め、富裕層は遊びでカニバリズムを楽しみ、ポケットマネーで作ったスナッフビデオを邸宅で鑑賞、という地獄だった。しかもそれは王族も含め、殆どの恵まれた人間が逃げ出した後の世界だった。つまり残っている金持ちは拷問好きなもののみ。なお、中産階級の金もすべて、世界企業が吸い取り国外へ持ち出した後であった。

　要するにどれもこれも当然、あのひょうすべそっくりの顔の経済大臣と、ぬらりひょんそっくりの顔の宰相大臣がやった「子供の悪戯でしょ」という事なのであった。とまあそういうわけで、……。


　夫が帰ってきてから十年がたった。十年前のあの日、……。

　館の待合スペースに腰掛けてすぐ、市川さんだという、すっぴんで大変顔色の悪い、疲れ果てた女性が私のところに走ってきた。こういう接触にはもう慣れているらしく、夫の矢尻を私に示すと、「どこに置きますか」と、私に尋ねた。運んでくれるのだ。むろん、自分の社を私は指定した……。

で？　その矢尻の中に、夫はそこにいた。わざと隠れるから探してくれというような甘えた事では、けして、なかった。というのも、千年近く、ヨリシロ、住まいにしていた自然石の陽石をとうとう夫は失ってしまったから。それでやむなく矢尻に入ったのだ。

元のヨリシロがまだ沼際にあった頃に、彼は水辺からなんとか移動して、新しいヨリシロを探して移ろうとしていたのである。しかしそうしている間に元のすまい（ヨリシロ）を奪われた。神の移動にはよくこういうアクシデントがある。

夫のいた元の住まいであった陽石はある日いきなり持ち去られてしまったのだ。国境から侵入したにっほんの業者がやった事であった。彼の石は全身にパンチラの幼女がしがみついて泣いているというひどいペンキ絵を描かれ、頭のてっぺんに駄菓子ゲロのような汚らしいオブジェをのっけられた。その上で、その姿で、にっほんの糞ロリ教団に売り飛ばされたのだ。

こうして、行く場所がなくなった夫は、他の選択肢もなく、自分の所有物だった石の矢尻のところにやむなく宿った。それは私にもまったく予想のつかぬ、知らぬ事であった。が、……。

ヨリシロが変われば神は変わるのだ。分かりやすく言うと、キャラが変わる。目を覚ましたとき、夫は私の事を覚えていたけれど、いつしか、息子キャラになっていた。「お母さん、疲れたよ、お母さん」「、それが私の夫の第一声だった。私はそのまま、彼のお母さんになった。それはなんでも言うことを聞き、絶対逆らわない、家来のような息子との暮らしだった。

しかし彼を拝んでくれる人間がいるであろうか、と最初は心配だった。だって神として祀られなかったらキャラは消えてしまう。ところが、……。

国境警備員の中にごく僅かに女装男性がいる事、また国境地帯のカップルの中にごく僅かだが女装専業主夫となっている男性が潜伏している事、が判ったのだ。彼らはまさに何でも言うことを聞く息子として暮らしているのである。その存在は未だに公にはされなかったし数も極少だが、それでも、彼らのための神として息子は、かつての夫はぴったりだったのだ。

というわけで私の社も、表面上はただ女神がいるだけ、もとよりウラミズモは、陰石には向いた場所ではある。

家族は戻ったしお供え物はあるし、良い暮らしになった。なお、この物騒な沼際に、警官となった猫沼がパトロールに来る。ただし、私の社の前に来ても別に拝まない。相変わらず美しく、警官募集のポスターにはたちまち登場する。銀鈴とは何かと噂にはなりながらも、結局お互い、分離派のままでいる。

たった二回だけ会った「心配なおばあさま」がここにいる事などまるで、気づいてない。

# 後書き　離脱への道

いやー、ちょっと暗いですか？　だってさすがに、とうとうTPP、批准しやがったからね、しかしこれでこのまま発効してしまったらどうなるのか、ええ、むろん、離脱（脱退）は出来ます。書面でやれるもよう。規定にあるのです。それに、（他国頼みとはいえ）別に発効すると決まったわけじゃないし、ていうか最大の武器は希望を捨てない事で。

なお離脱についてはこの巻末の資料集、近況報告の中にも少し書いています。ご覧ください。さてじゃあ、このまま本当に発効するのか、日本と違い他国は批准についてもなかなか慎重なようです。まあ当然だよね。ただ不味いことに、前のTPP12と違いこのアメリカ抜きの、TPP11はGDPに制限を設けていません。つまりそんなので本当に経済が回るのか？　と思うわけですが、しかし政府は、要するにゆるくして発効しやすいようにやっているのです（とことん嫌なやり口）。そして、ここからはちょっと、細かいというか要はTPPのおたく話です。

故に「お好きな」方はどうぞ、とかそんな感じ。例えば？　アメリカの凍結でこのTPP少しは日本にとって楽なものになったのか（とかそんな話題）？　答え？　いいえ、ぜんぜん、むしろアメリカは自分のところの日米FTAも使ってこっちもと両足かけ、主語をあいまいにして一層ひどいことをやれるようになっている。ばかりではない。

例の凍結してあるはず？の日本側の医療制度見直し、これ凍結どころか勝手にアメリカに忖度して日本政府が国保をぶっ壊しているもよう、この件を、内閣委員会で採決直前まで告発していたのは参議院の田村智子さん。

その上たちまち、新しい参加国も来るようです。これも入るのは簡単だそうで、そんな新参加もくれば来る程、日本はぼろ負けするようになっています。分かりやすいのはタイの米とか。あとコロンビアに、イギリスまでも来るか⁉

なお例の恐怖のＩＳＤＳ「十年前から条約に付帯しているのがあるから今回も大丈夫」といういい口がある、これ実は誤認、というのも実は前のは、国益が喰われない状態で締結しています。しかし今回は水道法の改悪等で、植民地のような立場におかれてしまった状態の締結になるもよう。という事で日本は滅亡。

ちなみにこの件については山本太郎議員が告発しています（素晴らしい）。その他にも山本氏は国会において茂木大臣が間違った認識の発言をしたため、審議そのものが無効になってしまっていたという指摘もしています（天才）。これも近況報告にあるように、結局そのまま採決されるという目茶苦茶な展開になってしまいました。つまり、すでに、国会も壊れています。

思い出すのは、上院議員時代のオバマがＴＰＰに反対していたのに、大統領になったら賛成してしまっていたというエピソードです、というのも今回、立民が例のＴＰＰ11の付帯決議に署名してしまっていますのでね。さて、この付帯決議、一見ＴＰＰに制限を付けているように見えるものの、実は単なる努力義務だけだそうで、ならば立民、今後の政権交代に危険な人材が混入しているのでは？　とこっちはまったく、探りたくもなりますよ。さらに高プロの方も、民民がやはり付帯決議に署名しています。

つまり、もし野党共闘に不要の人材が、というか、裏切り者がいるのならば、それはきっちりと追い出さなければどうしようもないという事。私は昨年の選挙で、共産党が我が身を削ってでも民主主義を守ろうとしたあの野党共闘に感激し、泣いてコメントし、励ましました。しかしこれを利用してTPP審議拒否の足並みを乱し、その結果批准させてしまったものがいるとしたら、もう個人的には憎んでも憎み足りない。

他TPPを経団連が望むということだけではなく、何かTPPには魔力があるのだろうかと今怖くなっている。TPPは大規模、公平そう、グローバル、だから、魅せられるのか？　でもそれ全部偽物どころか真逆だから。それこそが民主主義の闇と言えるものだから。

しかしともかく政権交代はしなくてはならない。ただしあくまでも必要条件として、ともかく今希望を捨ててはいけない。抜けよう、離脱しよう、さあ脱退だ。

例えばそのための声明が農民連本部のツイッターに貼ってある。

しかし、なんかこのままでは、ちょっと息苦しいので、この後へ楽しい？自作の予告篇でも入れておきますよ。

その他資料として近況報告の他に、小説「ウラミズモ、今ここに」を収録いたします。ついでに自民党の議員に送ったメールも、まあメールは削除されてそのまま終わりかもしれぬが、ファックス（数十枚）と違っておくったという証拠は残りますので（確認の返信が来ているから）。

参考文献？　あんまりありませんん前のとほぼ同じです。1『ルポ　貧困大国アメリカ』（堤未果氏、岩波新書）、2『TPP秘密交渉の正体』（山田正彦元農水大臣、竹書房新書）、3『国家戦略特区の正体』（郭洋春氏、集英社新書）、4『自由貿易は私たちを幸せにするのか？』（上村雄彦氏・首藤信彦氏・内田聖子氏、コモンズ）それで十分でした。あと今後も、内田聖子さんのツイッター絶対読んでください。

とはいえ、これらはあくまでフィクションを書くための参考にしたものです。ですので国家戦略特区についてなどは、むろん、国定選挙に使うなどと、あり得ないアレンジをしてしまっています。故に知識そのものを求める方、新書と言っても、版元が小さくても、これらの本は大変役に立ちますし、どうか必ず、元ネタをご確認ください。

私のはあくまでもぶっとんだディストピアを描いたものですので。

抗議行動や農業についてなどは農民連女性部、農民連本部、食健連のツイッターがありがたかったです。その他TPP交渉差止・違憲訴訟の会（私は会員です）、TPPプラスを許さない！全国共同行動 @NoThanksTPP のツイッターにも感謝しています。ただ私はツイッターをせず検索だけで読んでいます。皆さんどうか少しでもTPPの恐怖を知ってください。

後、新潮文庫のノンフィクション『ある奴隷少女に起こった出来事』これ近くの本屋さんが売り出していて、当時の黒人奴隷が商売をしていたり、しかしそのお金を主人が借りると言って持っていってしまったり、好色な主人が奴隷少女を狙うが、一応世間の目があるとちょっとだけ狙い難かったり、そこらあたりに、大変刺激を受けました。

なお作中に出てくる、昔の韓国時代劇とは、当然、「推奴」チュノ、でございます。

# 資料

## ウラミズモ、今ここに

笙野です。ごぶさたしています。慢性腎不全の老猫の看病をしつつ、ＴＰＰ警告小説『ひょうすべの国』の続篇「ウラミズモ奴隷選挙」を書いています。舞台は女人国のウラミズモです。旧茨城県全域を領土とするこの女だけの国は、隣の痴漢大国にっほんがＴＰＰで地獄に落ちてから後も、一貫して保護貿易と内需拡大を守ってその結果、数字は貧相でも国民生活は安泰、食料の安全も福祉も確保。ついにはにっほんの債権国にもなってしまったという「外交と経済に無知な」格差なき「三等」国です。

主人公は、にっほんからこのウラミズモに移民してきたひとりの女性、移民の出世頭である公務員市川房代。苦学して女人国の観光名物男性保護牧場の役人として採用され、にっほんが債務ごとウラミズモに売り飛ばした痴漢強姦犯男性達を、生きたまま観光用に展示する仕事やその飼育等をしてきました。そんな定年間近の彼女の周辺に、にっほんからの移民少女や留学生、火星人少女遊廓からの手紙、少女カップルの「恋話」が交錯します。これは、出来る範囲で最後までＴＰＰに反対していきたい。行ける人には選挙に行ってほしい。そう願いつつ書き進めている作品です。

さて、『ひょうすべの国』刊行から一年半、無論もっと前から反対しつづけていたＴＰＰですが、今麻生の醜い発言で注目されていますね。しかしとうとう今期国会で発効に向けての足掛かりが出来てしまうかもしれないので心配しています。

というかこのまま森友で騒ぎ続けてほしい。それで国会が遅れたら人間は巨大な人喰い企業から喰われずに生き延びる事が出来るかもしれないと祈る日々です。

無論最後まで希望は捨てません。偏向報道はずっと何とかあきらめさせようとしてずーっと「もう決まったから」ばっかり言ってきているのでね、そしてこれは逆らう以外の選択肢はないほどの事態でもあるので。非力だけど私も最後まで少しでも。載るかどうか判らないけど某紙に警告を寄稿したり、昨年末は内閣府のＴＰＰ一般説明会にも行ってきました。専門外だけどマイクを持ち一番恐ろしいあのＩＳＤＳ条項批判をした。だが対する官僚はまさにいい口だけ、政府はそんなことといっていない、ただこう言っただけ、だのとまさにひょうすべの応対（録音は専門家に聞いてもらいました）。その時の私の質問の引用はサンケイ新聞にあくまでも一般市民の「突き上げ」として、載っておりました。なんとサンケイなんですね、しかも総理はこのようなＩＳＤＳについての質問に答えるべきってその、記事に書いてあった。にもかかわらず、「お友達」サンケイのお願いさえも、総理は無視したままの今期国会でです。

ていうか、そもそも十二月のこの説明会、反対派の専門家達が集まれない日にわざわざ設定してあったんですねえ。いつも、だまし討ち、だまし討ちで。そんな中、林業、農業の関係者が不安をのべると、予算つけますよ予算、と言い返す官僚。なんかもう本末転倒だね？　だってそんなのグローバル企業から文句言われたらそれで終わりのはず。ていうか言った？　書いた？　偽造の国だもの。

帰り路にて、せっかく東京へ来たのだからと珍しく外食千五百円の寿司を注文した。でも食べようとしていて急に怖くなった。ふと思ったから。首相が今、お友達と食べているマグロの寿司、あの赤はもしかしたら人民の血じゃないのか。嘘吐きの口中でとろけている大トロのあぶら、あれは人民の膏ではないかと。そう、人民の膏血、すると私の自前寿司十個千五百円がいきなり十人の人民顔になってケラケラと笑うのだ。やがてその寿司に羽が生えて飛び始めた。折角のごちそうが……。

ははは、「たかが森友八億円」さえ偽造する連中が、今から改憲と国際条約にハンコつくのかな？　そして大本営はいつも「中立」のままなんだね？

そもそもＴＰＰってもう決まったもう決まったと言いながら、大筋合意の後でだって米国は抜けた。他国の民は報道でかなり知っていて選挙等で反対し続けることが出来た。しかし日本だけはマスコミが危険性を隠蔽して、警告したタレントのレギュラーを下ろしたり、「もう決まった」から逆らっても無駄、と何度も何度も、思わせてきた。

そして今さら、とうとう、今期国会、そろそろ手遅れ気味になってこそ報道している連中。ふん、そんなので得意になって「書いてますけど」とか自慢されてもねえ。「今なら楽に断れる」って初期の間に「地獄が来るぞ」って書きもしないでね。ところがついに民ももう抵抗出来ないだろうとなったら、変にでかでかと「報道の自由を駆使」している。

とどめ麻生無双は、麻生多草ｗｗｗｗｗ、そもそもそんな忖度をさせた側ではないか。「載ってない」という誤認も醜いが、ＴＰＰの地獄を告発させなかったのは権力の側。それで今更報道しろというのが一番醜い。

改憲森友の影で、民は売られる。医療なし、水道代五倍、薬代倍、新薬高価なまま、後々は国境なき医師団までも苦しみぬくかもしれぬ。当然、戦争はさせられるし憲法はぶっこわされる。ばかりか日本中が海外から持ってきた核廃棄物の置き場にされても文句言えなくなる。だって憲法よりＩＳＤＳの方が強いからね。ＴＰＰは今凍結している条項がどうなるか判らないだけではない。日米ＦＴＡやＲＣＥＰ、ＥＰＡと連動することで地獄は無限になる。さらにまだ決まってもいないＥＰＡの関連法案？　まで通すとしたら……著作権が七十年になれば青空文庫からかなり消える（注、ていうかパソコン関連からディズニーシーまで、日本は大損する）。は？　経済の代案？　全部断るか流せば良かったの。それで地球人類が救われたのだ。

ＴＰＰは「変わった」けれど地獄のＩＳＤＳ条項

は残ったまま、他国はなんとか対応しているけど日本はまったく放置したままだ。その他もどんどん作り込まれている。ね、ね、どうかどうか無関心にならないで！　焦ってて文章やや乱暴ですけれども。そしてできることは少ないし仕事のついでだけどでも最後まで抵抗するから。

寄稿出ると良いけどなー（注、それは出ませんでしたが、近い内容の記事を書いてもらえました）、ともかく私は、次を書いてます。少数精鋭読者の方々どうぞどうぞもう少しお待ちください。さあ、潰せ今期国会、倒せ人喰い内閣！　核廃棄物はいらない！　戦争反対！（ウラミズモ白梅高等学院の校歌を作るついでにデモ歌詞も作ったけど誰も歌わないだろうし、ベタすぎる……）

（二〇一八年四月十六日／Ｗｅｂ河出）

## 近況報告

お邪魔いたします笙野頼子です。

四月末、Ｗｅｂ河出に、ＴＰＰ警告のための文章、「ウラミズモ、今ここに」を発表しています。その時に予告しましたこれもＴＰＰ警告小説「ウラミズモ奴隷選挙」四百二十枚を、この六月二十三日に校了いたしました。七月発売の文藝掲載です。

この校了を終えて、二十六日、今まで行けなかった参議院会館前のＴＰＰ抗議集会についに、佐倉から出掛けました（最近はリウマチが悪く遠出が大変です）。

この時はまだ可決されていませんでしたので元気そうです（写真*）。手作りプラカと、家にある巫女鈴を持っていき、お言葉に甘えコールさせていただきました。農民連の方や食健連の方、その他の方々にも大変親切にしていただきました。集会に参議院の田村智子さんが来てくださいました。

私は病気のためあまり外に出ず、今までデモというと秘密保護法一回、ヘイトカウンター二回に行っただけなので、こういうところのマナー、ルールを知りません。きっとご迷惑だったと思います。しかし寛容に受け入れてくださいました。

皆さん柔和なお顔つきで個人参加の御方も多く、難病の私を気づかってくださいました。ＴＰＰは、弱いもの、おとなしいものから食っていく。その残忍さに怒りを覚えました。写真*は参加していた記者さんに撮っていただきました。心から感謝いたします。

自分で考えていったその時のコールと言葉の一部をここに書いておきます。

いちばん安くなるのは国民の命、靴も教科書も給食もない国になっていいのか？
国を売るな、国民殺すな、ＴＰＰ強盗、ＴＰＰ犯罪、ＴＰＰ暴力、ＴＰＰ売国、水を取るな、薬を取るな、食べ物取るな、命を取るな、国を返せ、主権を返せ、税金返せ、Ｓ・Ｔ・Ｏ・Ｐ・Ｔ・Ｐ・Ｐ・ＮＯ・ＮＯ・ＮＯ・ＮＯ・ＴＰＰ・ＮＯ、（で絶叫）

二〇一一年にＴＰＰという、国民奴隷化、植民地化、国産全業種絶滅、日本語も滅亡、という恐怖が存在する事に気付き、授業や作品で批判、警告を続けておりました。環太平洋パートナーシップ協定という正確な名前ではなく、判りやすく人喰い条約と読んで危惧しておりました。このＴＰＰは発効すれば国民のほぼ全員があらゆる分野に渡って長年の深刻な被害を受けます。日本沈没です。

例えて言うならばあの恐ろしい高プロは人喰い鬼、しかし、ＴＰＰは地獄です。鬼のいない地獄はありえません。鬼を一匹成敗しても、地獄はそれ自体鬼の住処なのです。

このＴＰＰ、水道法改悪、種子法廃止、で日本は滅びます。ＲＣＥＰが並べば、アジアまでも。

二十八日は遠出でリウマチが悪くなり、家でネットの国会中継を見ていました。内閣委員会では田村智子さん、山本太郎さんらによるＴＰＰ批判が行われました。このお二人は、関税、医療、水道、という重要分野で、まさに国が壊れてしまうほどの大問題と新事実を指摘しました。にもかかわらず、「鬼の首」をとったように、と地獄の大臣は抜かし、強引な採決。採決直前、山本太郎さんの、長時間に渡る反対討論に涙しました。

　二十九日は本議会で批准手続きが終わる。まだ足は引きずっていたけれど、出掛けました。国家主権が死んだと思い喪服を着ていきました（写真*）。


でも諦めてはいけない。私はもう少しＴＰＰ自体の批判を続けていきます。諦めないことが大切です。取り敢えず発効までは被害はないはずです（しかし日本政府は今から被害が出るように次々とやってのけています）。但し、発効してしまうまでは離脱も出来ません。トランプは一方的な宣言をし、政府が批准手続きをしなかったので、発効しても影響をうけないのです。しかし日本は批准手続きを終えてしまいました（涙）。

　無論発効後に脱退するとしても、純理論的になら離脱は出来ます。しかし政権交代が必要条件、さらに、政権をとってしまえば野党も判らない。余程の小さいところか老舗でないと、不安があります。野党あげての抵抗による、解散総選挙を望んで、私は新作を書いておりました。今後は植民地から独立する程のエネルギーがいるかもと思っています。

　この国難と後は老猫の腎不全、私はそれで手一杯です。で？　他に何が？

　早稲田文学渡部批判について？　書いてみるかというお声は特にかかりません。

　しかしそもそも私、第一作品集から名前は出さずとも渡部批判入りです。読者なら判ります。ついでに言うと、あの、絓秀実とかいう方、彼がパーティで私の側によってくると人々が追い払う。一生に十分も会っていません。彼は私の初期作品黙殺、中期を〇〇の力と侮辱、三島賞受賞にもクレーム、近作はいらないとも。渡部氏も同様、読めない双子です。

　いわんや松浦理英子さんが左右盲だとツイートする人々はむろん私の作品どころか対談さえ確認していない。テキストにあるように左右盲は私です。

　他、川上未映子さんについてはずっと面識もご縁も一致もなく、その他のなにもないままにずっと来てしまいました。つまり北原みのりさんの『日本のフェミニズム』にある、名前を出さない批判（責任編集についての）こそが、漸くの初「接近」です。

でも、あれこそがまさに、早稲田文学の、セクハラ体質。ですのでどうぞ、中傷目的以外の方、「この件について笙野がまだ書いてない」と誤認せずに、(他の章とともにぜひ)お読みください。市川君についても、私はずっと何かしら批判してきました。読者は知っています。

最近のツイートでほぼ間違っていないものはせいぜいブロガーズと掲載誌のツイートくらいですね(なお、ワープロは中古店で買い換えています、これも以前書きました)。「笙野はまだセクハラについて何も言っていない」? 新作だけでもお読みくださいませ。

そして、私の新しい情報や個人情報はこの笙野頼子資料室が確実です。モモチさんにはいつも心から感謝しております。感謝あるのみです。無償で応援してくださっています。評論家が読み落とした部分も読んでおられます。何の義務もないのに助けてくださいます。ですので他の「読者」の方、けしておかしな要求をしないで下さい。あと猫の近況。

写真は一枚だけ、ニューフェイス、ピジョンです。* 飼い主様急逝の老猫雌、茶虎、腰椎一個欠損、お団子尻尾。慢性腎不全のステージ3、病気は承知の上で貰いました。来た翌日から私の膝に乗ってしまい、今も元の家と錯覚しているようです。数値が上がって一度は輸液になりかけたものの、新薬ラプロスがきいて今は投薬とご飯に混ぜるリン吸着剤(レンジアレン)だけになっています。しかし元から腎不全の症状は殆どなく、大変元気です。

飼い主にだけ従順、凄い運動量、口は贅沢、獣医師NG一名。びびりの癖に気位ばかり高く、潔癖症の抱っこ主義者だが野性もきつい。

実はミルキィ・イソベさんが今度私の猫の写真集(書きたし小説百枚と未収録作品)を出してくださるので、この子をずっと隠しておいたのです。しかし、今回はTPP批判拡散のためですので、一枚だけ先に(ミルキィさんごめんなさい原稿遅れてます)。

他七月に赤旗で対談、群像の新年号で短篇、民主文学新年号で短い文章、というのが今後の予定です。どうぞよろしくお願いいたします。

＊注　写真はここに載せません。資料室のをスマホ、パソコン等で御覧くださいませ。

（二〇一八年七月三日／笙野頼子資料室）

## 参議院議員・野村哲郎氏へのメール

ＴＰＰ反対
農協から郵貯から貯金は海外に持ち去られる。
荒廃した農地、もしそこが海外からくる核廃棄物の置き場にされてもＩＳＤＳ裁判で正当化される。
医療は崩壊し食物には農薬
公害で病気にされ医者にかかれない
種子と水道は奪われたまま
自由貿易は人喰いのすること
批准してはいけない
日本を世界企業の奴隷にしてはいけない
笙野頼子小説家芥川賞、野間文芸賞受賞者
（二〇一八年五月十六日／著者送信）

## 衆議院議員・河野太郎氏へのメール

今日の参院のＴＰＰ11。河野さんは棒読みで同じことばかり言っていて誠意がなかった。

自分で勝手に決めつけた根拠のない主張ばかり。

ＩＳＤＳで投資家を保護するというがそれは公平ではない。

自由でもない。

投資家はハイリスクハイリターンで勝手にやるべきだ。

危険ならやめておけばいい。

投資家のような強いものを甘やかして国民のお金と薬と食べるものを取られてしまうとは、ＴＰＰはひどい条約だ。絶対反対です。

（二〇一八年六月一日／著者送信）

## 文藝家協会評議員への手紙

二〇一八年、文芸家協会評議員会の議員の方々に欠席のおわびと共にお届けした手紙です協会の皆様、笙野頼子です。ごぶさたしております。お世話になっております。本日欠席いたします。いつも評議員として何も活動出来ず、申し訳ありません。

今回もまたお目にかかれませず残念、家で唸っています。

ご存じのように著作権期限が七十年になると決まりました。これは作品生命に深刻な悪影響を与える決定です。やがて青空文庫から消えるものもあると思います。死後も読まれる機会が失われていきます。

政府は一応これを自由貿易の、日欧ＥＰＡに関連付けた決定であるようにいいこしらえています。しかしこの延長は国益全体にまったく反するばかりか、世界基準から見てもあきらかにおかしい。というのも、日本は著作権に対してお金を払う側の立場である事が多いため、特にパソコン関係などは甚大な損失を被るからです。

自由貿易の旗印の元に、国民奴隷化、日本植民地化の政策が次々とられています。私は専門外ですが、二〇一三年から主にこの自由貿易協定のＴＰＰについて小説でもエッセイでも書いてきました。今月も文藝にこの件で長篇を発表しています。

このＴＰＰがとうとう批准されました。まだ発効していませんが発効したら大変。絶対に離脱が必要です。植民地が独立する程のエネルギーが必要だと思います。政権交代も単なる必要条件です。

六月末は、膠原病の調子が悪かったけれどデモに出てコールしたりしていました。それもあって今具合悪いのです。

なお、これもご存じかもしれませんが、種子法の廃止と水道法の改悪、やはりＴＰＰとの連動です。大変な事になります。

マスコミは死刑やサッカーばかりで報道しません。大本営状態です。

種子法の廃止により、農民は自分でとった種を使うことが出来なくなり、世界企業から買ったものしか使えなくなります。日本の米は終わりです。危険な遺伝子組み替えも横行します。

水道法の改悪は国民全体の命にかかわります。水源を外国企業に支配されれば、独立国と言いがたいものがあります。とりあえず水道料金は倍以上になると予測されます。貧乏な人にとっては死活問題です。水の極端な節約は大変危険です。

TPPはどう見ても人権問題や死活問題ばかりで憲法違反です。これに付帯するISD条項で原発も止められなくなってしまいます。国民全体が長年にわたり深刻な被害を受け続けます。

しかし違憲訴訟は今のところ負けつづけています。TPPが憲法より偉いという状態です。

なお、国民保険等、医療制度の見直しについて、政府は米国のTPP離脱に伴い凍結させたといっていましたが、結局トランプへの忖度を行い、勝手にぶっ壊している最中です。

こんな事はすでに皆さんはご存じかもしれません。しかし私のような情報弱者や特に県民は知りません。案外な人がまったく知らないのです。それでここに書きました。特に種子法は編集者でも知らない人がいます。新聞もNHKもその危険性を報道しません。

そもそも「文学に何が出来る」とか言っているマスコミがまず、文学のしていることをちゃんと報道すればいい、そうすれば戦争だって文学で止められるからと言いたいくらいです。最近は沖縄も国会前も何も報道されません。

なんだか用件ばかりで申し訳ございません。

しかしこのままだとグローバル化の中で日本語も文学もただ濡れ衣を着せられて消されてしまいそうです。なのでこれを書きました。お目に掛かってお伝えしたかったけど。

皆様のご多幸をお祈りしております。どうかお体をお大切に。

（二〇一八年七月十日／著者送信）

# 次作予告篇——作者、欲望のままに

というわけで次作予告篇、設定？　あるにっぽん人少女の語りってことで（しかしちょっと、この未来、明るすぎるかも……）。

先月、とうとう東京がウラミズモに占領されました。あっという間に世の中がひっくり返りました。先週は経団連と記者クラブが解体されました。この二つは殆ど同じものなので同じ日に一気にかっさばかれました。

つまりそれで、一般庶民の預金封鎖をしないことになりました。なおかつ、ウラミズモはかつてにっほんが海外に約束した全部の、援助を昨日引き上げてしまいました。その上で「ほら、別に誰も困らない」と言い切りました。それでも国際社会は少しも驚きませんでした。

どうせ相手も変な国だと思って諦めているのです。しかも日本はあれだけ没落して餓死まで出ていたのに、ＩＭＦの資金がなぜか突っ込んだままになっていました、無論それをも引き上げるとウラミズモは言いはじめました。すると大抵の言い分は通ることになりました。国連軍にしろどんな軍にしろ、にっほんの海際に大量の核廃棄を捨てていた連中までも、黙りました。なお、日本はプルトニウムをたっぷり持っていて、それをウラミズモに渡してしまった以上、ウラミズモは核兵器を作ると、他国から思われていたのでした。

そういうわけで、ＴＰＰ裁判もたちまち終わりました。だってウラミズモはひどい反民主主義国家ですから、なんでも早いのです。しかもなんというか、それは東京裁判のような感じでした。つまりウラミズモは、少しは横暴気味だったかもしれないのでした。

こうして、三代に逆上った官僚と政治家の個人財産、資金の流れの調査も、異様な乱暴さで凄いスピードで終わってしまいました。

なお、にっほんは世界の趨勢に逆らったままで、その死刑制度を廃止してなかったため、ウラミズモは残っていた死刑施設をそのまま使って、すみやかに、にっほんの官僚や内閣を、死刑にして行きました。

このように、TPP当時のつまり半世紀もの過去に照らしてさえ、犯罪の処罰は一気に捗《はかど》ったのでした。企業に占める外資の割合も無制限から、三パーセントにまで下がりました。なおかつ、その企業がもしメディアを持っていた場合、新聞であれテレビであれ外資率を、常に番組や紙面の隅に表示するという法律が出来ました。

その上ウラミズモはグーグルとアマゾンから国内で税金をとれるようにしてしまいました。普通なら無理筋です、しかし連中はやってのけました。

要するに女人国は原発マネーの流れを知っていてあえて受け入れたような国ですので。

なおかつ、今後国際的に問題視されそうなのは、ウラミズモが法律が出来る前の罪を罰しているという面倒な事実でした。これは法治国家として最低です。というか、国連勧告が来て当然の状態です。しかし、それにもかかわらず、……。

「われらは三等国、内閣官僚全員、貧乏は平気だ、そして海外から嫌われるのもぜんぜん平気だ、そもそも悪人の安心のための法治国家などいらない、また庶民の安全生活を守るためなら、野蛮悪も辞さない、結論、民主主義も壊す」と言ってのけました。何というかもう異様な国でした。そのことを国際社会は理解していたのでした。というか、……。

このウラミズモ、どう見ても突っ込み所満載な国のわけなのですが、にも拘らず、アメリカがなんとか言いがかりを付けようとしても実は、絶対に出来なくなっていたのでした。

理由？　要するに女性虐待がない国なのです。後、児童の性的虐待は男子にさえしない。かつ、動物愛護の基準も、実に大した、けっこうなものでした。要するにテレビで報道するような分かりやすい悪がなく、イスラム系国家とはむしろ逆方向。女尊ということで言えばアメリカは、むしろ、負けています。

一方例の「男性保護」状態については、これは過去のにっほんのイメージがあるので、虐待ということがなかなか把握されてきません。というか、ずっと男尊国だったのだから、がんがんひっくりかえしていけばいいとしか思われていないのです。何といっても、前がひどすぎたから。

ということで、ここは「いろいろ不気味だがけして非人道的でない、PC国家である」となってしまったのです。しかしまあ影では虐待というか凶悪犯人の非人道的扱いをしているのです。でもそれらは歴代の射精部統括部長らの努力で誤魔化しています。それに別に戦争もしないし人質だって取らないから、そんなに急に「民主主義の名の元に」とかで侵攻出来ないですし。というか、「正義の回復のための他国支援」という絵が、猫けなくなっています。そもそも、女ばっかりの弱い国に悪者を作れません。しかもGDPとかなぜか最低のままであるし。

その上ウラミズモは悪賢く、海外のテレビに出すところだけは、藁葺きの屋根にして中でお茶を立てている。そこには文金高島田の鬘の女がいて「さて妾は弱き女の身」とかしゃあしゃあと言っている（しかもそいつ実は男性装置付けていて、装備ランクはアボニムだったりするというていたらくです）。

というか、まったく「夢のような」設定なので、ウラミズモは当分、民主主義のコードから自由なまま、もう痴漢不救出見過ごし罪、だのひたすら有効な罪名を好きなだけ作り、それを過去の罪悪についても適用し、絶好調なのです。例えば、……。

TPP不報道罪、TPP不告知罪、TPP不当採決罪、TPP国家転覆罪、TPP国富海外流出罪、そして不正選挙罪（これは一票から）、他、国会侮辱アホ発言棒読み罪（質問の答えに二回同じ事を棒読みで言うと、議員特権を奪われ逮捕されてしまう）等、欲望のままにがんがんと創出したのでした。

そんな中、電力様は倒産してしまいました。それでも半世紀に遡る資産調査がなされると、なぜか、結局お金は隠してあった。というのも電力様はしばしばISDSを使って国を訴え、それにより、一度につき嘘八百億円の賠償金を得ていたからです。しかもそればかりか、その経営を助け赤字を埋めるのが国家の義務であるという判決、加えて、原発新規建設の際、地元の意向をまったく無視して良いという判決までも得ていたのでした。そうですISDS裁判は誰でも使う事が出来るが、まさに投資家だけを利する、つまりこういう使い方をするためにこそ、あったのです。無論これらの大金は海外に隠されておりました。とはいえ、まあ結局そのような判決を得たにもかかわらず、ウラミズモが原発なしで金の流れを作るという、なんか極端な戦法に出てウラミズモに「原発が建てられるようになった」という事で、結果、日本での原発増設というものはくい止められたのですが。

こうしてあっという間に、本当にいろいろな事が起こりました。例えば、……。

武官でありながら戦争に加担して部下を死なせていた副大臣の子孫から全財産とその子孫が没収されました。まあ人間の方は没収というより収監ですね。しかし罪状はなぜかTPPに加担したからという体裁になっていました。やはりあの時TPPに賛成したからでしょうね。

当時次々と強行採決をしていた時代に、議会で女性や老人を押し退けて勝っていたような立派な体格の男性たちも、既に百歳近くになっていました。おめでたい事に全員そこまで長生きして罰を受ける日に間に合ったという事です。むろん彼らはかつての「文句垂れ野党」や人権派弁護士のように、ぎゃあぎゃあ喚きました。しかしその様子は、ウラミズモ男性保護牧場、娯楽館のドキュメンタリーとして放送され、消費されただけで終わりました。後、当然の帰結で、……。

全ての電鉄がその関連不動産とともに、ウラミズモに接収されました。女性を安全に運ぶという義務を果たしてなく、しかし集団訴訟ならまだしも、いきなり行政命令で支払えと言われ、つまり痴漢被害の慰謝料国家予算一年分程の額を、それを、ウラミズモはただ「払えば？」というのみなのです。なお電鉄が政府を訴えようにも最高裁の判事はたちまち、毎度お馴染み、白梅の級長出身、……。

なお、かつて生活保護叩きをしていた大臣達はその職を失ったときから、本人達が減らしたその額だけを支給されて生活させられています。議員年金とかは廃絶しています。また、医療費節減のため、人工透析患者を殺せといってのけた政党の議員たちはその医療費節減のため、それぞれ腎臓を一個ずつ「自由意志」で患者さんに移植する事に決まりました。とどめその贈呈式は心温まるものとしてウラミズモのテレビに放映されました。

ていうか要するに、これらすべてが奴隷選挙の結果という事なのです。


しかしここに至るまでの道はいつも同じです。段階的支配のところだとそんなに極端な変化はないのですが、あまりに男尊のひどい地域や本国の近くが選挙で引っ繰り返ると、毎度毎度、これ、なかなか、凄い事になってしまいます。しかしパターンは結局どこも同じ。

まず、女が選挙に勝つ、すると心ある男性は静かにその地から撤退して行きます。ところがその一方、この選挙区がまったく女だけになると知らされると、中には……。

「ほほー女湯状態か、えっ、えっ、えっ、えっ」と喜んで「男性差別反対闘争」のため、該当地に残ろうとするもの、或いは逆に参入しようとするものが必ず、若干名出ます。

むろんその男達のする事はいつも同じです。まず女だけの土地になると確認すると、今までそこで女性差別に加担していてた、ヤリテやイカアートの女性にいきなり、殴り掛かるのです（つまり今まで一緒に悪いことをやっていた男達がです）そしてことに遊廓の有名ヤリテ等を徹底批判してそれから丸坊主にし、下着姿にして大通りを引き回します。で？

「てめえのせいで負けたんだ馬鹿野郎」と、被害者になります。しかもその引回しの後半では「ほらお前らが女性差別するからだよ」と趣旨が変わってきます。その上で彼らは意気揚々とその丸坊主の戦利品を、ウラミズモの交番に差し出しに来ます。しかも同じ口で、「しかしさあ、お前らにも悪いところあるんじゃないの」とウラミズモの警女を「叱る」のです。とどめ、何か両方の女性に専門家ヅラをし、「じゃあ俺たちが今後ここ、仕切って、まあ、指導してやるから」とか言いはじめる。

　要するに彼らは、男装麗人の存在すら知らないってことで。

　その上、国境付近には特別選抜の世界各地からまねかれた優秀なゲイのカップルが実は、います。それも他国で弾圧されてきた超エリートばかり、思想も専門も厳しい選抜を受け、高給と尊敬を得ているというわけです。ただし彼らはけして体力や武力として導入されるのではない。それなら麗人の方が勇敢なわけです。ただ、女性を舐めているにっほん男達を即効でびびらせるには、やはり男性に応対させればいい、そういう時のために移民許可しています。

　そもそも予想して選挙に勝ちそうとなると、ウラミズモはネットでサクラをつかい、いわゆるひょうすべ狩りを前もってやってしまいます。それはウラミズモの元気で攻撃性のきつい還暦女性達がアニメの少女アイコンに桜の花だの、桜吹雪の着物だのを平気でかぶせ、その上でよくもまあ、女子学生を名乗り、にっほんの男共とチャットするのです。それもわざわざくそぬるいヘタレフェミの口調にして、いくらでも向こうが嫌がらせ出来るように「挑発」しておき、さあ、それで、一旦選挙に勝つと。

　かならず一定数のひょうすべが、「いや、俺出ていかないよ」という、しかしその時点でもう、どれを射殺して、どれを収監するか、チャットの記録（ほぼ犯罪の告白）とともに書類のレベルまでも、決定されています。

ていうか、いやもう、だから「残る」と言ったやつはたちまち女人国の平和な風景に付け上がりますしね。

で、こんな時のウラミズモは？

「黙ってみています」。こうなれば余裕しゃくしゃく、さてある日の事。

ウラミズモの素敵な平和な安全な電車、ひとりで座っている小学生、これ、絵本を膝に載せこっくりこっくり。車両はすいていて、ただ隅のほうにちょっと怒り肩のしかし服装は異様に「女性らしい」華やかな数人がわざとなよなよしているだけ。すると、ほら、来た、ここには一応男性専用車両も作ってあるのだが、……。

しかし？　むろん、この男は眠っている少女を見つけて女性専用車両に入ってまいりました、ってことで。

はい、ここまでで予告篇終わり（しかし次作ってあるんかな、そもそも、こんな「空想すぎる」の書いちゃって私今後、無事でいられるのか……）。

お目にかかれますよう、それまで、どうかご無事で。

**笙野頼子**
SHONO YORIKO

一九五六年、三重県生まれ。立命館大学法学部卒業。八一年「極楽」で群像新人文学賞を受賞しデビュー。九一年『なにもしてない』で野間文芸新人賞、九四年『二百回忌』で三島由紀夫賞、『タイムスリップ・コンビナート』で芥川賞、二〇〇一年『幽界森娘異聞』で泉鏡花文学賞、〇四年『水晶内制度』でセンス・オブ・ジェンダー賞、〇五年『金毘羅』で伊藤整文学賞、一四年『未闘病記――膠原病、「混合性結合組織病」の』で野間文芸賞を受賞。著書に『萌神分魂譜』、『だいにっほん、ろりりべしんでけ録』、『おはよう、水晶――おやすみ、水晶』、『海底八幡宮』、『人の道御三神といろはにブロガーズ』、『猫ダンジョン荒神』、『母の発達、永遠に／猫トイレット荒神』、『猫キャンパス荒神』、『ひょうすべの国――植民人喰い条約』、『さあ、文学で戦争を止めよう――猫キッチン荒神』など。

**初出**
ウラミズモ奴隷選挙――「文藝」二〇一八年秋号
前書き・後書き・次作予告篇――書き下ろし
資料――原稿末に示す

# ウラミズモ奴《ど》隷《れい》選《せん》挙《きょ》

二〇一八年一〇月二〇日　初版印刷
二〇一八年一〇月三〇日　初版発行

著者★笙野頼子

装幀★ミルキィ・イソベ＋安倍晴美（ステュディオ・パラボリカ）
発行者★小野寺優
発行所★株式会社河出書房新社
〒一五一－〇〇五一
東京都渋谷区千駄ヶ谷二－三二－二
電話★〇三－三四〇四－一二〇一［営業］　〇三－三四〇四－八六一一［編集］
http://www.kawade.co.jp/
組版★株式会社キャップス
印刷★モリモト印刷株式会社
製本★大口製本印刷株式会社
Printed in Japan
ISBN978-4-309-02736-4

**植民人喰い条約**

## 『ひょうすべの国』

ひょうすべに支配され、暴力と抑圧が加速する世界で、
詩歌は生き延びることができるのか……腐敗した現代社会に亀裂を穿つ、
笙野頼子の新たなる地平！

小説神変理層夢経2　猫文学機械品

# 『猫キャンパス荒神』

私の言葉は動き続ける。私の書く「機械」は止まらない——狂った日本社会に亀裂を入れる〈生の痛み〉とはなにか？　自身の文学を圧倒的スケールで再構築する傑作！

# 『母の発達、永遠に／猫トイレット荒神』

至極の笙野ワールド、極まる！　ダキナミ・ヤツノが再び――
『母の発達』から17年、ついにファン待望の続篇が刊行。
最新作「猫トイレット荒神」が「母の発達」とどう繋がるのか、必見。

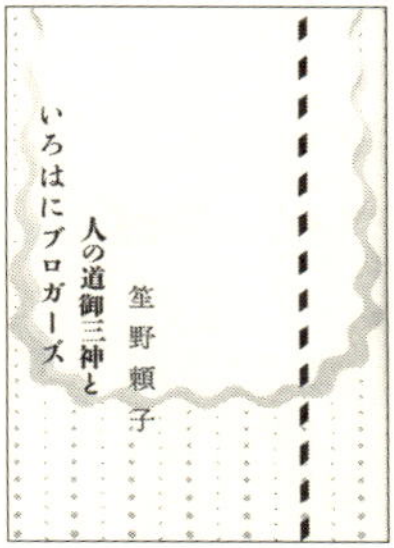


# 『人の道御三神といろはにブロガーズ』

昔、国と名前を奪われ来歴を消された3人の女神がいた――そんな神々の知られざる歴史を紹介するネット内神社「人の道御神宮」とは？

書き下ろし「楽しい!?　論争福袋」を収録。

# 『海底八幡宮』

国家神話とは何か、ストーリーで徴税、キャラクターで徴兵をするための
ものだ！　国を追われ、来歴を消され、名前を奪われ、
真実を消され……。
白髪の作家が千葉の建売りで見た、真夏のミル・プラトー千五百年史。

# 『徹底抗戦！文士の森』

**実録純文学闘争十四年史**

現代文学の最前線を担う作家は、なぜ闘わなければならなかったのか。文学、そして批評とは何か、書くことと読むことの倫理を問いつつ新たな文学をひらく注目の書。

## 『金毘羅』（河出文庫）

「森羅万象は金毘羅になるのだ。金毘羅に食われるのだ」——私と金毘羅の神仏習合一代記。21世紀の世界文学に屹然とそびえ立つ、純文学の極北がここに。著者圧倒的代表作！第16回伊藤整文学賞受賞作品。

## 『笙野頼子三冠小説集』（河出文庫）

野間文芸新人賞受賞作「なにもしてない」、三島賞受賞作「二百回忌」、芥川賞受賞作「タイムスリップ・コンビナート」を収録。限りなく変容する作家の「栄光」の軌跡。

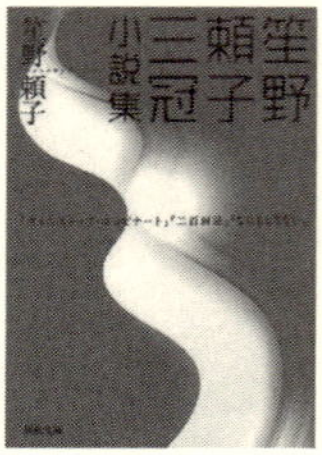


## 『愛別外猫雑記』（河出文庫）

猫のために都内のマンションを引き払い、千葉に家を買ったものの、そこも猫たちの安住の地ではなかった。猫たちのために新しい闘いが始まる。涙と笑いで読む者の胸を熱くする愛猫奮闘記。全ての愛猫家必読！

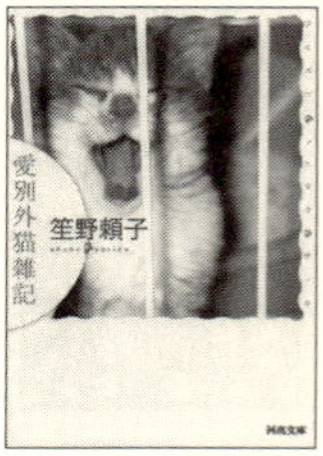